RALF STRACKBEIN

Tristan Irle
Siegener Maskerade

In dieser Reihe bereits erschienen:

Tristan Irle und der Rubensmord; Tristan Irle - Eine Leiche auf der HTS; Tristan Irle - Mord Pur; Tristan Irle - Die Abseitsfalle; Tristan Irle - Das sexte Gebot; Tristan Irle und das Rathauskomplott; Tristan Irle - Der Braumeister; Tristan Irle - Gegen den Strich; Tristan Irle - Tödliche Doktorspiele; Tristan Irle - Siegener Maskerade; Tristan Irle - Eisenhart; Tristan Irle - Die Fürstenjagd; Tristan Irle - Lokalzeit; Tristan Irle - Baum fällt!; Tristan Irle - Die zitternden Tenöre; Tristan Irle - Der Killersteig; Tristan Irle - Locht ein!; Tristan Irle hat Lampenfieber.

Außerdem erschienen:
Der Billy-Code, Mord im schwedischen Möbelhaus

Der Autor:

Ralf Strackbein studierte Literaturwissenschaft, Politikwissenschaft und Angewandte Sprachenwissenschaft. Er beendete sein Studium erfolgreich als Magister of Arts (Magister Artium). Der ausgebildete Technische Zeichner holte auf dem zweiten Bildungsweg sein Abitur nach und schrieb während des Studiums als Freier Mitarbeiter Reportagen und Filmkritiken für eine große Tageszeitung. Gegen Ende des Studiums veröffentlichte er seinen ersten Kriminalroman „Tristan Irle und der Rubensmord". Die Romanreihe umfasst mittlerweile 18 Tristan-Irle-Krimis. Weit mehr als 110.000 Bücher wurden bis heute in Südwestfalen verkauft. Nach dem Studium arbeitete Ralf Strackbein als Pressereferent in Frankfurt am Main, bis er sich 1996 als Presse- & PR-Berater selbstständig machte. Der Autor lebt in Siegen.

Ralf Strackbein

Tristan Irle

Siegener Maskerade

Ein Siegerländer Kriminalroman

Magolves-Verlag
Siegen

1. Taschenbuchausgabe 2009
Magolves-Verlag

Umschlag:
Idee und Umsetzung – Michaela Becker und Ralf Strackbein
Satz und Druck:
Vorländer GmbH & Co. KG, Siegen

ISBN 978-3-935378-23-9

Das Buch wurde auf chlorfrei gebleichtem Papier gedruckt.

Mein besonderer Dank ...

... gilt den Rechtsanwälten und Notaren Dieter Güthling und Ulrich Schmidt, die sich die Zeit nahmen, um mir die komplizierte Gesetzes-Welt verständlich darzulegen. Eine Hilfe, ohne die der geheimnisvolle Fall nicht hätte entstehen können.

Darüber hinaus möchte ich mich bei Marlis Klein, Dr. Jürgen Kühnel sowie Sabine und Ralph Rottler für ihre tatkräftige Unterstützung bedanken. Diese vier Freunde sorgten in den letzten Jahren dafür, dass Tristan-Irle-Romane flügge wurden. Ihre Hilfe ist gar nicht hoch genug einzuschätzen.

Tristan Irle ermittelt in seinem 10. Fall. Dies verdankt er den vielen Leserinnen und Lesern, die in der Vergangenheit – und hoffentlich auch in der Zukunft – die spannenden Geschichten verfolgten. Vor dieser Treue verneige ich mich mit einem ehrlichen „Dankeschön" und betrachte sie als Herausforderung, um in der Zukunft weiterhin interessante und spannende Kriminalfälle zu schreiben. Natürlich mit dem gewohnten Augenzwinkern über unsere Siegerländer Verhältnisse.

Zum Schluss sei darauf hingewiesen – und dies gilt bei diesem Buch im besonderen Maße, schließlich spielt ein Lokalautor mit – dass jede Ähnlichkeit mit realen Tatbeständen, lebenden oder juristischen Personen, Örtlichkeiten, Körperschaften, Unternehmen, Gesellschaften oder Organisationen, natürlichen oder übernatürlichen Hierarchien – wie gesagt, wie immer – rein zufällig ist.

Siegerland-Wittgenstein

Übersichtskarte

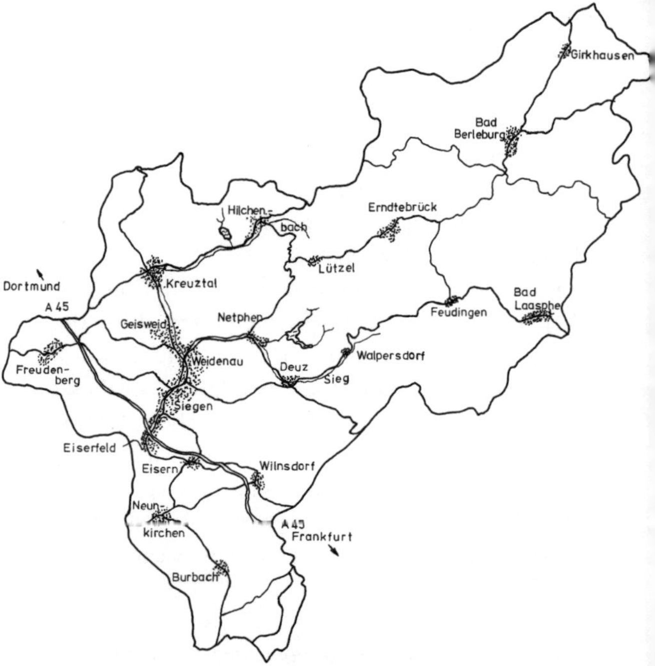

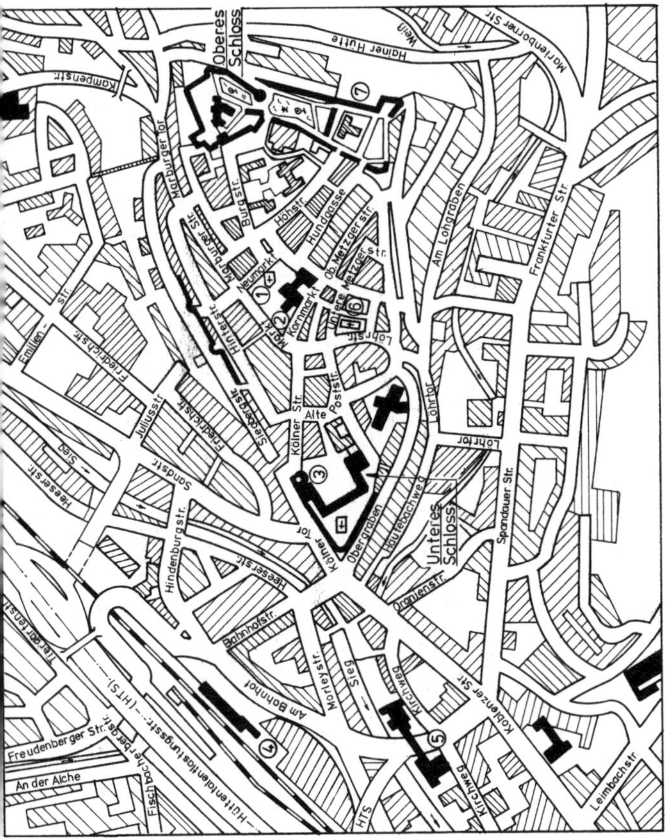

1 Nikolaikirche
2 Rathaus I und Marktplatz
3 Dicker Turm mit Glockenspiel
4 Hauptbahnhof
5 Landgericht
6 Marienkirche und Tristans Zuhause
7 Schlosspark

Verzeichnis der wichtigsten Personen in Gruppen zusammengefasst:

Die Akteure:

Wolfram Kimpel, eine tragische Figur, und für den Roman unabdinglich, das Opfer.

Egon Kimpel, Wolfram Kimpels verstorbener Vater.

Robert Hallenberger, Anwalt, Ratsmitglied und Richard Goldsteins Geschäftspartner, mit allen Wassern gewaschen.

Frieder Hauptmann, Geschäftsmann und Richards Freund, sehr agil.

Adolf Hauptmann, Frieders Vater, im Ruhestand, Freund Richards Mutter.

Benno Becker, Ratsmitglied mit einer Mission.

Jan Kerber, Rechtspfleger und eine schmierige Gestalt.

Adolf Kerber, Jan Kerbers verstorbener Vater.

Richard Goldstein, Deutsch-Amerikaner auf der Suche nach seinen Wurzeln, über die er stolpert.

Die Staatsmacht:

Norbert Pfeiffer, Hauptkommissar mit Bleifuß.

Werner Holzbaum, Kommissar, ein wenig übergewichtig.

Wilhelm Flender, Polizeidirektor, im falschen Etablissement erwischt.

Friedrich Büdenbender, Staatsanwalt mit Ambitionen.

Die Überraschten:

Raffael Leich, Schriftsteller unter Beschuss.

Enissa Hombach, angehende Anwältin mit Sexappeal und Raffaels Freundin.

Liliane Lassacher, Raffaels Mitarbeiterin, weiß Bescheid.

Johanna Kadalla, Raffaels Lektorin und Managerin.

Der Detektiv und seine Freunde:

Tristan Irle, Privatdetektiv mit einem Hang zu Überraschungen.

Helga Bottenberg, Tristans Freundin und ein wenig besorgt.

Erich Roth, Diakon der Marienkirche, dieses Mal mit Handy.

Dr. Viktoria Lorché, Museumsdirektorin und Retterin in der Not.

Wisse Ohm, ein Trumpf für die Guten.

Marlowe, sprechender Kakadu mit einem Schutzengel

und

Petra Kohlberger, Gaststar in der Rolle einer Kunstexpertin.

1. Im Hintergrund klapperte ...

Irgendwann im November, Freitagabend

Im Hintergrund klapperte ein Topfdeckel. Das metallene Geräusch fraß sich langsam durch Lehmwände, bis es im Nebenraum deutlich zu hören war. Unbeirrt von dem kriegerischen Klang aus der Küche saß Raffael Leich an seinem handgefertigten Schreibtisch und starrte auf einen flachen Monitor. Der hochmoderne Flachbildschirm war mit einem Notebook verbunden, das auf einem kleinen Schreibmaschinentisch – rechtwinklig zum eigentlichen Schreibtisch – stand. Eine Menge schwarzer Wörter zeichnete sich auf dem weißen Hintergrund ab. Am Ende der Schrift blinkte ein kleiner schmaler Strich.

»Vorsichtig schlich Agent Schneider die schmale Steintreppe hinunter«, begann Raffael laut vorzulesen. »Seine Walter hielt er schussbereit in der rechten Hand. Er war darauf gefasst, jeden Moment aus einer der dunklen Ecken des alten Bergwerkstollens angegriffen zu werden.

›Wie konnte ich nur in diese Situation gelangen?‹ murmelte er und erreichte den sandig feuchten Grund des Stollens.

Agent Schneider hasste dunkle, feuchte Räume, und dieser Stollen, den er gerade durchwatete, war die Mutter aller dunklen, feuchten Räume. Der breitschultrige Top-Agent versuchte die Unannehmlichkeit zu ignorieren. Irgendwo in diesem Gewölbe hielt man die Tochter des

Industriellen Steinbürger gefangen. Er war der Einzige, der der schönen Antje zur Hilfe eilen konnte. Schneider atmete tief ein und setzte mit der ihm eigenen Willensstärke den Gang fort.«

Raffael hielt inne. Das Klappern in der Küche entwickelte sich zu einem tosenden Radau, der nun deutlich im Arbeitszimmer zu hören war. Müde löste sich sein Blick vom Bildschirm, und seine Augen suchten nach dem Grund des Lärmes. Schließlich sah er durch eine Glastür in die Küche.

»Meine Eier!« rief er, während ein Zimmer weiter die erste heiße Wasserfontäne aus dem Topf schoss. Hastig schob er den Bürostuhl zurück und eilte mit großen Schritten dem kochenden Wasser entgegen.

Raffael Leich verdiente sein Geld als Schriftsteller. Genauer: als Autor von Kriminalromanen, Liebesgeschichten und Gedichten, die letzteren fertigte er sogar auf Bestellung. Raffael Leich war ein Künstlername, der mit den Jahren seinen eigentlichen Namen ausgelöscht hatte. Jeder seiner Bekannten und Freunde nannte ihn Raffael. Für Fremde, die nicht selten beim Nennen des Namens lächelnd die Augenbrauen wölbten, hielt er stets eine Visitenkarte bereit, die er in einem messingfarbenen Etui immer bei sich trug. Auf der Visitenkarte stand unter den geschnörkelten Buchstaben seines Künstlernamens schlicht „Schriftsteller". Dieses Wort verwandelte skeptische Blicke auf magische Weise in neugierige. Eine Reaktion, die er beim weiblichen Geschlecht besonders liebte. Allerdings waren die romantischen Zeiten vorbei, in denen einen Schriftsteller noch die Aura eines Rebellen umgab und der schmachtend von den jungen Damen des Bürgertums vergöttert wurde. Heute standen Filmhelden auf diesem Platz, schließlich lebte man zu Beginn eines neuen Jahrtausends, das mit Wap-Handys und Cyberspace weit weg vom romantischen Literaten ins Universum startete. Schreiben in dieser neuen Zeit war harte Arbeit, und wenn dann der Erfolg eintrat, wurde das Buch verfilmt, und wieder stahl der Filmheld dem Schriftsteller die Show.

Raffael fischte drei hart gekochte Eier aus dem Topf und schreckte sie unter einem kalten Wasserstrahl ab. In der Mitte der Küche stand ein aus Pinien gearbeiteter Küchentisch. Mehrere Salat-, Obst- und Früchtesorten lagen verstreut um eine gläserne Schüssel. Rote, grüne und gelbe Paprikaschoten leuchteten zwischen Gurken, Blattsalat und Lauchstängeln. Etwas abseits der Schüssel lehnte ein Bündel Zwiebeln an einer Olivenflasche, neben der zwei saftige Orangen bereits geschält auf ihre Verarbeitung warteten.

Der Schriftsteller wischte die Eier ein wenig trocken und legte sie auf den Tisch. Es würde einen Moment dauern, bis die Eier kalt genug waren, um sie zu verarbeiten. Er kontrollierte nochmals alle Zutaten, überlegte, ob etwas fehlte, nahm ein breites Messer in die Hand, als plötzlich das Telefon im Wohnzimmer klingelte.

2

In den Gassen der alten Rubensstadt sah man keine zwei Meter weit. Das spärliche Licht einzelner Straßenlampen zerbrach an tausend feinen Wassertropfen, die in Form einer dichten Nebeldecke über der Stadt Siegen lagen. Es war spät und jeder Siegener, der zu Hause verweilte, fühlte sich bei diesem Wetter in seiner warmen Stube privilegiert. Mit Schaudern dachte er jedoch an den nächsten Morgen, denn das, was sich da an Wetter über Siegen zusammengebraut hatte, würde die nächsten Tage eine Last für die Menschen in der Stadt sein.

Unbeirrt durch die äußerlichen Umstände schritt ein Mann durch die Untere Metzgerstraße. Ein dicker langer Mantel, dessen Kragen hochgeschlagen war, schützte ihn vor den feinen Wassertropfen, die an der Kaschmirwolle abperlten. Wolfram Kimpel kannte sich bestens im Gewirr der kleinen Altstadtgassen aus, um bei diesem Wetter nicht blindlings in eine Sackgasse zu laufen. Unter seinem rechten Arm trug er eine lederne Mappe, wie sie Architekten benutzen, wenn sie ihren Kunden ganz besondere Entwürfe präsentieren wollten. Die Mappe war größer als das übliche DIN-A4-Papierformat, aber kleiner als ein handelsüblicher Malblock. Kimpel hielt sie fest eingeklemmt und marschierte sicher über das glitschige Kopfsteinpflaster der alten Gasse. Sein Weg führte ihn geradewegs an der Marienkirche vorbei, Richtung altes Telegrafenamt. Es war spät, und außer ihm schien niemand die Altstadt zu bevölkern. Selbst die paar Kneipen, an denen er vorbeimarschierte, bewirteten an diesem Abend nur eine Hand voll Gäste. Kimpel war dies nur recht. Ihn verlangte es nicht nach anderen Menschen. – Lange hatte er mit sich kämpfen müssen, um diesen Gang zu wagen.

Er passierte die bronzene Hirtengruppe in der Alten Poststraße und griff mit der freien Hand in die Manteltasche, zog ein Handy heraus und wählte eine Nummer, die er sicherheitshalber nicht eingespeichert hatte.

»Kimpel«, sagte er leise in das kleine Gerät. »Herr Leich, ich habe etwas für Sie. Können wir uns treffen, jetzt gleich?«

3

Raffael Leich ließ alles stehen und liegen. Eilig zog er seine bequeme Hauskleidung aus und schlüpfte in eine Jeans. Auf diesen Moment hatte er die letzten Monate gewartet. Er konnte es noch gar nicht fassen, dass Kimpel endlich mit den Informationen herausrücken wollte, die für seinen neuen Roman so wichtig waren. Wahrscheinlich würde er nun mehr über die Machenschaften einzelner Ratsmitglieder erfahren, die vor einigen Jahren zum Bau der City-Galerie geführt hatten. Mit einem zufriedenen Grinsen wickelte er einen Schal um seinen Hals, zog eine schwarze Winterjacke über und verließ die Wohnung. Etwas zögerlich sprang der alte Japaner an, der neben dem Haus parkte, dann fuhr Raffael los.

Der Schriftsteller wohnte in einem idyllischen Dorf, das, wie andere Dörfer um Siegen herum, vor Jahren von der Stadt eingemeindet wurde, um die magische Einwohnerzahl von 100.000 zu überschreiten. Seitdem erklärte er *ussweardijen* Freunden mit einem verschmitzten Lächeln, dass er in der Eigenschaft *eisern* zu Hause war und *siegen* ständig vor Augen hatte. Eine Kombination, die eine gewisse Hartnäckigkeit, andere nannten es auch schon mal Dickschädeligkeit, in seinem Wesen begründete. Wie sollte man denn, so Raffael entschuldigend, unbeschadet in dieser Region des Siegerlandes überleben, wenn man tagaus, tagein an Schildern vorbei fuhr, die einem *eisern* die gleichnamige Eigenschaft und *siegen* als mahnendes Ziel vor Augen an den Kopf warf?

Der Motor brummte leise, als er das Dorf verließ. Straßenlampen gab es auf der Verbindungsstraße von Eisern nach Siegen nicht. Dichter Nebel brach das Licht der Scheinwerfer und warf es Raffael wie aus einem Spiegel entgegen. Für einen Augenblick dachte er daran, die Scheinwerfer auszuschalten. Er verwarf jedoch den Gedanken gleich wieder und versuchte sich an den weißen Strichen der Fahrbahnmarkierungen zu orientieren. Die Landstraße schlängelte sich durch ein Waldstück eine Höhe hinauf und führte dann steil abfallend nach Siegen, vorbei am Leimbachstadion, Richtung Zentrum. Langsam, aber ohne einen Zwischenfall, erreichte er die Stadt.

Erst jetzt fiel ihm auf, dass er noch keinem anderen Fahrzeug begegnet war. Er sah auf die Uhr, die anzeigte, dass es kurz vor Mitternacht war.

»Freitagabend«, murmelte Raffael, »und niemand ist unterwegs?«

Ihm sollte es recht sein. Ohne die Geschwindigkeitsbegrenzung zu beachten, fuhr er die Leimbachstraße hinunter, schaffte es bei Grün über alle Ampeln und bog schließlich in die St.-Johann-Straße ein. Jetzt war es nicht mehr weit bis zum Hallenbad an der Löhrstraße. Er setzte nochmals den Blinker, folgte der Löhrstraße und stellte seinen Japaner hinter dem Samariterkrankenhaus ab.

Der Nebel schien an Dichte zuzunehmen. Raffael spürte die unheimliche Masse, die sich auf ihn herabsenkte. Um sich davor zu schützen, wickelte er seinen Schal dichter um den Hals und zog den Reißverschluss der Jacke so weit nach oben, wie es Atmung und Bewegungsfreiheit zuließen. Mit einem mulmigen Gefühl im Bauch ging er am Untersuchungsgefängnis vorbei in Richtung Treffpunkt.

In so einer Nacht rächten sich jene Abende, an denen man als Jugendlicher verbotene Videofilme angesehen hatte, deren Vorspanne eindeutig darauf hinwiesen, dass sie nicht für schwache Mägen und nicht für Jugendliche unter 18 Jahren produziert wurden. Erstaunlich wie detailgetreu das Gehirn nach all den Jahren vergessen geglaubte Bilder projizierte und einen erwachsenen Mann das Fürchten lehrte.

Erst jetzt bemerkte Raffael, dass etwas nicht stimmte. Irritiert nahm der Schriftsteller durch den dichten Nebel die schwachen Umrisse des alten Telegrafenamtes, des *Karstadt-Gebäudes* sowie einiger anderer Gebäude wahr. Aber seine Intuition sagte ihm, dass es nicht die mangelnde Sicht war, die ihn beunruhigte. Dann plötzlich begriff er. Es war die absolute Stille, die gespenstisch über der Stadt lag. Kein Laut war zu hören, obwohl die zweispurige Hauptstraße keine 50 Meter Luftlinie entfernt durch die Stadt führte.

Jetzt, wo er wusste, was ihn verunsicherte, war die Gefahr gebannt. Lächelnd steckte er beide Hände in die tiefen Jackentaschen und dachte daran, sich diese Eindrücke zu notieren, um sie später für einen Roman zu verwenden.

Es wurde Zeit, Kimpel zu treffen.

»Okay«, murmelte er. »Das Fürstengrab ist gleich um die Ecke.«

Raffael ging los.

4

Wolfram Kimpel sah ungeduldig auf das phosphoreszierende Ziffernblatt seiner vergoldeten Armbanduhr. Es zeigte kurz nach Mitternacht an.

»Schriftsteller Leich verspätet sich«, sagte er laut.

Kimpel stand vor dem gusseisernen Portal der Fürstengruft Johann Moritz'. Vor ihm breitete sich der nach historischen Vorbildern gestaltete

Schlosshof aus. In großzügigem Abstand standen kleine Straßenlaternen entlang des Hofrandes. Ihr schwaches Licht wurde vom Nebel fast völlig aufgesogen. Kimpel liebte diesen Ort. Er weckte alte Kindheitserinnerungen. Damals lebte sein Vater noch.

Es war eine glückliche Zeit, dachte er.

Kimpel klopfte auf die Mappe, als könnte er damit grausige Gedanken bannen, doch die Ereignisse der vergangenen Tage brannten in seinem Gedächtnis. Dem Verwaltungsbeamten blieb keine andere Möglichkeit, als endlich die Karten aufzudecken und damit ein Verbrechen aufzuklären.

Es wird Leich nicht gefallen, dachte Kimpel, wenn er dies hier sieht.

Vorsichtig öffnete er die Mappe und zog ein in Wabenfolie eingepacktes Gemälde heraus. Durch das transparente Verpackungsmaterial konnte er das Schimmern des Goldrahmens erkennen, der eine Ruinenlandschaft umfasste.

Wenn er doch nur mehr auf seinen verstorbenen Vater gehört hätte, ermahnte sich Kimpel. Jetzt war es zu spät. Er hatte sich entschieden und spürte, wie er zum Opfer, zum Gejagten wurde. Plötzlich horchte er auf. Kimpel hörte Schritte. Hastig verstaute er das Bild in der Mappe und machte sich bereit, möglichst schnell loszurennen.

»Kimpel? Sind Sie da?« rief Raffael über den Hof.

»Sind Sie allein?« fragte Kimpel.

»Na klar«, antwortete Raffael und tapste durch den Nebel in die Richtung, wo er die Fürstengruft vermutete. Nach einigen Schritten zeichnete sich das schwarze Portal vor dem blassgelben Putz ab.

»Man sieht nichts«, raunte Raffael, »bewegen Sie sich mal.«

»Jetzt ist keine Zeit für Scherze«, zischte Kimpel und trat auf den Schriftsteller zu. »Lassen Sie uns von hier verschwinden.«

Kimpel packte Raffael am Arm und zog ihn in Richtung Dicker Turm.

»Dort drüben ist eine Unterführung, dort sind wir vor dem Nebel geschützt.«

»Warum haben wir uns nicht gleich da getroffen«, bemerkte Raffael.

»Der Platz ist besser geeignet, um Verfolger ausfindig zu machen«, antwortete Kimpel scharf.

»Sie müssen Angst haben«, scherzte Raffael, dem das Gehabe des Verwaltungsbeamten ziemlich übertrieben vorkam. »Haben Sie so gefährliches Material, dass Sie glauben, in Gefahr zu stecken?«

»Ja!« raunte Kimpel.

Raffael stutzte. Kimpels Gesichtszüge reichten aus, um den Schriftsteller vorsichtiger werden zu lassen.

Die kleine Unterführung gehörte zu einem Fußweg, der entlang der alten Stadtmauer führte. Er verband das Kölner Tor mit dem Unteren Schlosshof. Auf halbem Weg zweigte ein weiterer Fußweg zur Martinikirche ab. Die Kirche befand sich unterhalb des Unteren Schlosses.

Raffael und Kimpel erreichten die Unterführung und stiegen die Treppen hinab.

»Sie können beweisen«, flüsterte Raffael, »dass größere Summen an Schwarzgeld in die Kassen von Parteien geflossen sind? Haben Sie die Unterlagen in der Mappe?«

Kimpel öffnete ein schwarzes Gusseisengitter, das den Durchgang sicherte. Er spürte, jetzt kam der schwierigste Teil dieses Treffens. Er musste Leich erklären, weshalb er ihn an diesen Ort geführt hatte.

»Herr Leich«, begann Kimpel mit zitternder Stimme, »ich muss Sie enttäuschen. In dieser Mappe befinden sich nicht die von Ihnen gewünschten Unterlagen.«

»Was!« brauste Raffael auf. »Was mache ich dann hier in dieser Scheißnacht?«

»Schreien Sie nicht so«, versuchte Kimpel im Flüsterton den aufgebrachten Schriftsteller zu beruhigen. »Ich habe ja diese Unterlagen. Bloß nicht bei mir.«

Das hörte sich vielversprechend an, und Raffael beruhigte sich wieder.

»Weshalb«, fragte er nun neugierig, »wollten Sie mich denn sprechen?«

Gut, dachte Kimpel erleichtert, er beißt an.

»Ich habe dieses Bild hier«, er öffnete die Mappe und zog das Bild halb heraus, »von meinem …«

Kimpel unterbrach sich und sah zum Eingang der Unterführung.

»… haben Sie das auch gehört?« fragte er.

Raffael schüttelte den Kopf. Er sah auf die Mappe, die Kimpel ihm vorhielt.

»Da war es wieder.« Der Verwaltungsbeamte zuckte sichtbar zusammen. »Wir müssen hier weg«, drängte er, doch in diesem Moment trat eine Gestalt in die Unterführung.

»Nehmen Sie es«, schrie Kimpel und drückte das Bild samt Mappe Raffael in die Hände, »und laufen Sie! Schnell!«

Raffael sah zu der Gestalt, die den Weg zum Schlosshof blockierte. Sie hielt irgendetwas in der Hand.

»Hauen Sie ab«, schrie Kimpel.

In diesem Moment fiel der erste Schuss.

»Scheiße«, schrie Raffael und rannte aus der Unterführung hinab in Richtung Kölner Tor.

Es krachte ein zweites Mal, und er spürte, wie die Kugel an seinem Kopf vorbeiflog.

»Kimpel, wo stecken Sie?« rief er ohne langsamer zu werden.

Kimpel antwortete nicht.

»Mist, so ein Mist«, fluchte Raffael und wechselte die Richtung, indem er zur Martinikirche hinauf hetzte. Er hörte seinen Verfolger und beeilte sich, um das alte Kirchenschiff herumzukommen. Auf der anderen Seite begann die Grabenstraße, in der er sein Auto geparkt hatte. Nach einer Ewigkeit erreichte Raffael, völlig fertig, den alten Japaner. Mit zitternder Hand schloss er den Wagen auf, taumelte auf den Fahrersitz und drehte das Zündschloss herum. Hinter ihm zersplitterte Glas. Der Motor heulte auf, dann gab er Gas.

5

Tristan Irle, Privatdetektiv, staunte. Er hielt ein Gerät in der Hand, das kleiner war als ein herkömmlicher Elektrorasierer.

»Und damit kann man telefonieren?« fragte er seinen Freund Erich, der ihm gegenüber am Küchentisch auf einer Eckbank saß.

»Ja, sicher«, bestätigte der Diakon. »Man drückt auf die grüne Taste, wartet ab, bis das Handy sich ins Netzt eingeklinkt hat und dann …«

»… dann verdient der Anbieter Millionen.« Tristan reichte seinem Freund das Handy zurück. »Wozu brauchst du das?«

»Um auch drüben in der Kirche erreichbar zu sein«, antwortete Erich.

»Das ist nicht dein Ernst«, protestierte der Detektiv und sah den Diakon über den Rand einer goldenen Halbbrille hinweg an. Zwei lindgrüne Augen verrieten dem Betrachter, dass hinter der Stirn dieses Mannes ein wacher Verstand hauste, der sich mit Plattitüden nicht abspeisen ließ. »Du bist die letzten zwanzig Jahre ohne ein mobiles Telefon ausgekommen! Wieso brauchst du gerade jetzt eins?«

»Hm«, brummte Erich und presste aus seinem breiten Oberkörper eine Menge Luft. Er lehnte sich zurück, was in Anbetracht seiner Körperlänge von über zwei Metern in Tristans kleiner Küche nicht ohne Gefahr war.

»Weißt du«, sagte er schließlich, »die Dinger sind unheimlich praktisch.«

»So?« lächelte er. »Du meinst, es sind nette Spielzeuge.«

»Kein Spielzeug«, protestierte Erich, »vielmehr eine sichere Verbindung zur großen weiten Welt.«

»Wer braucht die denn«, schüttelte der Detektiv den Kopf.

»Du kannst damit auch SMS verschicken«, sagte Erich stolz.

»Das ist doch kein Schweinkram?« fragte Tristan ernst.

»Um Gottes Willen!« Erichs hohe Wangen bekamen einen leichten Rosaschimmer. »Das hat nichts mit SM zu tun«, erklärte er mit der Würde eines römischen Kardinals. »Das Kürzel steht für Short-Message-Service, was so viel heißt wie Kurz-Nachrichten-Service.«

»Ja, ja«, nickte Tristan abwägend, »davon habe ich gehört. Dieser Service treibt junge Leute in die Schuldenfalle.«

»Wenn man nicht aufpasst«, musste Erich zugeben, »dann kann das Absenden dieser kurzen Nachrichten schnell ins Geld gehen.«

»Und was wird da so gesendet?« bemerkte Tristan. »Ich hab' dich lieb. Wann können wir uns treffen. Du siehst toll aus. Was machst du heute Abend usw. Können die überhaupt noch einen Brief schreiben?«

»Wer schreibt denn heute noch Briefe«, lächelte Erich vielsagend. Er wollte gerade das kleine Gerät in sein schwarzes Jackett stecken, als eine kleine Melodie aus dem Handy ertönte.

»Was ist los?« fragte Tristan neugierig.

»Äh«, stotterte Erich, »ich bekomme gerade eine SMS-Nachricht.«

»Das Telefon spielt das „Ave Maria“, wenn du eine SMS-Nachricht bekommst?« Tristan runzelte die Stirn.

»Ja, man kann das einstellen«, nickte Erich und fügte ernst hinzu: »Ich finde es angemessen.«

»Angemessen«, nickte Tristan, grinste und fragte neugierig: »Von wem ist die Nachricht?«

»Oh«, wieder verfärbten sich Erichs Wangen, nur dieses Mal um eine sichtbare Nuance kräftiger.

»Nun sag schon«, drängte Tristan. »Es bleibt auch ein Geheimnis, wenn du es wünschst.«

»Sie ist von ... «, begann Erich zögerlich, »... von Schwester Julia.«

»Schwester Julia?« wiederholte Tristan vielsagend.

»Ja!« Erichs bernsteinfarbene Augen sahen den Detektiv verträumt an. Sein kantiges Römergesicht wirkte plötzlich weich und verletzlich. »Wir waren zusammen essen.«

»In Paderborn«, ergänzte Tristan.

Der Diakon nickte. Er war am Nachmittag aus Paderborn zurückgekehrt, wo er sozusagen seinen Abteilungsleiter, den Bischof, besucht hatte. Der Bischof lud in regelmäßigen Abständen zu diesen Pflichtbesuchen ein. Eine lästige Notwendigkeit, denn Erich neigte – zugegebenermaßen etwas unkatholisch – dazu, sich direkt mit dem Boss in Verbindung zu setzen. Und damit meinte er nicht den eingesetzten Geschäftsführer in Rom.

Tristan, der heute noch Luther für seinen Mut dankte, begrüßte als überzeugter, evangelischer Christ die Haltung seines Freundes. Erich lebte seinen Glauben und trat an vorderster Front dafür ein. Der Diakon hatte schon früh erkannt, dass die Grenzen, die Protestanten und Katholiken trennten, sehr schnell verschwanden, wenn es darum ging, christlichen Glauben praktisch zu leben. Biblisch-akademisches Gequatsche verlor seinen Sinn, wenn man zwischen halb verhungerten Kindern in Schwarzafrika Missionsdienst tat. Dort hatte der immer schwarz gekleidete Mann lange Zeit gedient.

»Du warst also mit einer Nonne essen«, brach Tristan das Schweigen.

»Es war ein Arbeitsessen«, erklärte Erich.

»Ohne Zweifel«, nickte Tristan. »Schwester Julia hat dir gefallen.«

»Ja«, nickte Erich. »Es ist schön, dass Gott in seiner Güte so viele wunderbare Wesen erschaffen hat.«

»Erich«, lächelte Tristan stolz, »es ist für mich weitaus beruhigender zu sehen, dass du für diese wunderbaren Wesen noch empfänglich bist. Denn ich weiß, dass dein Glauben so fest ist, dass er dir erlaubt, genügend Platz für diese besondere Liebe zwischen Mann und Frau in deinem Herzen zu bewahren.«

»Danke«, antwortete Erich und fügte hinzu: »Weißt du, sie war als Missionarin im Jemen tätig.«

»Möchtest du noch ein Glas Wein?« bot Tristan an, in der Hoffnung, etwas mehr zu erfahren.

»Nein, danke«, wehrte Erich ab und sah auf eine kleine Küchenuhr, die an einem der sichtbaren Fachwerkbalken angebracht war. »Wo bleibt denn Helga?«

»Keine Ahnung«, Tristan zuckte mit den Schultern. »Sie wollte heute vom Giller zurückkommen, nachdem sie in ihrer Pension nach dem Rechten gesehen hatte. Was macht Schwester Julia in Paderborn?« hakte er nach.

Erich lugte demonstrativ aus einem der Sprossenfenster und sagte: »Eine Waschküche ist das da draußen. Hoffentlich fährt sie vorsichtig. Ihr Panda ist auch nicht mehr der Jüngste. Hat sie Marlowe mitgenommen?«

»Keine Sorge«, lächelte Tristan. »Sie fährt die Strecke nicht zum ersten Mal, und Marlowe passt schon auf.« Tristan betrachtete die fast leere Flasche Wein. »Du willst wirklich nichts mehr?«

»Der letzte Schluck gehört dir«, grinste Erich.

In diesem Moment knallte der erste Schuss durch die Nacht.

6

Raffael konnte es nicht glauben, man hatte auf ihn geschossen. Mit überhöhter Geschwindigkeit raste er die Löhrstraße hinunter, vorbei am Hallenbad und auf die Spandauer Straße.

»Ich muss die Polizei verständigen«, flüsterte er, schnallte sich an und fuhr über eine rote Ampel. Ihm waren Verkehrsregeln im Moment egal. Sein Gehirn wurde in Adrenalin ertränkt.

Unfähig, einen klaren Gedanken zu fassen, raste er auf Kochs Ecke zu.

»Aber was sage ich denen?« grübelte er in panischer Angst, dass plötzlich der Killer hinter ihm einen weiteren Schuss abfeuerte. »Die halten mich sicherlich erst einmal fest. Das kann ich mir nicht leisten.«

Sein Blick fiel auf die Mappe.

»Das Bild«, schrie Raffael, »wenn es wertvoll ist, glauben die mir vielleicht gar nicht? Und denken, ich hätte den Mann umgebracht. – Scheiße!«

Sein Gehirn begann zu arbeiten und pumpte das überschüssige Adrenalin in seinen Blutkreislauf. Jetzt konnte er zwar wieder klar denken, hatte jedoch das Bedürfnis, wie wild loszurennen. Da er im Auto saß, war dies schlecht möglich, und so sublimierte er diesen Drang auf sein Gaspedal. Mit einer ganz und gar nicht angepassten Geschwindigkeit schoss der alte Japaner über die Spandauer Straße, unaufhaltsam Siegens zentralem Verkehrsknotenpunkt entgegen.

Noch gute 300 Meter entfernt saßen Polizeimeister Breitenbach und Polizeiobermeister Sohlbach in ihrem Dienstfahrzeug und lobten die bis dahin ruhige Nacht. Von den Schüssen hatten die Polizeibeamten nichts gehört, da sie zu diesem Zeitpunkt den Funkverkehr zweier Kollegen mit der Zentrale aufmerksam verfolgten, die in ein gewisses Etablissement gerufen worden waren, um zahlungsunwillige Gäste zur Rede zu stellen.

Dort waren sie dann unerwartet auf Polizeidirektor Wilhelm Flender und einen gewissen Bundestagsabgeordneten getroffen. Die Kollegen wussten nicht so richtig mit der Situation umzugehen, und so entwickelte sich ein reger Wortwechsel mit der Zentrale, der einer Menge Polizeibeamten die Nacht versüßte.

»Wollen wir mal hinfahren?« fragte Polizeimeister Breitenbach, »ist doch nicht weit weg, die Donnerscheidstraße.«

»Lass mal, Kollege«, grinste Polizeiobermeister Sohlbach, »dem Donner in der Donnerscheidstraße wollen wir uns besser mal nicht aussetzen. Die Kollegen tun mir leid.«

»Würde zu gerne mal hören«, sagte Breitenbach, »was unserem Boss alles an Entschuldigungen einfällt. Echt peinlich, was?«

»Hm«, brummte Sohlbach und regulierte den Ton am Funkgerät.

In diesem Moment raste Raffael mit quietschenden Reifen über den zentralen Verkehrsknotenpunkt.

»Was ist denn das?« rief Sohlbach, während sein rangniedrigerer Kollege den Motor anspringen ließ und Gas gab.

Polizeiobermeister Sohlbach schaltete die Sirene an und griff zum Mikrofon: »Wieland 6 an Wieland.«

»Wieland 6«, antwortete eine ruhige Männerstimme.

»Verfolgen einen PKW auf der Koblenzer Straße Richtung Eiserfeld …«

In diesem Moment überfuhr Raffael die nächste rote Ampel und schaffte es gerade soeben, von der Koblenzer Straße auf die Leimbachstraße abzubiegen.

»Er wechselt«, rief Breitenbach.

»Korrigiere die Leimbachstraße Richtung Stadion, das Kennzeichen ist … fahr schneller … Oh Gott, was macht er denn jetzt?«

Raffael bemerkte das Polizeiauto hinter sich nicht. Er hatte die letzten 500 Meter in Gedanken alle möglichen Situationen durchgespielt und eine Menge mentaler Erklärungen formuliert. Währenddessen hatte ein Teil seines Verstandes den Wagen gelenkt, ohne dass er wirklich präsent gewesen wäre. Irgendwie funktionierte diese Spaltung von Geist und Körper, und er war unbeschadet bis in die Leimbachstraße gekommen. Jetzt verabschiedete sich das Adrenalin aus seinem Blut, und er bemerkte, mit welchem Tempo sein alter Japaner durch die Stadt raste. Schließlich war er zu dem Entschluss gekommen, es mit der Polizei zu versuchen und trat voll in die Bremse. Das wiederum überraschte Polizeimeister Breitenbach, der ziemlich nahe an Raffaels Wagen herangekommen war. Mit dem Pech des Überraschten krachte der Dienstwagen trotz Vollbremsung in das Heck des alten Japaners.

»Mist, verdammter Mist«, schrie Raffael, der glaubte, es würde wieder auf ihn geschossen. Doch dann wurde sein Kopf durch den plötzlichen Aufschlag nach vorn und wieder nach hinten katapultiert. Ihm wurde schwindelig, benommen nahm er knirschende Metalllaute wahr, die langsam durch die geschockten Ohrgänge krabbelten.

»Oh, mein Gott«, wimmerte er, »was war denn das?«

Die beiden Autos rutschten noch einige Meter über den Asphalt, bis sie verkeilt auf der Leimbachstraße stehen blieben. Dann wurde es ruhig.

»Ach du meine Güte«, schnaubte Polizeiobermeister Sohlbach und wischte sich vorsichtig Glasscherben von der Hose, »bist du in Ordnung?«

»Alles klar«, antwortete Polizeimeister Breitenbach, der sich die Stirn rieb, »mit mir ist alles in Ordnung.«

Sie blickten aus der zerborstenen Windschutzscheibe. Die Motorhaube wellte sich wie Sanddünen über den nach hinten gedrückten Motor. Der Kühler hatte sich in den hinteren linken Kotflügel des Japaners gebohrt, dessen Heck unnatürlich nah vor den beiden Polizisten stand. Überall lagen Scherben, teils aus Glas, teils aus zerborstenem Plastik der Rücklichter.

»Wir blockieren die Straße«, meinte Breitenbach.

»Hm«, brummte Sohlbach und suchte nach dem Mikrophon. »Ha, da ist es ja. Wieland 6 an Wieland.«

»Wieland 6, was gibt's?«

»Wir haben einen Unfall«, raunte er, »schickt Verstärkung in die Leimbachstraße und sicherheitshalber einen Krankenwagen, Ende.«

»Wir müssen hier raus«, meinte Breitenbach und versuchte die Fahrertür zu öffnen. »Die Tür klemmt.«

Sohlbach versuchte die Beifahrertür zu öffnen. Auch diese klemmte.

»Der Rahmen muss sich verzogen haben«, kommentierte Breitenbach, »dann müssen wir aus dem Fenster klettern.«

Breitenbach schnallte sich ab, schob den Airbag zur Seite und betätigte den elektrischen Fensterheber. Nichts!

»Das Fenster bewegt sich nicht.«

Sohlbach versuchte das Gleiche auf seiner Seite, auch dort bewegte sich nichts.

Unterdessen kam Raffael wieder zu sich. Zuerst stellte er fest, dass er sich nicht fortbewegte, was er in seinem momentanen Zustand als sehr angenehm empfand. Vorsichtig bewegte er seinen Kopf. Das tat weh, aber es beruhigte ihn, denn auf einen defekten Halswirbel konnte er gut und gerne verzichten. Dann untersuchte er seinen Körper nach irgendwelchen Blutungen, auch hier stellte er zufrieden fest, dass nichts beschädigt war. Schließlich schnallte er sich ab. Er öffnete die Fahrertür und stieg langsam aus.

Er betrachtete den zu Schrott gefahrenen Wagen und blickte zu den zwei Polizisten, die etwas unbeholfen durch die Windschutzscheibe ihres Dienstwagens krochen.

»Ist mit Ihnen alles in Ordnung?« fragte Raffael und ging auf die Beamten zu.

»Bleiben Sie stehen«, bluffte der Ältere ihm entgegen.

»Was?« Raffael sah ihn skeptisch an. »Ich will Ihnen helfen.«

»Bleiben Sie einfach da stehen«, antwortete der Beamte ruhig, aber etwas in seiner Stimme wies darauf hin, dass irgendwo eine Zündschnur brannte und man besser nicht auf den Knall wartete.

»In Ordnung«, nickte Raffael.

Die beiden Beamten kletterten über die Motorhaube auf die Straße.

»Mann«, schnaufte Breitenbach, »was ist denn in Sie gefahren, so zu rasen?«

»Man hat auf mich geschossen«, erklärte Raffael.

»Was?« Etwas angeschlagen humpelte der ältere Sohlbach um die beiden Schrotthaufen. »Erzählen Sie keine Märchen. Dazu bin ich jetzt wirklich nicht aufgelegt.«

»Ganz ehrlich«, entgegnete der Schriftsteller. »Ich glaube, man hat Kimpel erschossen.«

»Mann oh Mann, wer ist Kimpel?« Breitenbach schüttelte den Kopf. »Sie haben Nerven!«

Raffael verstand nicht, was der Beamte damit meinte, doch als er weitere Polizeiautos die Leimbachstraße hoch auf sie zu rasen sah, ahnte er, dass er in einem Haufen Schwierigkeiten steckte.

7

Als der zweite Schuss durch die Altstadtgassen hallte, sprangen Erich und Tristan auf und liefen zur Haustür.

»Wo, meinst du, kam der Schuss her?« fragte Erich besorgt.

»Irgendwo in der Nähe des Dicken Turmes«, antwortete Tristan.

Der Detektiv lebte über ein halbes Jahrhundert in der Krönchenstadt. Die Geräusche der Altstadt kannte er wie kein anderer. Die beiden Männer sahen sich kurz an, dann sagte Tristan: »Ich hole meine Strickjacke.«

»Nimm einen Schirm mit«, meinte Erich. »Die Strickjacke wird dir bei diesem Wetter nichts nützen.«

»Die hat Helga gestrickt«, entgegnete Tristan entrüstet, »und sie ist mit irgend so einem Zeug imprägniert. Die hält das Wasser ab. Fühl mal wie dick die ist. Da brauch ich keinen Schirm, nur etwas für den Kopf.«

Er ging zur Garderobe, wo er einen alten Trilby mit breiter Krempe von der Hutablage nahm.

»Wo hast du denn das Schmuckstück ausgegraben?« fragte Erich mit Begeisterung.

»Den hat Helga auf dem Speicher gefunden.« Tristan setzte den Hut lässig auf. »Wusste gar nicht, dass ich den noch habe.«

»Deine Nichte würde jetzt wohl sagen: Echt cool«, lächelte Erich, griff über Tristan zur Garderobe und nahm einen langen schwarzen

Mantel, den er mit einer beeindruckenden Geste überzog.

»Bist du so weit?« fragte der Detektiv, der kurz in die Küche verschwunden war und mit einer dicken Taschenlampe zurückkam.

»Gute Idee«, nickte Erich, »dann los.«

Sie verließen das Haus und marschierten die Untere Metzgerstraße entlang in Richtung Alte Poststraße. Die gefallenen Schüsse schienen niemanden weiter beunruhigt zu haben, jedenfalls begegneten sie keiner anderen sterblichen Seele.

Der Nebel lag schwer in den Straßen, verwandelte das wenige Licht von Straßenlampen und spärlichen Schaufensterbeleuchtungen in eine milchige, feuchte Masse. London hatte an diesem Abend eine echte Konkurrentin, und jeder Regisseur eines Horrorfilms wäre mit den Wetterbedingungen äußerst zufrieden gewesen.

»Wie ausgestorben«, flüsterte Erich, als sie an *Karstadt* vorbei auf den Schlossplatz traten.

»Wir sollten vorsichtig sein«, mahnte der Detektiv.

Erich nickte, schließlich waren beide Männer nicht bewaffnet, was Erich nun schmerzlich feststellen musste.

»Ich hätte meinen Wanderstab mitnehmen sollen«, sagte er nachdenklich. »Wir sind dem Schützen völlig ausgeliefert.«

»Gewalt erzeugt nur Gegengewalt«, antwortete Tristan und blieb stehen. Sie befanden sich am Wareneingang des Kaufhauses. Tristan versuchte durch den dichten Nebel etwas zu erkennen.

Aber bereits am Rand des Platzes verschwammen die Konturen zu einem mattschimmernden Etwas. Der Detektiv blickte in Richtung Untersuchungsgefängnis, das im linken Flügel des alten Schlosses untergebracht war. »Warum ist hier kein Polizist aus dem Untersuchungsgefängnis?«

»Vielleicht haben sie die Schüsse nicht gehört?«

»Das kann ich mir nicht vorstellen.« Tristan schüttelte den Kopf. »Vielleicht ist es momentan nicht belegt.«

»Kann sein«, nickte Erich, »aber ein paar Grün-Weiße mit scharfen Waffen wären mir jetzt ganz recht.«

»Mal den schwarzen Mann nicht an die Wand«, murmelte Tristan. »Lass uns vorsichtig weiter gehen.«

»Okay, geh du vor«, sagte der Zwei-Meter-Mann abwägend.

»Angsthase«, antwortete Tristan trocken.

Sie schlichen ins Dunkle und überquerten langsam den Schlossplatz. Schließlich erreichten sie die Arkaden des alten Schlosses. Im Schutz des Ganges wirkte der Nebel freundlicher. Das gusseiserne Tor zur Gruft des Fürsten Johann Moritz setzte sich deutlich von dem umliegenden Sandstein ab. Es wirkte wie das Tor zum Hades. Tristan fröstelte.

»Du hättest eine anständige Jacke anziehen sollen«, kommentierte sein Freund.

Tristan schielte Erich an und wandte sich dann nach rechts, dem Dicken Turm zu.

»Du kennst dort drüben den überbauten Durchgang«, sagte Tristan leise.

Erich nickte.

»Der ideale Ort, um jemanden umzubringen, ohne gleich gesehen zu werden.«

»Beten wir zu Gott«, raunte Erichs Baritonstimme, »dass du Unrecht hast.«

Die beiden Freunde gingen los.

»Sollte dort noch jemand auf uns warten«, bemerkte der Detektiv, »dann wird er uns genauso wenig sehen können, wie wir ihn.«

»Mit dem kleinen Unterschied«, sagte Erich sarkastisch, »dass er vermutlich eine Waffe hat und wir nicht.«

Ohne ein weiteres Wort zu wechseln, marschierten sie dem Dicken Turm entgegen. Als sie den überbauten Durchgang erreichten, blieben sie abrupt stehen. Atemgeräusche krochen ihnen leise aus dem schwarzen Loch entgegen. Sie sahen sich schweigend an, wobei Erich Tristan klarmachte, seinen Wanderstab zu vermissen. Dann schlichen sie vorsichtig die Treppe hinunter. Nach einigen Metern bewegte sich vor ihnen etwas. Sie blieben zum zweiten Mal stehen und erkannten eine schemenhafte Gestalt, die am Boden herumkroch. Tristan gab ein Zeichen, dann stürmten die beiden Männer vor. Erichs fester Tritt hallte eine Sekunde später durch den Gang und verriet sie.

Die Gestalt sprang auf, Erich dem schwarzen Schatten entgegen. Er strauchelte und fiel vornüber. In diesem Moment erkannte Tristan eine weitere Gestalt, die am Boden lag. Der Detektiv zögerte, was der Fremde ausnutzte, um die Flucht zu ergreifen.

»Bist du in Ordnung?« fragte der Detektiv und beugte sich zu Erich hinunter.

»Ja«, sagte der Diakon. »Das kann man von dieser unglücklichen Seele allerdings nicht sagen.«

Tristan nickte und schauderte innerlich, als er in zwei entsetzt blickende Augen sah, die tot in die Nacht starrten.

8

Das Aufgebot an Polizeiwagen war enorm. Es schien, als habe man den gesamten Fuhrpark der Kreispolizeibehörde in die Leimbachstraße geschickt. Raffael spürte deutlich, wie sich sein Magen zusammenkrampfte. So etwas hätte er nicht für möglich gehalten. Die Szenerie erinnerte an einen Hollywoodfilm. Irgendwie gehörte sie nicht nach Siegen. Und dazu noch in die neblige Novembernacht! Als Schriftsteller besaß er natürlich ein großes, kreatives Vorstellungsvermögen. Hinzu kam, dass er sich in vielerlei Situationen hineinversetzen konnte, aber was er nun erlebte, wäre ihm für einen seiner Kriminalromane nicht im Traum eingefallen.

Quietschend bremsten die ersten Fahrzeuge und links und rechts flogen Türen auf.

»Alles unter Kontrolle«, rief Polizeiobermeister Sohlbach, »wir haben alles unter Kontrolle.«

Einen Augenblick später standen zwanzig Beamte um die Unfallstelle.

»Ich sagte doch«, stotterte Raffael, »auf mich ist geschossen worden.« Seine Hände hatte ihm Polizeimeister Dreisbach auf den Rücken mit Handschellen gefesselt.

»Das können Sie uns auf der Wache ganz genau erzählen«, brummte Dreisbach. »Dort haben Sie alle Zeit der Welt.«

»Was für eine Nacht«, flüsterte Sohlbach seinem Kollegen zu, »wo kommen die lieben Kollegen denn alle so schnell her?«

»Vermute mal«, grinste Dreisbach und führte Raffael zu einem intakten Polizeiwagen, »dass sie den Funk abgehört haben.«

»Ja und«, zuckte Sohlbach mit den Schultern.

»Die Sache in der Donnerscheidstraße«, erinnerte Dreisbach, »die haben sich bestimmt überall in der Umgebung auf die Lauer gelegt, um möglichst schnell dort aufzutauchen. Die Gelegenheit, unseren Chef in dieser peinlichen Situation vorzufinden, wollten sie sich nicht entgehen lassen.«

Sohlbach nickte. Das erklärte den plötzlichen Aufmarsch der grün-weißen Streitmacht.

Raffael wurde in den Fond verstaut und allein gelassen. Anschließend mussten die beiden Polizisten ihren Kollegen erklären, wie es zu dem Unfall gekommen war. Raffael verfolgte, wie die Beamten zu diskutieren anfingen. Sie sahen die beiden zu Schrott gefahrenen Autos an und blickten hin und wieder zu ihm. Er lehnte sich zurück und versuchte mit den Händen auf dem Rücken eine bequeme Haltung einzunehmen. Für ein paar Sekunden schloss er die Augen.

»Wieland an Wieland 6«, krächzte es plötzlich aus einem Lautsprecher. »Wieland 6 kommen!«

Raffael blickte auf und beobachtete die Polizisten. Die reagierten nicht.

»Wieland 6 kommen«, wiederholte die Stimme aus dem Lautsprecher. »Wieland 8 kommen … Wieland 2 kommen … Mensch, hört mich denn keiner«, fluchte die Stimme.

»Doch, ich«, murmelte Raffael.

»Wieland 5 kommen … Hey Jungs, aufwachen!«

Raffael sah zu dem Haufen Beamter, die immer noch nichts von ihrer Zentrale wahrnahmen.

»Wieland 6 kommen, wir haben einen Mord gemeldet bekommen, bewegt eure Ärsche«, dröhnte es aus dem Lautsprecher.

»Mord«, würgte Raffael, also war Kimpel tot. Jetzt werden sie mir endlich glauben, dachte Raffael und schrie: »Kommt mal einer her, es wird ein Mord gemeldet.«

Das schreckte die Beamtenrunde auf. Dreisbach trat an den Wagen.

»Wieland 6, wo steckt ihr?« grollte die Stimme aus dem Lautsprecher.

Dreisbach beugte sich in den Wagen, nahm das Mikrofon und meldete sich.

»Na endlich«, stöhnte die Stimme aus der Zentrale. »An der Martinikirche wurde eine Leiche gefunden.«

Dreisbach nahm Anweisungen entgegen, hängte das Mikrofon in seine Halterung ein und sah Raffael skeptisch an, als wollte er sagen: Den Mörder haben wir ja schon.

Dann ging alles sehr schnell. Dreisbach und Sohlbach übernahmen den Polizeiwagen ihrer Kollegen, während diese am Unfallort zurückblieben. Gefolgt von neun mit Blaulicht fahrenden Autos jagten sie dem Tatort entgegen.

Tristan wartete am Dicken Turm. Erich hatte mit seinem neuen Handy die Polizei verständigt und damit den Vorteil des mobilen Telefonierens dokumentiert. Schweigend zogen sie ihre Regenkleidung am Kragen zurecht. Einige Minuten nach dem Anruf ertönten die ersten Polizeisirenen, die in der Stille der Nacht kilometerweit zu hören waren.

»Dem Lärm nach zu urteilen«, murmelte Erich, »kommen die mit einer ganzen Armee den Berg hinaufgefahren.«

Tristan nickte. Dann bog der erste Polizeiwagen auf den Schlossplatz ein. Einen Augenblick später blinkten ein Dutzend Blaulichter über den Platz, die im dichten Nebel ein bizarres Lichtspiel an der Schlossfassade zauberten.

Polizeiobermeister Sohlbach trat auf die beiden Männer zu.

»Guten Abend«, sagte er kühl.

»So gut ist er nicht«, erwiderte Tristan.

Sohlbach verstand und nickte.

Tristan zeigte ihm den Weg, während Dreisbachs Kollegen damit begannen, den Tatort abzusichern. Erich blieb am Dicken Turm stehen. Er wollte sich den erneuten Anblick der Leiche ersparen. Nach einigen Minuten kam Tristan aus der Unterführung zurück und ging auf seinen Freund zu.

»Lass uns gehen«, meinte er. »Hier können wir nichts mehr unternehmen.«

»Gute Idee«, schnaufte Erich. »Mir ist kalt geworden.«

Sie schauten noch einmal in den schwarzen Schlund des Todes, der mittlerweile mit einigen Strahlern beleuchtet wurde, dann bahnten sie sich einen Weg durch die herumlaufenden Beamten und parkenden Autos. Sie waren ein paar Schritte an den Autos vorbeigegangen, als eine aufgeregte Männerstimme Tristans Namen rief.

»Herr Irle, Herr Irle«, klang es dumpf aus dem Fond eines Polizeiwagens. »Hier, hier! Schauen Sie nach rechts, ja, hier!«

»Wer ist denn das?« fragte Erich.

»Mal sehen«, antwortete Tristan und öffnete die hintere rechte Tür des Wagens.

»Danke«, stöhnte Raffael erleichtert, »ist Kimpel tot?«

»Ja«, nickte der Detektiv. »Wenn das der Name der Leiche drüben im Durchgang ist, dann ist er tot.«

Raffael nickte mit dem Kopf.

»Mein Name ist Raffael Leich«, sagte er.

»Leich? Der Krimiautor?« fragte Erich überrascht.

»Ja, der«, seufzte Raffael und sah Tristan betrübt an. »Kimpel ist ermordet worden, weil er mir ein wichtiges Dokument überreicht hat.« Einen Augenblick hielt er inne, als wäre ihm etwas Schreckliches eingefallen, dann sah er Tristan mit leichenblassem Gesicht an.

»Herr Irle, Sie müssen mir einen Gefallen tun«, stieß er hastig aus und erklärte in wenigen Worten, was sich in der letzten Stunde zugetragen hatte. »Bitte, nehmen Sie die Mappe mit dem Bild aus dem Auto, bevor der Mörder die Gelegenheit dazu hat.« Raffael schüttelte mit dem Kopf. »Ich weiß nicht, was die ganze Geschichte soll. Ich verstehe es nicht.«

Tristan überlegte einen Augenblick, dann sagte er zu.

»Was machen Sie hier?« bläffte plötzlich ein Beamter. »Lassen Sie den Mann in Ruhe.«

»Kein Problem.« Tristan schloss die Wagentür und nickte Raffael zum Abschied zu. »Wir sind schon auf dem Weg.«

Der Polizist kam näher und erkannte den Detektiv.

»Oh, Herr Irle«, entschuldigte er sich, »ich habe Sie bei diesem Nebel nicht erkannt.«

»Kein Problem«, lächelte Tristan und folgte Erich aus dem Autoknäuel heraus.

Sie waren ein gutes Stück gegangen, als der Diakon fragte: »Was hältst du von der Geschichte?«

»Sie macht mich neugierig«, grinste der Detektiv.

»Gehen wir zu Fuß oder fahren wir?« fragte Erich, als wäre er Mel Gibson in einer Actionrolle.

»Passanten fallen weniger auf«, sagte Tristan, »findest du nicht auch?«

»Gute Idee«, nickte Erich und deutete auf einen kleinen Fußweg. »Lass uns die Abkürzung nehmen.«

2. Millionen von Wassertropfen ...

Samstagmorgen

Millionen von Wassertropfen zerplatzten leise am Fensterglas alter Sprossenfenster. Die letzten Nebelschwaden zerrissen unter dem Bombardement des Regens, und trübes Morgenlicht fiel quälend langsam durch einen wolkenverhangenen Himmel auf die Rubensstadt. Tristan Irle mochte das leise Trommeln des Regens gegen die Fensterscheiben. Es beruhigte ihn und ließ ihn ohne schlechtes Gewissen länger im Bett verweilen als üblich. Der Detektiv wälzte sich langsam von der rechten Seite auf die linke und genoss die angenehme Ruhe, die das leere Haus verbreitete. Helga war mit seinem Kakadu, Marlowe, die Nacht auf dem Giller geblieben. Sie hatte ihm auf den Anrufbeantworter gesprochen, den er seit neuestem installiert hatte. So ganz ohne moderne Technik kam Tristan doch nicht aus, auch wenn er gegenüber Erich gerne eine altmodische Meinung vertrat. Helgas Computer konnte er mittlerweile besser nutzen als seine Lebensabschnittsgefährtin. Besonders das Internet hatte es dem Detektiv angetan.

Tristan streckte sich und stöhnte zufrieden. Die vergangene Nacht war so richtig nach seinem Geschmack gewesen. Sie waren vom Unteren Schloss den kürzesten Weg zur Unfallstelle gegangen. Dort wachten nur noch zwei Polizeibeamten, die gerade dabei waren, das Verladen der Schrottautos zu beaufsichtigen. Als die beiden Wagen am Haken hingen, aber noch nicht endgültig auf die Laderampe des Abschleppwagens gezogen waren, verabschiedeten sich die Beamten, und Tristan nutzte diese Gelegenheit, um an Raffaels Japaner heranzutreten. Erich lenkte den Fahrer des Abschleppwagens ab, während Tristan auf die Rampe kletterte und in das zerborstene Beifahrerfenster griff, um die schwarze Ledermappe herauszuziehen. Das Ganze hatte keine halbe Minute gedauert.

Tristan grinste, wie gesagt: ein Unternehmen ganz nach seinem Geschmack. Jetzt lag diese geheimnisvolle Mappe unten im Wohnzimmer, und es brannte in ihm, herauszubekommen, was es mit dem Inhalt auf sich hatte. Voller Elan schwang er sich aus dem Bett.

Die alten Dielen knarrten, als er die schmale Treppe hinab in sein Badezimmer ging. Das Haus war über 500 Jahre alt und hatte den großen Bombenangriff auf die Stadt im Dezember '44 nur knapp überlebt. Damals hatten Tristans Eltern das Haus provisorisch geflickt. Dieser provisorische Zustand hatte sich mit den Jahren in einen dauernden verwandelt und sich erst geändert, als Tristan mit der Restaurierung begann. Über ein Jahrzehnt hatte er Balken geschliffen, Lehmwände und Schiefer ersetzt sowie Balkenlager gerichtet. Am Ende strahlte das Haus wieder in seiner ganzen Fachwerkspracht und animierte die Nachbarn, ihre Häuser ebenfalls zu sanieren.

Er wusch sich und genoss es, im Badezimmer alle Zeit der Welt zu haben. Kein Drängeln, endlich fertig zu werden. Diese Ruhe erinnerte ihn an ferne Singletage. Leise summend pinselte er sich die Wangen mit Rasierschaum ein, kontrollierte die Klinge des Rasierers und führte ihn langsam von unten nach oben an den Wangen entlang.

Draußen frischte der Wind auf und blies den Regen härter gegen das kleine Badezimmerfenster, das zum Hof hinter der Marienkirche lag. Tristan schielte kurz hinaus und hielt mit dem Rasieren inne. Ein Mann, eingepackt in einer dicken Winterjacke, stieg aus einem Auto und versuchte einen Regenschirm zu öffnen. Der Spannmechanismus funktionierte nicht richtig, und der Schirm klappte bei der leichtesten Böe in sich zusammen. Nach dem dritten Versuch gab der Mann auf und ging auf Tristans Haus zu. Ihm folgte ein weiterer Mann, der den Vorausgehenden um gut einen Kopf überragte.

»Besuch!« brummte der Detektiv. »Am frühen Morgen, samstags?«

Er wischte den Schaum aus dem Gesicht und zog einen Bademantel über. Dann hämmerte es bereits gegen die alte Eichentür.

2

Hauptkommissar Pfeiffer klopfte sein zerknülltes Jackett nach einer Schachtel Zigaretten ab. Ihm war kalt, und der Regen tat ein Weiteres, ihm an diesem Samstagmorgen die Laune zu vermiesen. Zusammen mit seinem Kollegen, Kommissar Holzbaum, war er in den frühen Morgenstunden am Dicken Turm eingetroffen, nachdem man ihn aus Hagen herbeigerufen hatte. Pfeiffer kontrollierte zum zweiten Mal sämtliche Taschen, stieß schließlich ein wütendes „Scheiße“ aus und wandte sich einem Beamten in Uniform zu.

»Maier«, schnaufte der Hauptkommissar, »können Sie mir Zigaretten besorgen?«

Der junge Polizeimeister sah den Kripobeamten verständnislos an, was Pfeiffers Gemütszustand eine Umdrehung mehr zum Rotieren brachte.

»Verstehen Sie nicht«, knurrte er, »ich brauche eine Schachtel Glimmstengel, klar!«

»Welche Marke?« stotterte Maier, durch Pfeiffers Reaktion eingeschüchtert.

»Die mit dem Kamel«, antwortete der Hauptkommissar und fühlte sich mit der Aussicht auf ein wenig Nikotin gleich wohler.

Pfeiffer stand vor dem Regen geschützt am Tatort und fragte sich, was Menschen dazu brachte, bei dieser nasskalten Atmosphäre aus warmen Häusern und trockenen Zimmern hinauszugehen, um einander mitten in der Nacht umzubringen.

Entweder, dachte Pfeiffer, treibt die Siegerländer dieses Wetter in den Wahnsinn, bis sie Amok laufen, oder aber hier hatte jemand einen echt bösartigen Grund gehabt, diesen armen Teufel ins Jenseits zu schicken.

Er schüttelte den Kopf, rückte seine Nickelbrille zurecht und betrachtete Kommissar Holzbaum, der wiederum zusammen mit Staatsanwalt Friedrich Büdenbender die abgedeckte Leiche betrachtete. Staatsanwalt Büdenbender strahlte die Zufriedenheit eines Mannes aus, der eine angenehme Nacht mit einer schönen Frau hinter sich hatte. Pfeiffer kannte diese schöne Frau, was seinen Gemütszustand eine weitere Umdrehung näher ans Ausrasten führte.

Wenigstens, dachte der Hauptkommissar, als er langsam auf die beiden zuging, trägt er keine papageifarbenen Klamotten.

»Was wissen wir über diesen Kimpel?« fragte Staatsanwalt Büdenbender so freundlich wie eine warme Frühjahrsbrise.

»Er ist tot«, grinste Pfeiffer, der sich diese Bemerkung angesichts eines unerträglich zufriedenen Staatsanwaltes nicht verkneifen konnte.

»Herr Pfeiffer«, lächelte Büdenbender, »das sehe ich. Was wissen wir darüber hinaus?«

»Holzbaum«, brummte Pfeiffer, »was wissen wir?«

Kommissar Werner Holzbaum rückte seinen schwergewichtigen Körper in Position. Sein bulldoggenähnliches Gesicht lächelte die beiden Männer gutmütig an, während er ein ledernes Notizbuch aus der Innentasche seines Mantels zog. Langsam schlug er es auf und suchte nach den Einträgen, die er auf der Fahrt nach Siegen notiert hatte. Ein Unterfangen, dass ihm äußerste Konzentration abverlangt hatte, da Pfeiffer zur gleichen Zeit mit rasender Geschwindigkeit den Nebel auf der A 45 vor sich hertrieb, obwohl das automatische Verkehrsleitsystem nur Tempo 50 zuließ. Dem drohenden Herzinfarkt war Holzbaum nur entgangen, weil er sich streng auf die Stimme aus dem Lautsprecher des Funkgerätes konzentriert hatte.

»Wolfram Kimpel«, las Holzbaum vor, »Jahrgang 55, verheiratet, zwei Kinder, Verwaltungsbeamter, seit einem Jahr persönlicher Referent des Bürgermeisters der Stadt Siegen. Keine Vorstrafen, keinen Punkt in Flensburg, wohnt in der Altstadt, keine nennenswerten Schulden ...«

»Ein ganz normaler ehrlicher Bürger«, unterbrach Büdenbender. »Persönlicher Referent des Bürgermeisters?«

»Ja«, nickte Holzbaum.

»Unangenehm«, meinte der Staatsanwalt. »Der Landrat ist ein guter Freund des Bürgermeisters.«

Pfeiffer sah Büdenbender an, als verstehe er nicht, was diese Bemerkung solle.

»Pfeiffer!« bellte Büdenbender. Sein kaltherziges Wesen schüttelte den betäubenden Rausch der vergangenen Liebesnacht ab. Zum Vorschein kam Büdenbenders karrierebewusster Charakter, mit dem Pfeiffer besser umzugehen wusste. »Das verleiht der Sache ...«

»... der Sache?« zischte Pfeiffer.

»... diesem Mord eine ganz neue Bedeutung«. Der Staatsanwalt blickte auf die Leiche, dann fixierte er den Hauptkommissar durch zwei kalte

Augen. »Sie sollten Ihr mürrisches Gesicht unter einen Wasserhahn halten und schnell, sehr schnell mit der Arbeit beginnen. Guten Tag!«

Der Staatsanwalt schob sich an Holzbaum vorbei und verschwand im Durchgang zum Dicken Turm.

»Dieses Wetter macht alle verrückt«, bemerkte Holzbaum und steckte sein Notizbuch zurück in die Tasche. »Was machen wir als Erstes?«

»Kaffee trinken«, stöhnte Pfeiffer und rief: »Wo bleibt Maier mit meinen Zigaretten?«

3

»Guten Morgen«, sagte der eingehüllte Mann heiser, als Tristan ihm die Haustür öffnete.

»Guten Morgen«, erwiderte Tristan.

»Mein Name ist Benno Becker, und das ist Jan Kerber.« Ein plötzlicher Hustenanfall unterbrach Becker. Der leicht untersetzte Mann beugte sich verkrampft nach vorne, während seine Hände nach einem Taschentuch suchten. Tristan erkannte am Tonfall des Hustens, dass es sich um einen fiesen Schleimhusten handelte und trat einen halben Schritt zurück. Kerber betrachtete die Szene gelassen und schwieg.

»Verzeihen Sie«, Becker hatte sein Taschentuch rechtzeitig gefunden und wischte sich nun den Mund ab, »dieser Husten und dann noch diese Erkältung bringen mich noch um.«

»Weshalb liegen Sie nicht im Bett?« antwortete Tristan.

»Das, Herr Irle, möchte ich Ihnen gerne erklären.« Becker lächelte, sah zu Kerber und kreuzte frierend die Arme vor seiner Brust. »Dürfen wir eintreten?«

»Kommen Sie rein«, sagte Tristan höflich und führte die beiden ungleichen Männer ins Wohnzimmer. »Lassen Sie den Mantel noch einen Moment an«, schlug der Detektiv dem erkälteten Becker vor und drehte den Heizungskörper voll auf.

»Herr Kerber, Ihre Jacke hänge ich gerne weg.«

»Nicht nötig«, nuschelte der Mann, »behalte sie bei mir.«

»Okay«, meinte Tristan.

Becker betrachtete das Wohnzimmer, das ihn an ein englisches Studierzimmer aus dem letzten Jahrhundert erinnerte. Die Decke war vertäfelt, wobei man darauf geachtet hatte, die dicken Eichenbalken sichtbar zu lassen. Eine breiter Kamin befand sich an der gegenüberliegenden Wand zum Eingang. Neben dem Kamin lag ein großer Holzstapel.

Tristan bemerkte Beckers Interesse für den Kamin und sagte: »Bis ich da ein richtiges Feuer gemacht habe, sind Sie erfroren.«

»Oh, entschuldigen Sie meine Neugier«, Becker wirkte verlegen, »aber daran hatte ich nicht gedacht.«

»Du vielleicht nicht«, murrte Kerber, »aber jetzt ein warmes Feuer, das wäre nicht schlecht!«

»So?« erwiderte Tristan bissig. »Leider nicht möglich, aber etwas Warmes kann ich Ihnen anbieten. Möchten Sie einen Kaffee oder einen Tee?«

»Einen Tee, wenn es keine Umstände macht«, antwortete Becker und öffnete einige Knöpfe seines Mantels.

»Mir bitte einen Kaffee«, sagte Kerber, als spräche er zu einem Kellner.

»Wenn Sie Platz nehmen möchten«, schlug Tristan vor, »während ich Wasser aufsetzen gehe.«

»Danke, gerne«, nickte Becker und ließ sich in einen der zwei Lesesessel fallen, die links und rechts dem Kamin zugewandt standen. Kerber überlegte einen Augenblick, welcher Platz der angenehmste sei und entschloss sich für das Sofa.

Tristan verschwand in die angrenzende Küche. Becker sah sich das Wohnzimmer weiter an. Ein großes Bücherregal füllte eine gesamte Wand aus. Ihm gegenüber befand sich eine Reihe von Sprossenfenstern, die einen Blick auf die umliegenden Fachwerkhäuser freigaben. Ein viktorianisches Sofa und ein kleiner Tisch standen in der Mitte des Raumes. In der Ecke zur Küche stand ein runder Esstisch, auf dem einige Zeitschriften und eine schwarze Mappe lagen.

»Trinken Sie Milch oder Zucker in Ihrem Tee?« rief Tristan aus der Küche.

»Nur Milch«, antwortete Becker.

»Milch und Zucker«, rief Kerber.

Kurz darauf trat Tristan mit einem Tablett ins Wohnzimmer. Er stellte es auf den kleinen Sofatisch und füllte die Tassen. Becker nahm seine entgegen, goss einen Schuss Milch in den Tee und nahm einen vorsichtigen Schluck.

»Das tut gut«, stöhnte er erschöpft und öffnete den Mantel vollends.

Kerber griff ebenfalls zu seiner Tasse, hantierte mit dem Zuckerlöffel, verschüttete die Hälfte auf den Parkettboden, schöpfte ungeniert nach, goss Milch hinterher und rührte anschließend übertrieben laut den Löffel in der Tasse herum.

»Was kann ich für Sie tun?« lächelte der Detektiv gequält, während er Kerber aus den Augenwinkeln beobachtete. »Es muss dringend sein, wenn Sie sich in Ihrem Zustand aus dem Haus wagen.«

»Es ist dringend, Herr Irle«, nickte Becker und hielt die Tasse wärmend in seinem Schoß. »Sie haben gestern Nacht einen Kollegen meiner Fraktion, Wolfram Kimpel, tot aufgefunden.«

»Kimpel war Politiker?« sagte Tristan überrascht.

»Der persönliche Referent des Bürgermeisters«, ergänzte Becker, »selbstverständlich auch Parteimitglied.« Er nahm einen weiteren Schluck. »Sehr guter Tee«, lobte er. Dann wurde er auf besondere Weise ernst. »Wir, das sind Freunde aus der Partei und Herr Kerber, ein ehemaliger Arbeitskollege des verstorbenen Kimpel, fürchten, dass er aus einem besonderen Grund umgebracht wurde. Sie müssen wissen, dass Kimpel ein ausgesprochener Gegner des Theaterprojektes für Siegen war. Er unterstützte die Initiative, das alte Kaufhaus am Markt gegenüber dem Rathaus wiederzubeleben. Sie wissen von den Plänen?«

Tristan nickte. Das alte Kaufhaus gegenüber dem Rathausplatz stand seit einigen Jahren leer. Es gab verschiedene Überlegungen, dieses zentrale Gebäude der Oberstadt wieder mit Leben zu füllen. Unter anderem sah eine Studie vor, das Gebäude als ein Kultur-Zentrum mit einer großen Bibliothek, einem Medienraum und einer Galerie mit großen Ausstellungsflächen inmitten der Stadt zu nutzen. Dadurch sollte die Oberstadt wieder attraktiv werden, die durch den Bau eines großen Einkaufszentrums und die Eröffnung eines Multiplex-Kinos in der Unterstadt stark an Bedeutung verloren hatte.

»Sie wissen wahrscheinlich auch«, bemerkte plötzlich Kerber in einem schmierigen Tonfall, »dass die Stadt nicht genügend Geld aufbringen kann, um beide Projekte zu finanzieren.«

»Ja, ein Dilemma«, sagte Tristan. »Beide Initiativen sind zu begrüßen.«

»Wenn die Kassen voll wären«, stöhnte Becker, »würden alle Ratsmitglieder nur zu gerne beide Projekte verwirklichen. Aber die Kassen sind leer, und so müssen wir uns für ein Projekt entscheiden. Und so, wie es aussieht, wird es eine knappe Entscheidung werden. Der Bürgermeister befürwortet die Theater-Lösung. Das entsprach nicht Kimpels Überzeugung. Deshalb haben einige meiner Freunde das Empfinden, Kimpels Tod könnte mit diesen beiden Projekten zusammenhängen. – Wir wünschen dies genau zu wissen«, seufzte Becker und schnäuzte sich. »Können wir auf Sie zählen? Und wenn ja, was würden Ihre Dienste die Partei kosten?«

»Ihre Partei wird es verschmerzen können«, lächelte Tristan, für den die Zugehörigkeit zu einer speziellen Partei gegen das Prinzip der Vernunft sprach. Schließlich sollte die bestmögliche Politik für die Bürger gestaltet werden, ohne gute Vorschläge im Rat nur deshalb abzulehnen, weil sie von einer anderen Fraktion stammten.

4

Raffael Leich würde die vergangene Nacht in seinem Leben nicht vergessen. Nachdem er ein scheinbar endloses Verhör über sich hatte ergehen lassen müssen, war er dank seines Rufes und des Einsatzes seines Anwalt in den frühen Morgenstunden aus der Obhut der Beamten entlassen worden. Ein Taxi hatte ihn nach Hause gebracht, wo er mehr schlecht als recht ein paar Stunden geschlafen hatte.

Zerschlagen blickte er auf die Uhr, wälzte sich auf die andere Seite und versuchte nochmals einzuschlafen. Dann schellte es an der Haustür, und die Nacht war endgültig vorbei.

»Wer ist denn das?« fluchte Raffael und spähte durch das Schlafzimmerfenster zur Haustür.

»Enissa?!« seufzte er. »Oh Gott!«

Enissa war seine momentane Favoritin. Er hatte ihr wochenlang den Hof gemacht und glaubte nun, in der selbstbewussten Frau und angehenden Anwältin die Frau fürs Leben gefunden zu haben. Sie entsprach im Wesen und Körperbau so ziemlich seinen Idealvorstellungen, was bei seinem Geschmack nur selten vorkam. Leider hasste Enissa Langschläfer, sportliche Nullen und unaufgeräumte Wohnungen. Drei Eigenschaften, die Raffael über die Jahre zu einer gewissen Perfektion vollendet hatte und die nun die große Liebe gefährden konnten.

»Scheiße«, fluchte er beim Anblick der vielen Kleidungsstücke, die im Schlafzimmer verteilt lagen, »hier darf sie nicht rein. Mist!«

Es läutete ein zweites Mal. Raffael zog sich schnell etwas über, riskierte noch einen Blick ins Badezimmer – dort würde sie in jedem Fall einmal reinschauen – und ging zur Haustür.

»Guten Morgen«, lächelte Enissa und gab Raffael einen flüchtigen Kuss.

»Morgen«, grinste Raffael, »komm rein.«

Enissa stand bereits in der Diele und pilgerte weiter ins Wohnzimmer.

»Du bist gerade erst aufgestanden?« fragte sie mit einem Unterton, der Raffaels sieben Sinne schlagartig schärfte.

»Ja«, antwortete er und fügte rasch hinzu, »du glaubst gar nicht, was mir gestern Nacht passiert ist.«

»Hat sich die Schlampe Liliane an dich herangemacht?« Enissa lächelte. Ihr Lächeln konnte überaus zweideutig wirken. In diesem Moment erschien neben Enissas Lächeln selbst Jack Nicholsons dämonisches Grinsen noch jungfräulich.

»Wie kommst du denn darauf?« wollte Raffael wissen.

Enissa durchquerte das Wohnzimmer und nahm in der Küche Platz.

»War nur so eine Vermutung«, säuselte sie und blickte auf einen italienischen Kaffeeautomaten. »Ein Cappuccino wäre jetzt nicht schlecht.«

»Gerne«, nickte Raffael wie ein Idiot. »Aber Liliane war gestern gar nicht hier.«

»So?« Ihre dunklen Augen blickten ihn unschuldig an. »Sie hat etwas anderes erzählt.«

»Sie lügt«, wehrte Raffael sofort ab. »Ich habe den ganzen Tag gearbeitet und dann ...«

»Ich habe gestern Abend versucht, dich zu erreichen.« Enissa lehnte sich leicht zurück und schob ihren Busen eine Nuance nach vorne, wobei sie den Kopf ein wenig schief hielt, um ihren Augen die nötige Wirkung zu geben. Die Frau wusste genau, was sie tat.

Für Raffael begann gnadenlos ein zweites Verhör, dabei hatte er von dieser Art der Kommunikation die Nase gestrichen voll. Wären da nicht diese dunkelbraunen Augen gewesen, die, umrahmt von einer schwarzen Haarpracht, verheißungsvoll alle Männerträume wahr werden ließen. Er war noch nicht Herr seiner Triebe und fing an zu stottern, als er versuchte, Enissa von den Ereignissen der vergangenen Nacht zu erzählen.

»Deshalb steht dein alter Japaner nicht vor der Tür«, sagte sie zufrieden. »Jetzt bekommst du einen neuen Wagen. Ich hoffe etwas Standesgemäßes.«

»Ich bin soeben dem Tod entronnen«, sagte Raffael enttäuscht, »und du denkst an einen neuen Wagen?«

»Sorry«, sie stand blitzartig auf und nahm ihn in den Arm. »Ich bin froh, dass dir nichts passiert ist.«

»Das ist schön«, grinste Raffael, während sich sein Blut in die Schoßgegend verteilte.

Enissa löste sich von ihm und fragte: »Ist der Automat kaputt?«

»Oh, nein«, wachte Raffael auf, »un momento, der Cappuccino kommt sofort.«

Enissa betrachtete gelassen, wie ihr Verehrer den Automaten bediente und dachte, ihn jetzt so weit zu haben, um ihr eigentliches Vorhaben anzubringen.

»Raffael«, begann sie zuckersüß, »ich hätte da eine Bitte.«

»Ja, Enissa?« Der Automat zischte, als Raffael die Milch aufschäumte.

»Unsere Anwaltskanzlei gibt heute Abend einen Empfang zu Ehren eines Klienten, der aus den USA gekommen ist. Würdest du mich begleiten?«

»Was?« Er hätte fast die Tasse fallen lassen. »Du weißt, dass ich solche Empfänge auf den Tod nicht ausstehen kann. Es ist Samstag! Du kennst meinen Rhythmus.«

Raffaels Samstagabend-Rhythmus war etwas ganz Besonderes. Dieser Rhythmus bestand aus einer Reihe von kleinen Ritualen, die in einer gewissen Reihenfolge über den Abend verteilt waren. Eine Störung ließ er nur unter besonderen Bedingungen zu. Er begann mit einer Ruhephase, dann folgte ein ausgeprägtes Bad zur Entspannung. Hier hätte er gerne Enissa dem Rhythmus hinzugefügt, doch wie es schien, konnte er das an diesem Samstag vergessen.

»Bitte«, lächelte sie zuckersüß.

»Diese Typen und das an einem Samstagabend. Eine Verschwendung von Lebenszeit sind solche Zusammenkünfte, ich hasse sie«, fauchte Raffael und fühlte sich nach dem kleinen Wutausbruch besser.

»Ich weiß«, nickte Enissa traurig, als hätte er ihr gerade das Liebste weggenommen. »Ich dachte nur, weil wir uns gestern Abend nicht gesehen haben?«

»Sieh mich nicht so an«, quälte sich Raffael. »Kannst du keinen anderen mitnehmen?«

»Du kennst meine Freunde doch«, sagte sie pikiert. »Das sind Idioten.«

»Gut aussehende Idioten«, flachste Raffael mit ernstem Gesicht.

»Bitte«, schnurrte Enissa.

»Ich hasse diese Treffen«, zischte es durch Raffaels Zähne. Doch es klang nicht mehr so standfest wie kurz zuvor. »Ist es dir denn wirklich so wichtig?«

»Unheimlich wichtig«, sagte sie ernst und nahm seine Hand.

»Um wie viel Uhr geht es los?« Er streckte die Waffen und wusste selbst nicht warum. Sein Hormonspiegel hätte diese Reaktion erklären können.

»Du bist ein Schatz«, sie sprang auf, umarmte ihn flüchtig und marschierte Richtung Haustür. »Ups«, sie blieb in der Diele stehen. »Du hast ja kein Auto, ich hole dich um 20 Uhr ab, okay?«

Raffael nickte.

Enissa verschwand, und während das Klicken des Haustürschlosses noch durch die Diele schwebte, erzeugte ein Schwarm von Neuronen in einer verwinkelten Ecke seines Gehirns für eine Millisekunde einen Gedankenfetzen, der fragte, ob dies wirklich die richtige Frau für ihn war.

Das Telefon klingelte und zerbombte den schwachen Gedanken, ehe er im Bewusstsein Fuß fassen konnte. Raffael schritt genervt an seinen Schreibtisch und nahm den Hörer ab.

»Raffael Leich«, sagte er hart. »Ja, kein Problem, ich werde mir das Auto ansehen.«

Er legte auf und notierte sich eine Adresse.

Hoffentlich, dachte er, hat Irle die Mappe gefunden.

Für einen Augenblick war er geneigt, Irle anzurufen, doch über das Telefon mochte er diese Angelegenheit nicht besprechen. Zudem gierte er danach, mehr über das Bild – oder war es ein Gemälde –, herauszubekommen. Im Moment konnte er sich nicht mehr genau an den Gegenstand erinnern. Angespannt marschierte er ins Badezimmer. Es wurde Zeit, das Haus zu verlassen.

5

Von Westen her zog ein dunkler Regenschauer über die Rubensstadt. Ihm voran fegte eine starke Böe herabgefallenes Laub durch die Gassen der Altstadt. Das trübe Licht der Morgensonne tat ein Weiteres, labile Menschen in Depressionen zu treiben. Helga Bottenberg dagegen fühlte momentan so ziemlich das Gegenteil von einer Depression. Sie bog gerade auf den Platz hinter der Marienkirche ein und war kurz davor, einen Mord zu begehen, was dem Wesen der ansonsten liebenswürdigen Pensionsbesitzerin so gar nicht entsprach. Der Grund dieser Aggression saß neben ihr auf dem Beifahrersitz des in die Jahre gekommenen Pandas und hörte auf den Namen Marlowe.

Der Kakadu Marlowe balancierte die Fliehkraft geschickt aus und brabbelte: »Frau Grete hatt' ein braves Huhn, / Das wusste seine Pflicht zu tun.«

»Es reicht, Marlowe«, schimpfte Helga.

Es stellte sich als ein Fehler heraus, den geschwätzigen Kakadu allein mit in die Pension zu nehmen. Tristan hatte sie gewarnt, das musste sie zugeben, aber dass der weiße Vogel sich so daneben benehmen würde, das hatte sie für unmöglich gehalten. Es war etwas anderes, ein paar Stunden auf den Vogel aufzupassen, als ihn zwei Tage für sich allein zu haben.

»Nie wieder«, sagte sie entschlossen und stellte das Auto vor Tristans Haus ab.

Ein weiterer Regenschauer erreichte die Altstadt.

Sie öffnete die Tür und sprang heraus. Marlowe spreizte seinen Kamm und kletterte auf die Kopfstütze. Helga verschwand im Haus, und kurz darauf tauchte Tristan auf und öffnete die Beifahrertür. Marlowe flatterte aufgeregt mit den Flügeln und sprang seinem Herrchen auf den hingehaltenen Arm.

»Da bist du ja wieder«, sagte Tristan liebevoll und beeilte sich, aus dem Regen herauszukommen.

Kaum waren sie im Trockenen, löste sich Marlowe von Tristans Arm und flog durch das Wohnzimmer, seiner Kletterstange entgegen.

»Ich sag' dir«, stöhnte Helga, »nie wieder.«

»War er so schlimm?« Tristan lächelte und nahm seine Freundin in den Arm.

»Schlimm?« Helga verzog ihr jugendlich wirkendes Gesicht zu einer Grimasse. »Die reinste Katastrophe. Einen Tag länger und ich hätte ihn gerupft.«

»Na, komm, ich habe Kaffee aufgesetzt.«

Sie gingen in die Küche. Draußen schwemmte der heftige Regenschauer Laub und kleine Äste den Berg hinunter.

Helga Bottenberg genoss Tristans Kaffee. Seit sie ihn vor ein paar Jahren auf dem Giller kennen und lieben gelernt hatte, tat es ihr um jede Stunde leid, die sie nicht mit ihm verbringen konnte. Dabei stießen ihre Dickschädel bei dem einen oder anderen Thema so stark aneinander, dass Funken sprühten. Helga konnte sehr temperamentvoll reagieren, was Tristan bewunderte, womit er sie nur noch mehr reizte. Mit Tristans Job hatte sie sich jedoch nie anfreunden können. Sie hatte bereits einen Mann verloren, einen zweiten Mann unter die Erde zu bringen, das wusste Helga, würde ihr mehr als nur das Herz brechen.

»Und, was gibt es in Siegen Neues?« sagte Helga mit einem entspannten Lächeln in ihrem Gesicht. Ihre Hand streichelte zärtlich Tristans Hand.

Der Detektiv lächelte zurück und genoss den Augenblick, den er einen Moment später zerstören würde.

»Es hat eine Schießerei gegeben«, sagte er ruhig.

Helga runzelte die Stirn.

»Ein Mann wurde erschossen«, erzählte Tristan weiter. »Erich und ich haben ihn bei der Unterführung in der Nähe des Dicken Turms gefunden.«

»Ihr wart in eine Schießerei verwickelt?« Ihre Augen weiteten sich, um kurz darauf hinter zwei messerscharfen Augenschlitzen zu verschwinden.

»Wir waren nicht in eine Schießerei verwickelt«, erklärte Tristan beruhigend. »Wir haben nur die Leiche gefunden.«

»Du warst nicht in Lebensgefahr?« fragte Helga eindringlich nach.

»Nun«, stotterte Tristan, »der mutmaßliche Mörder hat vor uns Reißaus genommen.«

»So?« Helga zog ihre Hand zurück. »Nur zum besseren Verständnis.« Eine ihrer störrischen Locken fiel ihr ins Gesicht. »Ihr habt Schüsse gehört, seid zum Tatort gelaufen, und dort trefft ihr auf einen Mann, der vermutlich der Mörder ist, also eine Waffe dabei hat, und ihr seid unbewaffnet?«

»Ja, so ähnlich«, nickte Tristan.

»Wie blöd muss man denn sein«, schimpfte sie und sprang auf. »Ihr hättet ebenfalls erschossen werden können!«

»Wir waren vorsichtig«, versuchte Tristan sie zu beruhigen.

»Männer!« Helga marschierte ins Wohnzimmer. »So viel Dummheit muss genetisch vererbt werden.«

Sie brauchte Bewegung, um ihrer Wut Luft zu machen.

»Ich glaube das nicht«, fauchte sie. »Wie kann man nur so lebensmüde sein?«

Tristan folgte ihr in einem angemessenen Abstand. Er kannte seine Freundin gut genug, um ihr genügend Raum zur Abkühlung zu geben. Außerdem konnte er bei ausreichendem Abstand besser auf heranfliegende Gegenstände reagieren.

»Da bleibe ich ein paar Tage weg«, stöhnte sie laut, »und ihr lauft einem bewaffneten Kerl hinterher. Dabei hätte ich von Erich etwas mehr Verstand erwartet.«

»Er wollte seinen Wanderstab holen«, entgegnete Tristan. »Es blieb nur keine Zeit.«

»Holz gegen Kugeln!« Helga klopfte sich an den Kopf. »Wie dumm seid ihr Männer eigentlich?«

»Es ist nichts passiert, Helga«, sagte Tristan beleidigt.

»Ja, dieses Mal nicht«, seufzte sie und ließ sich in einen der Lesesessel fallen. »Wen hat man umgebracht?«

Tristan atmete erleichtert auf. Das Schlimmste war vorbei. Er erzählte ihr die ganze Geschichte.

Helga hörte aufmerksam zu und fragte, nachdem Tristan alles erzählt hatte: »Diese Mappe da auf dem Tisch enthält das Bild?«

»Ja«, Tristan hob die Mappe auf und öffnete sie.

»Hat sich Raffael Leich schon gemeldet?« Helga stand auf, um sich das Bild genauer anzusehen.

»Nein, noch nicht«, antwortete Tristan und betrachtete das Bild. »Aber das wird nicht mehr lange dauern.«

6

Richard Goldstein atmete mit geschlossenen Augen tief ein. Er stand neben dem Oberen Schloss auf einer Wiese. Über dem feuchten Wiesenboden lag ein Teppich aus Ahornblättern, auf denen kleine Wassertropfen wie Streusel die Blätter bedeckten. Feiner Nieselregen speiste die Tropfen und ließ sie langsam wachsen. Der feuchte Boden im ganzen Park verströmte ein würziges Aroma, das Richards Riechhärchen kitzelte und ihn an seine Heimat erinnerte. Er öffnete die Augen und fand sich in einer Welt wieder, die viele Jahrhunderte alt war. Die Grundmauern des Schlosses ragten bereits in den Himmel, da ahnte die Alte Welt noch nichts von seiner jetzigen Heimat. Das beeindruckte den Deutsch-Amerikaner. Er genoss es, in der Heimatstadt seiner Mutter zu sein und freute sich auf einen alten Bekannten, den er am Oberen Schloss zusammen mit seinem neuen Geschäftsanwalt treffen wollte.

Das Obere Schloss lag umgeben von Resten der alten Wehrmauern inmitten der Stadt. Beim fürchterlichen Bombenangriff im Dezember 1944 war es stark zerstört und nach dem Krieg wieder mit viel Mühe aufgebaut worden. Jetzt diente es als Museum und beherbergte einige bedeutende Rubensgemälde. Darüber hinaus dokumentierte es die Geschichte der Stadt mit zahlreichen Exponaten aus verschiedenen Jahrhunderten. Besonders sehenswert war ein Schaubergwerk, das durch den Schlossberg führte und die lange Tradition des Bergbaus im Siegerland anschaulich darstellte. Neben den zahlreichen fest eingerichteten Ausstellungsräumen gab es auch solche, die für zeitlich begrenzte Ausstellungen freigehalten wurden.

Momentan waren diese Räume mit einer Ausstellung der Universität Siegen gefüllt. Eine Gruppe Studentinnen und Studenten aus dem Fachbereich Geschichte hatten im Rahmen eines Forschungsprojektes Dokumente und Exponate zum Thema „Siegerländer und Wittgensteiner Auswanderer" zusammengestellt. Diese Ausstellung wollte sich Richard Goldstein ansehen, da seine Mutter nach dem Krieg das Siegerland verlassen hatte.

Richard war vor der ausgemachten Zeit am Schloss eingetroffen und genoss die Ruhe. Kein weiterer Besucher störte seine spirituelle Kontaktaufnahme mit der Alten Welt. Langsam schlenderte er durch den kleinen Schlosspark hinüber in den größeren Teil der Parkanlage. Die großen Blumenbeete waren mit Tannenzweigen verdeckt oder lagen brach. Das spärliche Grün der Wiese vermittelte nur schwach die bunte Blumenvielfalt des Parks während des Frühlings und Sommers.

Er zog einen kleinen Stadtführer aus der Regenjacke und blieb beim Rubensbrunnen stehen.

»Am Hexenturm im Park des Oberen Schlosses befindet sich der 1935 von Hermann Kuhmichel gestaltete Rubensbrunnen«, las er laut vor, »der drei Frauen mit einem Kind darstellt. Die Frauen symbolisieren die Städte Siegen, Antwerpen und Köln, die alle für sich in Anspruch nahmen, Geburtsort des Malers zu sein.«

Er betrachtete die aus Stein gearbeiteten Gesichter und las weiter:

»Seit 1861 – da hatten wir noch Sklaven und der Bürgerkrieg begann – steht jedoch Siegen als Geburtsort fest.«

Richard steckte den Reiseführer zurück und wurde von der Fülle lebendiger Geschichte förmlich erschlagen.

Wie viel Identität hatte Mom aufgegeben, dachte er, als sie dieses Land verließ.

Jetzt verstand er die eine oder andere bissige Bemerkung, wenn sein Vater und er in Ehrfurcht verfielen, weil sie auf ihren Reisen durch die USA mal wieder vor einer von Holzwürmern zerfressenen Holzhütte standen und sie für furchtbar alt hielten.

Irgendwo in der Stadt schlug eine Glocke die Zeit an und riss ihn aus seinen Gedanken. Er zählte die Glockenschläge und beeilte sich, den vereinbarten Treffpunkt zu erreichen. Als er vor dem Museumseingang eintraf, warteten Frieder Hauptmann, der Freund seiner Familie, Robert Hallenberger, der Geschäftsanwalt, und Enissa Hombach, Hallenbergers Mitarbeiterin, bereits auf den jungen Mann aus den USA.

Frieder Hauptmann überragte die kleine Gruppe um einen Kopf. Sein kurz geschnittenes Haar, das dezente Braun seiner Haut und ein modern geschnittener italienischer Anzug ließen den Betrachter den fast fünfzig Jahre alten Mann um Jahre jünger schätzen. Hauptmann strahlte eine gelassene Dominanz aus, die von Enissas Selbstsicherheit und ihr körperliches Erscheinungsbild reflektiert und verstärkt wurden. Die beiden Menschen hätten in jeder TV-Rolle ein ideales Paar abgegeben. Der kleinere Robert Hallenberger streckte seinen untersetzten Körper, so gut er konnte, um den Längennachteil wettzumachen. Seine blasse Haut und einige schwarze Ringe unter den Augen machten den Anwalt um Jahre älter als er wirklich war. Trotz seines ganz und gar nicht durchtrainierten Körpers achtete Hallenberger darauf, nur in den feinsten Anzügen auf die Straße zu gehen. Statt der modischen Italiener bevorzugte er den klassischen Zweireiher in Dunkelblau. Er glaubte, damit seinen anwachsenden Bauch besser kaschieren zu können. Was Richard bei allen drei feststellte, war ihre Eitelkeit, die bei Enissa charmant, bei Hauptmann agil und bei Hallenberger penetrant wirkte.

Mit einem breiten Lächeln ging er auf die wartende Gruppe zu.

»Im Park verlaufen?« fragte Hauptmann freundlich auf Deutsch.

»Ein wenig meditiert«, antwortete Richard schmunzelnd und mit einem hörbaren Akzent ebenfalls auf Deutsch. Er reichte Hauptmann die Hand und sagte: »Guten Tag, Frieder«, dann wandte er sich Enissa zu, die er mit einem galanten Handkuss begrüßte: »Frau Hombach, Sie sehen bezaubernd aus.« Zum Schluss gab er Robert Hallenberger einen festen Händedruck und sagte: »Schön, dass Sie alle Zeit fanden, mich bei dieser Ausstellung zu begleiten.«

»Nicht der Rede wert«, lächelte Hallenberger. »So lernen wir einander besser kennen und tun noch etwas für unsere Bildung.«

»Gut gesprochen, Robert«, nickte Hauptmann. »Dann lasst uns mal reingehen.« Er berührte Richards Schulter und führte ihn zum Eingang.

»Es macht dir auch wirklich nichts aus?« flüsterte Richard Hauptmann besorgt zu, »mit uns diese Ausstellung zu besuchen?«

»Mach dir mal deswegen keine Sorgen«, lächelte Hauptmann. »Das Büro kann einen Vormittag auch ohne mich auskommen.«

Frieder Hauptmann besaß eine stattliche Anzahl an Immobilien in der Stadt. Er fühlte sich wie ein kleiner Trump, mit dem Unterschied, dass er die Häuser nicht bauen ließ, sondern sie, wann immer es ihm gelang, günstig erwarb. Frieder Hauptmann kannte Richard Goldstein seit seiner Jugend. Frieder war gute fünfzehn Jahre älter als Richard, stand jedoch auf dem Tennisplatz dem sportlichen Amerikaner in nichts nach. Sein Vater Adolf, ein wohlhabender Zahnarzt, hatte den Kontakt zu Richards Mutter nie abbrechen lassen, als die nach dem Krieg das Land verlassen hatte. Richards verstorbener Großvater war Adolfs bester Freund gewesen. Als Richard zur Welt kam, besuchte Frieder bereits die Mutter in den USA. Erst spät interessierte sich Richard für das Geburtsland seiner Mutter. Er studierte schließlich, angetan von dem alten Land, Germanistik und nutzte nun die langjährigen Kontakte, um in Deutschland weitere Studien zu betreiben. Neben seinem Studium der Germanistik besaß Richard viel kaufmännisches Geschick. Später einmal würde er eines der großen Kaufhäuser in New York erben, doch vorher wollte er seinem Vater mit kleineren Projekten beweisen, dass er im Geschäftsleben seinen Mann stehen konnte. Ihm war die Idee gekommen, sein Sprachenstudium mit einem Geschäft zu verbinden. Als perfektes Unternehmen war ihm ein Reisebüro eingefallen, das ausschließlich individuelle US-Reisen organisieren und managen sollte. So plante er, Kontaktfahrten anzubieten, bei denen Deutsche mit Nachkommen von Auswanderern in den USA zusammentrafen. Doch zuvor galt es, einige bürokratische Hürden zu nehmen. Frieder hatte vor seiner Abreise aus den USA den Vorschlag gemacht, einen Anwalt hinzuzuziehen und den Rechtanwalt und Notar Robert Hallenberger vorgeschlagen. Der sollte dafür sorgen, dass das Unternehmen nach den deutschen Gesetzen gegründet wurde und einen vernünftigen Geschäftsstart hinlegen würde. Dass er die Einzelheiten statt des etwas langweiligen Hallenberger mit der attraktiven Enissa Hombach besprechen sollte, empfand Richard als ein Geschenk Gottes und dankte Hauptmann für seinen brillanten Einfall.

Richard drehte sich kurz nach Enissa um, lächelte sie verlegen an und wollte dann von Hauptmann wissen: »Was macht deine Frau?«

»Petra, sie ist mit unserem Sohn für ein paar Tage nach Paris ins Disneyland gefahren«, grinste Hauptmann, während er die Karten kaufte. »Zwei Nachbarskinder und ihre Mütter begleiten sie. So habe ich etwas Ruhe, um die Jahresberichte fertigzustellen.«

»Strohwitwer«, sagte Richard. »So nennt ihr diesen Zustand.«

»Zustand?« lachte Hauptmann. »Es ist ein Segen, das Haus ist so herrlich ruhig.«

Sie betraten die Ausstellung.

7

Raffael konnte es nicht glauben. Die Polizei hielt ihn immer noch für einen Verdächtigen. Er war mit einem Taxi nach Siegen gefahren, hatte sich einen Leihwagen besorgt, um anschließend in der Polizeiwache nach dem Verbleib seines alten Japaners zu fragen. In der Polizeistation an der Weidenauer Straße kam man ihm zurückhaltend entgegen, was den Schriftsteller ein wenig in Rage brachte. Man sagte ihm, dass er auf Hauptkommissar Pfeiffer warten solle, der würde ihn über den Verbleib des schrottreifen Autos informieren. Da keiner der Polizisten wusste, wo sich der Hauptkommissar aufhielt, geschweige denn, wann er in der Polizeistation eintreffen würde, entschied er sich, die Zeit besser zu nutzen und fuhr mit dem Leihwagen in Richtung Altstadt. Am Kaisergarten überlegte er, wo er das Auto am besten parken konnte, um in der

Oberstadt möglichst zentral das Auto abzustellen. Das sparte an dem steilen Berg lange Fußwege. Raffael dachte überaus nutzenorientiert, wenn es darum ging körperliche Energie einzusetzen. Ein Umweg mit dem Auto konnte hier und da die Gänge zu Fuß um mehr als die Hälfte verkürzen. Schwere Gegenstände und Produkte wurden daraufhin untersucht, ob sie sich nicht aufteilen ließen oder ob es vielleicht Alternativen gab. Der durch Bequemlichkeit abgeschlaffte Körper rächte sich in den letzten Monaten verstärkt durch Verspannungen im Schulter- und Rückenbereich, was bei einem der letzten Liebesspiele mit Enissa zu einer peinlichen Situation führte.

Mitten in der *Liebesschlinge* meinte der Kappenmuskel besondere Aufmerksamkeit zu verdienen und verkrampfte sich. Raffael blieb die Luft weg und ein stechender Schmerz verzerrte sein Gesicht, was Enissa im ersten Moment falsch verstand. Das folgende Aufheulen irritierte sie. Als er versuchte, sich von ihr zu lösen, sah sie ihn mit einem Blick an, der in seiner Männerseele tiefe Wunden riss. Nach dieser besonderen Erfahrung dachte Raffael erstaunlicherweise über ein Fitnesstraining nach. Doch der Gedanke ist eine Sache, die Tat eine ganz andere.

Für das Erste wollte er dem schleichenden Verfall mit täglicher Gymnastik entgegentreten. Ein paar längere Fußmärsche sollten folgen, doch heute trieb ihn die klebende Faulheit auf den Rathausparkplatz, wo er seinen Leihwagen abstellte und ein Ticket zog. Dann überquerte er die Löhrstraße und ging die Kölner Straße hinunter.

Deutschlands steilste Einkaufsstraße verwaiste zunehmend zu einem Shoppingpfad, nachdem man das wirtschaftliche Leben der Oberstadt durch den Bau moderner Einkaufspaläste in die Unterstadt verlegt hatte. Erst in der Höhe von *Karstadt* füllten Menschen die Straße und ließen ahnen, dass er in einer Großstadt lebte. Neugierig ging er um *Karstadt* herum und wagte einen Blick auf den immer noch abgesperrten Tatort.

Eine kleine Menge von Schaulustigen hatte sich am Absperrband der Polizei zusammengefunden und verfolgte interessiert, wie die Spurensicherung ihren Kram zusammenpackte. Plötzlich fiel ihm die Polizeiweisheit ein, dass Mörder immer zu dem Tatort zurückkehren. Doch war es bereits zu spät. Polizeiobermeister Sohlbach, mittlerweile seit 12 Stunden im Dienst, erkannte Raffael und rief ihm zu: »Herr Leich, na, wenn das kein Zufall ist!« Das Grinsen breitete sich über das ganze Gesicht des Beamten aus.

»Guten Morgen«, sagte Raffael gereizt. »Ich wollte mich umschauen.«

»Ja, ja«, nickte Sohlbach, »das zieht einen an, was?«

»Ich weiß nicht, was Sie meinen«, antwortete Raffael und fühlte sich wie ein Schuljunge, der beim Mogeln ertappt wurde.

»War nur so eine Bemerkung«, meinte Sohlbach herunterspielend.

Doch Raffael sah ihn bereits in Gedanken eine Notiz schreiben, die ihn bei der laufenden Morduntersuchung sicherlich belasten würde.

»Sie haben Glück«, sagte der Polizist, immer noch mit diesem Lächeln im Gesicht, »dass Hauptkommissar Pfeiffer gerade weggefahren ist.«

»Wieso Glück?« wollte Raffael wissen.

»Sie hätten ihm sicherlich bei seinen Ermittlungen nützliche Informationen geben können.«

Der Tonfall Sohlbachs gefiel dem Schriftsteller überhaupt nicht.

»Ich meine, wo Sie doch Tatzeuge sind«, ergänzte Sohlbach mit einem Hauch Sarkasmus.

»Ja, sicher«, nickte Raffael und sah demonstrativ auf seine Uhr. »Ich muss jetzt gehen, danke für den Hinweis.«

»Welchen Hinweis?« hakte Sohlbach nach.

»Dass ich Tatzeuge bin und mit Hauptkommissar Pfeiffer sprechen sollte.«

»Na sicher, gern geschehen.«

Raffael beeilte sich, den Schlossplatz zu verlassen, und meinte die nachdenklichen Blicke des Polizisten auf seinem Hinterkopf zu spüren.

Je mehr er über seine Situation nachdachte, desto deutlicher wurde ihm, wie tatverdächtig er für einen Ermittler erscheinen musste. Er brauchte dringend Hilfe und die, so hoffte er, fand er in der Person Tristan Irles.

8

Helga wog vorsichtig das Bild in ihren Händen.

»Der Rahmen dürfte mit echtem Blattgold beschlagen sein«, sagte sie fachmännisch.

»Das habe ich mir auch gedacht«, nickte Tristan. »Allerdings glaube ich nicht, dass es sich bei dem Rahmen um eine Antiquität handelt.« Tristan deutete auf die einfache Verzierung des Rahmens. »Ich glaube, dass er aus den Dreißigern stammt.«

»Aber das Bild«, sagte Helga nachdenklich, »sieht viel älter aus.«

»Das alles ist ein Rätsel«, Tristan schlenderte zum Kaminsims, öffnete eine kleine Holztruhe und nahm eine Pfeife heraus. Dann schaute er sich nach seinem Tabaksbeutel um und fand ihn an einem Haken hängend, der in einen der alten Eichenbalken nahe des Kücheneinganges geschlagen war. »Ich würde gerne mehr erfahren.«

»Das glaube ich dir«, grinste Helga.

Sie legte das Bild auf den Tisch zurück.

»Pass auf, dass Marlowe es nicht zwischen den Schnabel bekommt.« Sie stöhnte und sah zu dem Kakadu, der wie ein Paradiesvogel auf seiner Kletterstange saß. »Er hat meine Küche auf den Kopf gestellt, einigen Pensionsgästen nachgestellt und ein Dutzend Gläser zerstört.«

»Er hat mich wohl vermisst«, antwortete der Detektiv und blickte ebenfalls zu Marlowe, der sich gerade das Gefieder putzte.

Marlowe spürte, dass von ihm die Rede war und spreizte seinen Kamm, flatterte mit den Flügeln und krächzte: »Dem Hühnchen war das angenehm. / Es putzt sich, macht es sich bequem.«

»Du hättest ihn nicht mit diesen Zitaten deutscher Dichter füttern sollen«, bemerkte Helga säuerlich.

»Du weißt doch«, erklärte Tristan, »dass Kakadus monogam leben. Sie entscheiden sich einmal für einen Partner und bleiben dann ein ganzes Leben zusammen. Ich glaube, er hatte einfach Sehnsucht nach mir.«

Tristan nahm den Vogel auf seinen Arm. Marlowe kletterte auf Tristans Schulter und begann an dessen Ohrläppchen zu knabbern.

»Deshalb braucht er sein Benehmen ja nicht gleich in einem Haufen Scherben zu begraben.« Helga sah den Rabauken böse an.

»Betrachten wir es als einen Versuch«, entgegnete Tristan.

»Einen fehlgeschlagenen Versuch«, grollte Helga.

»Okay«, nickte Tristan, »wir lassen uns etwas einfallen, um deine Zuneigung aufs Neue zu gewinnen.« Liebevoll kraulte er ihm die Brust.

Helga wollte antworten, doch ein lautes Klopfen an der Haustür lenkte sie ab.

»Ich gehe«, sagte sie stattdessen. »Kraul du deinen Schatz.«

»Sie ist stinksauer«, flüsterte er Marlowe zu. »Benimm dich also die nächste Zeit.«

Das hätte er genauso gut zu einer Horde Erstklässler sagen können, die einen Süßwarenladen stürmte. Doch Tristan war Optimist und gab die Hoffnung nicht auf.

Helga kam mit Raffael Leich ins Wohnzimmer zurück.

»Was für eine Überraschung«, sagte Tristan erfreut. »Über Sie haben wir gerade gesprochen.«

Er gab dem jungen Schriftsteller die Hand.

»So?« erwiderte Raffael verlegen. »Hoffentlich nur Gutes.« Dann starrte er Marlowe an.

Raffael hatte von diesem Vogel schon einiges gehört. Allerdings hegte er einen großen Zweifel, ob die Geschichten, die sich um diesen Kakadu rankten, auch alle wahr waren. Jetzt, wo er ihn auf Tristans Schultern sitzen sah, wirkte das Bild etwas befremdend, mit einem kleinen Hang zum Lächerlichen.

Tristan, der an Raffaels Reaktion dessen Gedanken lesen konnte, lächelte und sagte: »Vielen erscheint mein Auftreten mit Marlowe beim ersten Mal etwas bizarr. Aber daran gewöhnen sich die meisten sehr schnell.«

»Passen Sie bloß auf«, warnte Helga, »dass Sie dem Teufel in Weiß aus dem Weg gehen.«

»Ist er gefährlich?« fragte Raffael überrascht, der in dem weißen Vogel eher einen paradiesischen Schöpfungsteil Gottes sah.

»Das Federvieh ist ein Meister der Verwandlung«, sagte sie trocken.

»Hören Sie nicht auf Helga«, meinte Tristan versöhnlich, »sie ist momentan nicht so gut auf Marlowe zu sprechen.«

»Na ja«, lächelte sie, »Sie waren auch noch nicht einen langen Tag alleine mit ihm.«

Sie stupste Marlowe auf den Schnabel.

»Dies hat Frau Gretchen schwer bedrückt, / Besonders, wenn sie weiterblickt«, brabbelte der Kakadu und flog zu seiner Kletterstange.

»Busch«, stieß Raffael überrascht aus, »er hat Wilhelm Busch zitiert!«

»Das macht er ab und zu«, grinste Tristan und wandte sich dem Bild auf dem Esstisch zu. »Sie sind sicherlich wegen des Bildes gekommen?«

»Sie haben die Mappe«, sagte Raffael erleichtert, während Tristan ihm das Bild reichte. »Ich hatte schon Sorge, jemand anderes hätte es genommen.«

»Um es zu bekommen, war schon ein kleines Ablenkungsmanöver vonnöten«, antwortete Tristan, und Helga sah den Schalk in seinen Augen. »Aber keiner der Beamten hat etwas bemerkt.« Er blickte nachdenklich zu Raffael. »Ich hoffe, dass ich mich in Ihnen nicht täusche.«

»Nein, das tun Sie nicht, Herr Irle.« Raffaels Stimme zitterte. »Ich weiß nicht, in was ich da hineingeraten bin, aber ein Mörder bin ich nicht.« Und als wollte er seine Aussage unterstreichen, fügte er eine Erklärung hinzu: »Mein neuer Roman sollte die Entstehung der City-Galerie aufgreifen. Dazu suchte ich Hintergrundmaterial und habe mich an Wolfram Kimpel gewandt. Zuerst schien er mir gegenüber ablehnend, doch dann, so ungefähr vor zwei Wochen, rief er mich an und sagte seine Hilfe zu. Es vergingen wieder zwei Wochen, bis er sich meldete. Das war gestern Abend. Ich glaubte, er bringe mir Unterlagen zum Citybau, doch als ich mit ihm unter der Unterführung stand, gab er mir diese Mappe, und dann schoss irgendjemand auf uns. Ich rannte weg, der Schütze hinter mir her, dann gab es einen Unfall, und nun bin ich der Hauptverdächtige.«

Er nahm vorsichtig das Bild.

»Gestern Abend habe ich nur einen kurzen Blick auf das Bild werfen können«, erklärte er. »Aber mir war direkt klar, dass es sich nicht um Unterlagen zur City-Galerie handelte. Was das hier soll, weiß ich beim besten Willen nicht.«

Der Rahmen schimmerte im schwachen Licht des Novembertages und lenkte das Auge des Betrachters für einen Augenblick ab, bevor es sich dann dem eigentlichen Bild zuwandte. Helga, Tristan und Raffael betrachteten schweigend das Werk, doch einen Reim konnte sich keiner auf die unterschiedlichen Szenen machen.

»Was glauben Sie«, begann Raffael, »ist es alt?«

»Keine Ahnung«, schüttelte der Detektiv den Kopf. »Leider kenne ich mich bei Bildern nicht so gut aus.«

»Ich leider auch nicht«, bemerkte Helga. »Wir brauchen einen Experten.«

Tristan nickte und grinste: »Oder eine Expertin.«

»Sie kennen jemanden, der uns helfen könnte?« Raffael atmete auf.

»Ja, die Direktorin des Siegerlandmuseums«, antwortete Tristan. »Sie ist unsere Expertin. Und das Schönste, sie ist keine fünf Minuten Fußweg von uns entfernt.«

»Sie meinen«, Raffael wirkte entsetzt, »wir sollen jetzt hinauf zum Schloss gehen?«

»Wenn Sie auf ein Taxi warten«, sagte Tristan lakonisch, »wird's sicherlich länger dauern.«

9

Pfeiffer raufte sich die Haare. Er las gerade die Niederschrift des Verhöres, das die Kollegen mit Raffael Leich geführt hatten. Mit aufgerissenen Augen glotzte er durch seine Nickelbrille Holzbaum an, der ihm gegenüber an einem Schreibtisch in der Polizeistation an der Weidenauer Straße saß.

»Hast du das hier gelesen?« fragte er und schmiss Holzbaum die zusammengehefteten Blätter auf den Schreibtisch.

»Ja«, nickte Holzbaum und kontrollierte seine Fingernägel.

»Und warum ist dieser Leich wieder auf freiem Fuß?« Pfeiffer stand auf, besser: sprang auf. Seine Hände wirbelten an seinem Jackett auf und nieder und grabschten schließlich nach einer Zigarettenschachtel. Einen Wimpernschlag später qualmte eine Zigarette in Pfeiffers Mundwinkel.

Es war für Pfeiffer einfach unmöglich, etwas Behutsamkeit auszustrahlen. Er versuchte es hie und da, doch so wie ein Wirbelsturm nicht anders konnte, als mit zerstörerischer Geschwindigkeit über die Erde zu jagen, war es Pfeiffers Natur, die Welt mit Hochgeschwindigkeit zu durchqueren. Holzbaum war seit geraumer Zeit zu der Erkenntnis gekommen, dass diese Hektik an Pfeiffers Stoffwechsel lag. Jedenfalls sprach einiges für die These, meinte der Kommissar, nachdem er sich bei einer seiner vielen Diäten etwas ausgiebiger mit dem Verdauungstrakt beschäftigt hatte.

Geschwindigkeit, das war Holzbaums Erfahrung, war nicht ausschließlich negativ zu bewerten. Er kannte niemanden im Polizeiapparat, der Berichte, Protokolle und niedergeschriebene Verhöre so schnell lesen konnte wie Pfeiffer. Manchmal wünschte er sich, Pfeiffer wäre genauso schnell mit seinen Berichten, doch die halste der Hauptkommissar immer Holzbaum auf.

»Keine Ahnung«, antwortete Holzbaum gelassen. Er kannte seinen Chef und wollte sich nicht auf voreilige Schlüsse einlassen.

»Weißt du«, Pfeiffer bremste sein aufgebrachtes Gemüt herunter, und Holzbaum konnte die emotionale Bremsspur auf Pfeiffers Gesichtsausdruck förmlich sehen, »ich glaube, dass dieser Staatsanwalt uns nicht leiden kann.«

»Wie kommst du denn darauf?« Holzbaum wurde hellhörig.

Es war allgemein bekannt, dass Staatsanwalt Büdenbender seine Mitarbeiter nicht mit Samthandschuhen anfasste. Pfeiffer gegenüber hegte dieser Mann ein gewisses ablehnendes Verhalten, aber nach Holzbaums Erfahrung lag das meist an dem enormen Druck, dem der Staatsanwalt durch die öffentliche Meinung ausgesetzt war. Ganz besonders dann, wenn er einen Mord aufzuklären hatte. War dies geschehen, hatte Büdenbender immer eine lobende Anerkennung für den Hauptkommissar und seinen Partner ausgesprochen. Alles in allem entsprach das Arbeitsverhältnis zwischen Mordkommission und Staatsanwalt genau dem behördlich festgelegten Rahmen. Darüber hinaus hätte Holzbaum sowieso kein Interesse gehabt, mit dem Staatsanwalt zu verkehren, denn dies war den meisten sofort klar: Büdenbender war ein Arsch.

»Warum macht er dann solche Fehler?« Pfeiffer geriet ins emotionale Schlittern. »Jetzt müssen wir ihm wieder die Kastanien aus dem Feuer holen. Geht's schief, sind wir die Gelackmeierten.«

»So ist das eben«, meinte Holzbaum. »Bis jetzt hat uns das noch nie gestört.«

»Irgendwann ist das Fass voll, Holzbaum«, Pfeiffer blies eine dicke blaue Rauchwolke aus, »irgendwann schluckt man den Fraß nicht mehr hinunter.«

»Ist alles in Ordnung?« Holzbaum musterte seinen Chef. So hatte er ihn noch nicht erlebt.

»Ja, ja«, nickte der hastig, hielt abrupt inne und sah Holzbaum nachdenklich an. Holzbaum hätte fast der Schlag getroffen, diesen Gesichtsausdruck hätte er seinem Chef nie zugetraut. »Ich habe mich nur gefragt«, sagte Pfeiffer ernst, »was aus mir hätte werden können, wenn ich nicht zur Polizei gegangen wäre.«

»Ein Rennfahrer«, schoss es Holzbaum heraus.

»Vielleicht.« Pfeiffer zog tief an seiner Zigarette. »Dieser Leich ist Schriftsteller.«

Holzbaum nickte.

»Ich habe auch mal geschrieben«, gestand Pfeiffer. »War gar nicht so schlecht, wie man mir sagte. Ist schon lange her. Habe mit dem Schreiben aufgehört, als ich zur Polizei ging. Wollte etwas Sicheres anfangen. Verstehst du?«

»Hm«, brummte Holzbaum, der im Moment nicht so genau verstand, worauf sein Chef hinaus wollte.

»Ich frage mich, was aus mir geworden wäre, wenn ich damals den Mut gehabt und mich für das Schreiben entschieden hätte.«

»Chef, das ist müßig«, sagte Holzbaum entschieden. »Wir haben keine Möglichkeit eines Vergleiches. Unser Leben verläuft linear. Es macht keinen Sinn, darüber nachzudenken, weil wir die Zeit nicht zurückdrehen können.«

»Da hast du recht.« Pfeiffer drückte die Zigarette in einem randvollen Aschenbecher auf seinem Schreibtisch aus. »Aber wir können unseren Lebensweg ändern. Dazu haben wir jederzeit die Chance.«

»Du denkst an einen Ausstieg?« fragte Holzbaum entsetzt.

»Manchmal«, antwortete Pfeiffer. Dann ging ein Ruck durch den agilen Hauptkommissar. »Doch im Moment gilt es den Mord aufzuklären. Hast du dir die Mappe angesehen, die dieser Kimpel Leich übergeben hat?«

»Nein, Chef.« Holzbaum atmete auf. Die Sinnkrise schien fürs Erste überstanden zu sein. Das war eindeutig ein Vorteil von Geschwindigkeit. Selbstzweifel rasten schneller an einem vorbei. »Die muss noch im Autowrack liegen.«

»Dann lass uns dort beginnen«, entschied Pfeiffer und eilte bereits zur Bürotür.

10

Bertha, das Sturmtief, brachte Regen. Ein kalter Wind aus Osten trieb die grau-nassen Wolken gegen den Burgberg und hüllten ihn ein. Ein unfreundliches Wetter für einen Spaziergang, deshalb hatte Tristan einen Fußmarsch hingelegt, dass dem jungen Schriftsteller der Atem wegblieb. Erst im Schutz des alten Torgebäudes hielt Tristan inne, um Raffael Zeit zur Regeneration zu geben.

»Wow«, schnaufte Raffael nach Atem ringend, »marschieren Sie immer so die Berge hinauf?«

»Nur wenn es regnet«, lächelte Tristan. »Außerdem möchte ich keine Zeit verlieren. Helga ist wieder allein mit Marlowe, und ich weiß nicht, wer von beiden zuerst die Geduld verliert.«

»Verstehe«, nickte Raffael und sah sich um.

Sie standen in einem circa fünf Meter langen Rundbogen, der Teil der ehemaligen Burgmauern war und den Zugang zur inneren Schlossanlage bildete. Der gepflasterte Zugang wurde von zwei mächtigen Eichentoren gesichert. Die riesigen Torflügel hingen an gusseisernen Angeln, die in das aus Bruchsteinen bestehende Mauerwerk geschlagen waren. Darüber thronte das alte Torgebäude, das aus einer zweistöckigen Fachwerkkonstruktion bestand, die man teilweise geschiefert hatte. Im ersten Stock befand sich die Siegerlandbibliothek, und im zweiten Stock waren die Verwaltungsräume des Siegerlandmuseums untergebracht, auch das Büro der Museumsdirektorin Dr. Viktoria Lorché.

»Geht's wieder?« fragte Tristan freundlich, nicht ohne Stolz, dem viel Jüngeren konditionell überlegen zu sein.

»Danke«, nickte Raffael, »ich bin in Ordnung. Lassen Sie uns weitergehen.«

»Okay«, Tristan ging voran.

Die Eingangstür befand sich rechts hinter dem Durchgang. Tristan drückte auf die Klingel, und einen Augenblick später krächzte aus einem kleinen Lautsprecher die Frage: »Ja, bitte, wer ist da?«

Tristan nannte seinen Namen, dann summte der elektrische Türverschluss, und die beiden Männer betraten das Torgebäude. Sie stiegen die breiten Holztreppen hinauf und wurden oben von der Sekretärin der Direktorin empfangen. Tristan erklärte seinen Besuch, und kurze Zeit später wurden sie in das Büro von Dr. Viktoria Lorché geführt.

»Schön, Sie mal wiederzusehen«, begrüßte die zierliche Kunstexpertin den Detektiv. »Das letzte Mal hatten wir uns bei der Eröffnung der Pop-Ausstellung im LŸZ gesehen.«

»Ich erinnere mich«, lächelte der Detektiv. »Eine interessante Ausstellung.«

»Je nach Standpunkt«, ergänzte sie und reichte Raffael die Hand. »Lorché.«

»Leich, Raffael«, sagte Raffael.

»Der Name ist mir bekannt«, antwortete Viktoria Lorché, »doch ...?«

»Herr Leich«, erklärte Tristan, »ist Schriftsteller.«

»Ja, richtig«, ihre dunkelbraunen Augen leuchteten auf. »Sie schreiben Kriminalromane.«

»Ja, das mache ich«, sagte Raffael etwas verlegen.

»Interessant! Was führt Sie zu mir?« Sie gab den beiden ein Zeichen, sie möchten an einem antiken Tisch Platz nehmen.

»Das ist eine mysteriöse Geschichte«, erklärte Tristan. »Ich hoffe, Sie haben ein paar Minuten Zeit.«

»Für mysteriöse Geschichten habe ich immer Zeit, Herr Irle«, grinste sie. »Sie sind das Salz in einer manchmal doch sehr drögen Arbeit. Besonders wenn man an einem Samstag noch Ausstellungsvorbereitungen treffen muss.«

Tristan erzählte ihr im Groben, was sich in den letzten 24 Stunden ereignet hatte, und bat Raffael, das Bild aus der Mappe zu nehmen.

»Wir haben«, gestand Tristan, »keinen blassen Schimmer, was dieses Bild zu bedeuten hat. Vielleicht können Sie uns helfen?«

»Mal sehen«, nickte die Kunstexpertin und nahm das Bild in die Hand.

Der Firnis war in der rechten oberen Ecke etwas eingerissen, ansonsten wies die Oberfläche des Ölbildes keine nennenswerten Beschädigungen auf. Irritierend wirkte die Komposition des Bildes auf die Betrachterin. In der Mitte des Bildes ragte ein Obelisk, mit Hieroglyphen beschriftet, in einen blau-weißen Himmel. Links des Obelisken, ganz an den Bildrand gesetzt, erhob sich ein antikes – griechisches oder römisches – Gebäude. Mächtige korinthische Säulen trugen ein verwittertes Gesims. Das Dach war zerstört und auf dem Gesims wuchsen Pflanzen. Rechts des Obelisken, am äußeren rechten Bildrand, gleichfalls ein antikes Gebäude. Auch dieses Gebäude war eine Ruine und wurde von sieben sichtbaren korinthischen Säulen getragen. Das Gesims war ebenfalls verwittert und trug eine Inschrift, die sich deutlich vom Hintergrund abhob.

»Iniqua numquam regna perpetuo manent«, las Viktoria Lorché laut vor. »Mein Latein ist etwas eingerostet«, entschuldigte sie sich, »aber es dürfte kein Problem sein, diesen Satz später zu übersetzen.«

Die Männer nickten.

Im Hintergrund tauchten zwei weitere Ruinen auf. Ganz rechts im Vordergrund saß ein alter Mann, der ein Blatt Papier oder Pergament in der Hand hielt und las. Links hinter ihm stand auf einem Sockel eine Frauenfigur, dem alten Mann zugewandt, während unmittelbar vor dem Obelisken zwei Männer auf die Figur zeigten. Links vorn lagen Steinquader verstreut herum. Eine

Gruppe von Soldaten stand vor einer antiken Skulptur, die zwei Männer darstellte, die miteinander kämpften. Links oben tat sich der Himmel auf und spie Feuer. Rechts oben in den Wolken waren zwei Männer zusammen und mit zwei nackten Frauen zu sehen. Und wie durch einen Schleier erkannte die Direktorin im blau-weißen Wolkenhimmel die Umrisse der Siegener Nikolaikirche.

»Das ist wirklich mysteriös«, sagte sie nachdenklich, als sie das Bild aus der Hand legte. »In diesem Bild sind eine Menge unterschiedlicher Stile vereint. Sehr alt ist es aber nicht.«

»Was meinen Sie damit?« fragte Raffael.

»Ich meine, es ist höchstens 100 Jahre alt oder noch weniger.« Sie deutete auf den Turm der Nikolaikirche, der nebelhaft im Hintergrund zu sehen war. »Das ist eine Motivkopie des Siegener Malers Wilhelm Scheiner. Er lebte von 1852–1922. Wer immer dieses Bild gemalt hat, muss Scheiners Original gekannt haben.«

»Das leuchtet ein«, sagte Tristan. »Aber weshalb sollte man wegen so eines Bildes jemanden töten?«

Viktoria Lorché lächelte die beiden Männer verschmitzt an.

»Können Sie sich das nicht denken?« sagte sie schließlich. »Bilder können genauso viel erzählen wie ein dickes Buch. Schon seit Menschengedenken erzählen uns Maler oder Künstler durch ihre Bilder spannende Geschichten. Dieses Bild hier, so scheint es mir, will uns eine Geschichte erzählen. Wie ich anhand der handwerklichen Perfektion vermute: eine sehr wichtige Geschichte.«

»Sie meinen«, unterbrach Raffael sie, »wenn wir das Bild lesen können, verrät es uns, warum Kimpel ermordet wurde?«

»Sofern er wegen dieses Bildes umgebracht wurde, ja!«

»Aber wie?« rief Raffael hilflos.

»Nun«, überlegte die Direktorin, »ich helfe Ihnen, indem ich versuche, die einzelnen Motiv-Elemente zu identifizieren.« Sie deutete auf die Figur, den Hintergrund und einige andere Besonderheiten. »Da Sie das Bild sicherlich nicht hier lassen möchten, mache ich eine Fotoaufnahme, was ich Ihnen ebenfalls anraten möchte. Ein DIN-A3-Abzug dürfte dem Original sehr nahe kommen. Sie sollten derweil so viel als möglich über den Ursprung des Bildes oder über dessen Besitzer in Erfahrung bringen. Das hilft bei der Enträtselung weiter.«

»Das übernehmen wir«, sagte Tristan. »Es muss sich dabei um eine wirklich gefährliche Geschichte handeln, wenn jemand bereit ist, für das Bild zu töten.«

»Menschen, Herr Irle«, sagte Viktoria Lorché nachdenklich, während sie eine Kamera aus ihrem Schreibtisch nahm. »Menschen haben schon immer aus Habgier getötet. Habgier ist einer der ältesten Gründe, aus denen gefährliche Geschichten entstehen.«

11

»Das habe ich mir genauso gedacht«, schimpfte Pfeiffer, während er über Raffaels kaputten Japaner gebeugt lag. »Keine Mappe! Der Mann hat unseren Kollegen einen Bären aufgebunden und die lassen ihn laufen.«

»Vielleicht hat die Spurensicherung die Mappe gefunden«, überlegte Holzbaum laut.

»Die finden ja nicht mal ihre Nase«, zischte Pfeiffer, »wenn die ihnen nicht angewachsen wäre.«

Die beiden Beamten standen in einer abgesperrten Halle unweit des Polizei-Hauptgebäudes. Der zerstörte Japaner lag neben den aufgehäuften Blechteilen des kaputten Polizeifahrzeuges. Es war auszuschließen, dass ein Fremder ohne Erlaubnis diese Halle betreten hatte. Entweder es gab diese Mappe überhaupt nicht, oder sie war von autorisierter Polizeiseite entwendet worden. Auf die Idee, die Mappe sei gestohlen worden, wäre Pfeiffer nicht gekommen. Seine mentale Struktur ließ verzweigte Überlegungen mit filigranen Gedankengebilden nicht zu.

»Die müssen schnell gewesen sein«, überlegte Holzbaum und betrachtete die zerstörten Kotflügel des Polizeiwagens. »Das grenzt ja an ein Wunder, dass niemand verletzt worden ist.«

»Optimal erwischt.« Pfeiffer ging an das Heck des Japaners. »Siehst du hier«, begann er zu dozieren, »hier hat der Opel unserer Kollegen den Japaner gerammt. Der gesamte Kofferraum fing die Kraft auf und schob sich zusammen.«

»Nur gut, dass niemand auf dem Rücksitz saß«, bemerkte Holzbaum.

»Das hätte ins Auge gehen können«, meinte Pfeiffer lakonisch. »Mir ist es bloß ein Rätsel, dass die Kollegen sich so überrumpeln ließen.«

»Du hast gehört, was in der Nacht los war?« grinste Holzbaum.

»Flender auf Freiersfüßen?«

»Ich hätte das zu gerne gesehen«, Holzbaum sah in den zerbeulten Innenraum des Japaners, »wie der Polizeidirektor plötzlich von seinen eigenen Mitarbeitern zur Rede gestellt wird. Und das im Puff.«

»Er war wohl auf Hasenjagd«, antwortete Pfeiffer gereizt. »Jedenfalls ist seine Laune nicht besser als sonst.«

»Er hat uns noch nicht zu sich gerufen.« Holzbaum schien alles inspiziert zu haben. »Das ist doch schon was.«

»Wird noch kommen«, ahnte Pfeiffer, »und dann wird er unausstehlich sein.«

»Genießen wir so lange die Freiheit«, stöhnte Holzbaum. »Keine Mappe, du hattest recht.«

»Weißt du, ob irgendeiner unserer Kollegen diese Mappe gesehen hat?«

»Keine Ahnung«, antwortete Holzbaum, während ein knurrendes Geräusch seinen Magen verließ.

»Schlecht gefrühstückt?« grinste Pfeiffer.

»Welches Frühstück?« antwortete Holzbaum pikiert.

Die Beamten waren mitten in der Nacht von Hagen nach Siegen beordert worden. Seitdem hatte Holzbaum außer einer Tasse Kaffee nichts zu sich genommen.

»Lass uns nachfragen«, befahl Pfeiffer, »ob die in der Wache was wissen.«

Sie gingen über den Hof zurück und fragten in der Wache nach. Doch die Kollegen wussten nichts von einer Mappe. Genervt von der Nachlässigkeit gingen die Kommissare in ihr Büro zurück.

Dort wartete bereits Staatsanwalt Büdenbender auf die Mordkommission aus Hagen.

»Welch eine Überraschung«, giftete Pfeiffer, »haben Sie vergessen, uns was mitzuteilen, oder sehnen Sie sich nach unserer Gesellschaft?«

»Nicht so feindselig, Herr Pfeiffer«, Büdenbender saß auf Pfeiffers Platz und blätterte in dessen Akten herum. Ohne lange um den heißen Brei herumzureden, kam der Staatsanwalt zur Sache. »Sie wissen, dass Herr Flender in einer pikanten Situation angetroffen wurde.«

»Hatte er seinen … Sie wissen schon … noch …« sagte Holzbaum neugierig.

»Oh, nein«, wehrte der Staatsanwalt ab, »nichts dergleichen, er war halt nur zur falschen Zeit am falschen Ort.«

»Sicher«, nickte Holzbaum und setzte ein Honigkuchengrinsen auf.

»Er hätte nicht so geizig sein sollen«, mahnte Pfeiffer.

»Der Politiker wollte nicht bezahlen«, erklärte Büdenbender brüsk, »aber das muss der jetzt alleine ausbaden. Ich möchte Sie nur bitten, etwas vorsichtiger mit unserem Hauptverdächtigen umzugehen.«

»Sie meinen diesen Schriftsteller«, hakte Pfeiffer nach, der, durch Büdenbenders freundliche Art angeregt, das Gespräch mit allen Sinnen verfolgte.

»Ja«, nickte der Staatsanwalt. »Sie haben das Verhörprotokoll gelesen?«

Pfeiffer nickte.

»Gut, ich auch«, sagte der Staatsanwalt. »Heute Morgen wusste ich nur von einem Mann, der verdächtigt und festgenommen worden war. Dass dieser Mann Raffael Leich war, erfuhr ich erst später und ließ ihn laufen.«

»Sie hatten Gründe«, Pfeiffer steckte sich eine Zigarette an.

»Ja, natürlich«, antwortete Büdenbender aufbrausend, »ich bin ja kein Idiot. Das unselige Zusammentreffen in der Donnerscheidstraße und dieser Mord werfen schon genügend Scheinwerferlicht auf unsere Behörde. Da wollte ich nicht noch einen stadtbekannten Schriftsteller einsperren.«

»Er könnte Kimpel umgebracht haben«, sagte Pfeiffer trocken, und blauer Rauch umgab ihn.

»Nun«, Büdenbender stand auf, »das glaube ich nicht! Obwohl man nie so richtig weiß, was in den Köpfen dieser Künstler alles so abläuft.«

»Ein Streit, ein hartes Wort, und schon springen sich alte Freunde an den Hals«, sinnierte der Hauptkommissar.

»Vielleicht?« Büdenbender zog seinen Trenchcoat über. »Haben Sie die Mappe gefunden, von der Leich in seinem Verhör sprach?«

»Nein«, antwortete Pfeiffer scharf.

»Hm«, nickte Büdenbender, »unangenehm.«

»Sollen wir ihn verhaften?« fragte Holzbaum, der in seinem Schreibtisch nach einem Schokoriegel fahndete.

»Nein«, antwortete der Staatsanwalt entschieden. »Er wird nicht fliehen. Und vertuschen kann er auch nichts. Also bleibt er vorerst auf freiem Fuß. Beobachten Sie ihn, treiben Sie ihn meinetwegen in die Enge, aber keine Verhaftung, klar!«

»Verstanden«, nickte Pfeiffer und dachte: Mal abwarten, was sich ergibt.

12

In Raffaels Herz keimte ein wenig Hoffnung. Was ihnen Dr. Viktoria Lorché über das Rätsel des Bildes gesagt hatte und wie man es vielleicht lösen konnte, machte Sinn. Zumindest bot sich ein Strohhalm, an dem sich Raffaels verwirrtes Bewusstsein festhalten und nach einer Lösung suchen konnte.

»Was meinen Sie?« fragte er Tristan, als sie im alten Treppenhaus des Torgebäudes standen.

»Einige gute Tipps«, nickte der Detektiv nachdenklich. »Wir haben eine Menge Arbeit, wenn wir die Herkunft des Bildes herausfinden wollen.«

»Ich bin das Recherchieren gewöhnt«, antwortete Raffael mit einem leisen Unterton, als wolle er sagen: Dieses Mal ist das Eis, auf dem wir stehen, aber verdammt dünn und wir laden auch noch zum Tanz ein.

Tristan verstand und antwortete: »Wir müssen sachte vorgehen, leise Schritte und möglichst kein Aufsehen.«

»Das ist gut gesprochen«, meinte Raffael. »Aber Kimpel war der persönliche Referent des Bürgermeisters. Da wird es schwer sein, mit leisen Schritten vorwärts zu kommen und unauffällig zu bleiben.«

»Vielleicht wird es gar nicht so schwer, wie es momentan aussieht«, grinste Tristan.

Raffael verstand nicht.

»Alles, was in der Nähe des Bürgermeisters angesiedelt ist«, erklärte Tristan, »verursacht in den meisten Fällen viel Lärm und zieht eine Menge Aufmerksamkeit auf sich. Eine gute Gelegenheit, sich im Lärm und in der Aufmerksamkeit zu verstecken. Finden Sie nicht auch?«

»Aber natürlich«, stieß Raffael aus. »Wo habe ich meinen Topagenten versteckt, wenn er nicht gefunden werden sollte. – Natürlich in Menschenmassen.«

»So ungefähr habe ich mir das gedacht«, Tristan klopfte dem Schriftsteller auf die Schulter. »Für den Recherchenplan sind Sie zuständig. Dazu braucht man eine Menge Fantasie und ein Gespür für menschliches Handeln.«

»Ich glaube«, lachte Raffael zum ersten Mal entspannt in Tristans Gegenwart, »das ist der Beginn einer wunderbaren Freundschaft.«

Sie betraten den inneren Hof des Oberen Schlosses und liefen Enissa Hombach und ihren Begleitern in die Arme.

»Enissa, was machst du denn hier?« fragte Raffael überrascht.

»Hallo, Raffael«, antwortete Enissa selbstsicher und fixierte Tristan. »Was für eine Überraschung!«

»Das kann man wohl sagen«, murmelte Raffael und stellte Enissa dem Detektiv vor.

»Herr Irle, das ist meine Freundin, Enissa Hombach.«

»Irle? Sind Sie etwa Tristan Irle, der Detektiv?« Enissas skeptischer Blick suchte das Weite und wurde von einem schüchternen Mädchenblick abgelöst. »Das ist ja großartig.«

Die Herren um Enissa hielten sich einen Moment abseits, als Hauptmann jedoch sah, dass Enissa den Mann in der Strickjacke fast umarmen wollte, trat er hinzu.

»Guten Tag«, sagte er höflich und fragte Enissa: »Alte Bekannte?«

»Darf ich vorstellen, das sind Raffael Leich und Tristan Irle«, erwiderte sie stolz.

»Meine Herren, mein Name ist Friedrich Hauptmann.« Der Kaufmann stellte sich selbstsicher vor und gab Richard Goldstein und Robert Hallenberger ein Handzeichen, hinzuzutreten. »Das sind Tristan Irle, Privatdetektiv, und Raffael Leich, ein Siegener Schriftsteller. Wissen Sie Herr Goldstein, dass Herr Irle einer unserer bekanntesten Siegener Bürger ist? Er hat schon einige fürchterliche Morde aufgeklärt und dabei schon oft sein Leben aufs Spiel gesetzt.«

»Nun, nicht so dramatisch«, wehrte Tristan verlegen ab.

»Doch, doch«, betonte Enissa, »was Raffael nur aufs Papier schreibt, haben Sie in der Realität erlebt.«

»Das ist aber wirklich ein Zufall, dass ich gleich zwei berühmte Siegener kennenlerne«, grinste Richard und musterte Raffael aus den Augenwinkeln. »Wollen Sie sich auch die Ausstellung ansehen, Herr Irle?«

»Nein«, antwortete der Detektiv, »die habe ich mir schon vor einigen Tagen angeschaut.«

»Sie ist großartig geworden«, sagte Richard. »Gut, dass die Volksbanken aus Siegen und Wittgenstein unterstützend mitgewirkt haben, sonst wäre sie wohl nicht realisiert worden.«

Tristan nickte.

»Sind Sie Amerikaner?« hakte Raffael ein.

»Deutsch-Amerikaner, ja«, antwortete Richard knapp. »Wissen Sie was«, er sah Hallenberger an, »es wäre doch schön, wenn die beiden Herren heute Abend zur Party kommen würden.«

Hallenberger sah kurz zu Hauptmann, der nickte begeistert. Dann sagte der Anwalt: »Es wäre unserer Kanzlei eine große Ehre, wenn wir Sie, Herr Irle, und Sie, Herr Leich, heute Abend bei unserer kleinen Feier begrüßen könnten.«

»Das wäre wirklich schön«, raunte Enissa und sah ihren Freund grinsend an.

»Gerne«, bedankte sich Tristan, »wenn ich meine Freundin mitbringen darf?«

»Selbstverständlich«, antwortete Hallenberger mit fester Stimme. »Das gilt natürlich auch für Sie, Herr Leich.«

»Oh, das will ich aber nicht hoffen«, sagte Enissa amüsiert. »Sie müssen wissen, dass wir zusammengehören.« Sie gab Raffel einen Freundschaftskuss.

Richards Augen verengten sich für einen Augenblick.

»So! Na, das ist aber eine weitere Überraschung«, sagte Hauptmann und sah etwas mitleidig zu Richard, dann drängelte er: »Wir müssen weiter. Schön, Sie kennengelernt zu haben. Bis heute Abend dann.«

Hauptmann gab den beiden Männern die Hand, Richard und Hallenberger schlossen sich ihm an.

»Kommen Sie, Frau Hombach!«

»Ja, sofort, Herr Hallenberger«, sie wandte sich Raffael zu. »Nun wird es doch noch ein schöner Abend«, hauchte sie Raffael ins Ohr und eilte den drei Herren nach, die bereits im Torbogen verschwunden waren.

»Ihre Freundin?« lächelte Tristan und sah der kurvenreichen Gestalt nach.

»Meine Freundin«, nickte Raffael und seufzte.

13

Pfeiffer notierte sich einige Namen, die im Verhörprotokoll genannt wurden. Ein seltener

Augenblick, den Holzbaum liebend gern mit einem Fotoapparat festgehalten hätte, doch sein Magen quälte ihn mit schmerzlichen Hungerattacken.

»Wollen wir nicht erst einmal was essen gehen?« fragte er seinen Chef.

»Einen Moment noch.« Pfeiffer war auf einen Namen gestoßen, der eine Motivationswelle auslöste. »Weißt du, wer die Polizei benachrichtigt hat?«

»Nein«, murrte Holzbaum.

»Erich Roth«, antwortete Pfeiffer. »Und wo dieser Roth auftaucht, da ist Irle nicht weit.«

Pfeiffer mochte Privatdetektive so wie Mittelmeerschwimmer Quallen mochten: nämlich überhaupt nicht.

»Besuchen wir ihn«, rief Pfeiffer und sprang auf. »Unterwegs können wir etwas essen.«

Das war ein Wort, dem Holzbaum sofort seine volle Aufmerksamkeit schenkte.

»Hast du was gegen Fastfood?« wollte Pfeiffer wissen, als er den Motor seines 200 PS starken Dienstwagens startete.

»Nicht das Gesündeste«, überlegte Holzbaum, »aber besser als gar nichts.«

»Gut, dann fahren wir an einem Drive-In vorbei«, beschloss Pfeiffer und gab Gas.

Über Pfeiffers Angewohnheit, mit überhöhter Geschwindigkeit durch die geschlossene Ortschaft zu fahren, hätten Verhaltensforscher Bände füllen können. Die Wahl der bei der Analyse anzuwendenden Methode wäre ein hervorragendes Streitthema für einen Wissenschaftskongress gewesen. Sämtliche populärwissenschaftlichen Magazine hätten mit der Kommentierung dieses Diskurses Seiten füllen können. Aber das alles half Kommissar Holzbaum nicht, die einsetzenden Panikattacken in den Griff zu bekommen, die ihm bei hohen Geschwindigkeiten zusetzten. Nur der Gedanke daran, etwas in seinen ausgehungerten Magen zu bekommen, hielt seinen Kreislauf davon ab, zu explodieren.

Pfeiffer entschied sich für das gelbe M und fuhr die alte Hauptstraße in Richtung Geisweid. Sie wurden zügig bedient und waren fünf Minuten später auf dem Weg ins Zentrum.

Holzbaum saß mit einer vollen Tüte Hamburger und einem Becher Cola auf dem Beifahrersitz und war damit so beschäftigt, dass er die rasante Fahrt in die Oberstadt kaum mitbekam. Er verputzte gerade den letzten Hamburger, als er erstaunt feststellte: »Oh, wir sind ja schon da.«

Pfeiffer hatte es irgendwie geschafft, seine Portion aufzuessen, während er ungeachtet des übrigen Straßenverkehrs wie ein Rallyefahrer seinem Ziel entgegeneilte.

»Hat's geschmeckt?« wollte er wissen und zerknüllte die Lunchtüte.

»Danke, es ging«, antwortete Holzbaum, und ein Rülpser schoss aus seinem Innersten. »Entschuldigung.«

Pfeiffer schüttelte den Kopf und riss die Fahrertür auf.

»Na, dann an die Arbeit.«

Regen schlug ihm auf die Brillengläser. Hastig sprang er aus dem Auto und auf Tristans Haustür zu.

»Ein Mistwetter ist das«, schimpfte er und fand Schutz unter dem kleinen Vordach, das über Tristans Haustür angebracht war.

Holzbaum folgte ihm schweigend.

Der Hauptkommissar kannte Tristan schon seit einigen Jahren und wusste, dass der Detektiv die Haustür nur selten abschloss. Er probierte sein Glück und drückte den Türgriff nach unten. Die Eichenhaustür schwang mit einem leisen Quietschen auf. Pfeiffer kannte den fliegenden Kakadu, deshalb ließ er Vorsicht walten und rief in die Diele: »Ist jemand zu Hause?«

Einen Moment verharrte er im Eingang, dann zeigte sich Helga.

»Herr Pfeiffer!« rief sie überrascht. »Kommen Sie rein, wo ist Herr Holzbaum?«

In dem Augenblick betrat Holzbaum die Diele.

»Guten Tag, Frau Bottenberg«, grüßte der Kommissar.

»Wir stören nur ungern«, log Pfeiffer, ohne ein schlechtes Gewissen zu bekommen, »aber wir hätten gern Tristan Irle gesprochen.«

»Da haben Sie Pech«, antwortete Helga und führte die beiden Polizisten ins Wohnzimmer. »Tristan ist mit Raffael Leich ins Museum gegangen.«

»Ins Museum?« Pfeiffer sah Helga überrascht an. »Was sucht er denn da?«

Helga überlegte einen Augenblick, ob sie den Beamten etwas erzählen sollte, kam zu dem

Schluss, dass Tristan es wahrscheinlich genauso machen würde und sagte schließlich: »Tristan ist mit dem Schriftsteller zur Museumsdirektorin gegangen, um etwas über ein mysteriöses Bild in Erfahrung zu bringen.«

»Äh«, Pfeiffer putzte sich einen Regentropfen von der Brille, »handelt es sich bei diesem Bild um einen Gegenstand, den Leich in einer Ledermappe transportiert?«

»Ja, genau«, lächelte sie. »Dann wissen Sie ja Bescheid. Hatte mir nichts anderes gedacht.«

»Wann, denken Sie, werden die Herren zurück sein?« Der Hauptkommissar überprüfte seine Brillengläser auf Schlieren und setzte sie dann wieder auf.

»Ich rechne jeden Augenblick mit ihrer Rückkehr«, meinte Helga und wandte sich einem Geräusch aus der Küche zu. »Wenn Sie mich einen Augenblick entschuldigen würden.«

»Selbstverständlich«, nickte Pfeiffer und sah sich nach Marlowe um.

»Hat er den Vogel mitgenommen?« rief er fast ängstlich hinter ihr her.

Die Antwort ließ nicht lange auf sich warten. Marlowe flatterte aus der Küche direkt auf Pfeiffer zu, der vor Schreck einen Satz nach hinten machte, über seine Füße stolperte und auf den Boden fiel. Der Kakadu landete auf seiner Kletterstange und brabbelte: »Und, hopp, das war ein Satz, ein weiter! / Dort rennt das Pferd, hier liegt der Reiter.«

»Marlowe«, schimpfte Helga, die Pfeiffers Fall mit Grausen aus der Küche verfolgte hatte.

Der Kakadu spreizte seinen gelben Kamm, wippte aufgeregt hin und her und wandte sich schließlich seinem Fressnapf zu.

»Einen Waffenschein für Kakadus sollte man einführen«, knurrte Pfeiffer, der mühsam vom Boden aufstand. »Die sind genauso gefährlich wie Kampfhunde.«

In diesem Moment quietschten die Angeln der Haustür ein zweites Mal, und einen Moment später stand Tristan mit Raffael im Wohnzimmer.

»Hab ich mir doch gedacht«, sagte Tristan und zog sich seine nasse Strickjacke aus. »Dieses Auto vor dem Haus, sagte ich zu Raffael Leich, das gehört bestimmt Hauptkommissar Pfeiffer.«

»Ihre Kombinationsgabe ist, wie immer, gepaart mit einer hervorragenden Wahrnehmung, Herr Irle«, lächelte Pfeiffer und war froh, dass sein peinlicher Auftritt nur von Holzbaum und Helga beobachtet worden war.

»Sie kennen sich schon?« fragte der Detektiv und deutete auf Raffael.

»Nein«, antwortete Pfeiffer streng, »wir hatten noch nicht das Vergnügen. Unsere Kollegen allerdings«, er grinste breit, »sehr intensiv, wenn man die Reste des Dienstwagens betrachtet.«

»Herr Pfeiffer«, stöhnte Raffael, den beim Anblick des Hauptkommissars das unangenehme Gefühl beschlich, einem kläffenden Terrier gegenüberzustehen, »auf mich wurde geschossen, ich war völlig außer mir, sonst hätte ich mich nie so verhalten, das kann ich Ihnen versichern.«

»Natürlich«, nickte Pfeiffer und sah zu Holzbaum, der daraufhin ein Notizbuch aus seinem Mantel zog. »Dennoch hätte ich einige Fragen an Sie, wenn es Ihnen nichts ausmacht?«

»Wollen Sie sich nicht erst einmal setzen?« rief Helga aus der Küche. »Wenn Sie wollen, können Sie auch noch was mitessen. Es gibt *suermoos* und *rebbecher*.«

»Sauerkraut und Rippchen«, übersetzte Tristan dem etwas ratlosen Holzbaum.

»Gerne«, nickte der Kommissar und marschierte in die Küche.

Pfeiffer folgte seinem Partner widerwillig. Er hatte nach zwei Hamburgern keinen Hunger und wollte das Verhör in einem weniger freundlichen Ambiente durchführen. Der Gruppenzwang und Staatsanwalt Büdenbenders Order zwangen ihn jedoch dazu, dem allgemeinen Willen nachzugeben. Mit zähneknirschendem Blick setzte er sich zu Holzbaum auf die Eckbank. Helga nahm vor Kopf auf der Eckbank Platz, während Tristan und Raffael die zwei verbleibenden Stühle benutzten. Der dritte freie Stuhl wurde von Marlowe in Beschlag genommen, der Tristan folgte.

»Nun greifen Sie zu, Herr Holzbaum«, forderte Helga auf.

Holzbaum ließ sich nicht zweimal bitten und schaufelte eine große Portion auf seinen Teller.

»Guten Appetit«, sagte Tristan und ließ es sich schmecken.

Dann forderte Pfeiffer Raffael auf, nochmals alles genau zu schildern, was ihm tags zuvor passiert war.

»Und die Mappe«, fragte Pfeiffer, nachdem Raffael seinen Bericht beendet hatte, »enthielt dieses Bild?«

»Richtig«, nickte der Schriftsteller und nahm sich noch ein Rippchen.

»Was hat Ihnen die Museumsdirektorin zu diesem Bild gesagt?« hakte der Hauptkommissar nach.

»Sie wissen über meinen Besuch Bescheid?« lächelte Tristan und sah zu Helga.

»Ich war so frei«, mischte sich Helga ein, »den Herren zu sagen, wo ihr beide den Vormittag verbracht habt.«

»Leider konnte uns Frau Dr. Lorché nicht groß weiterhelfen«, sagte Tristan traurig. »Sie hat uns nur einige Tipps gegeben. Einer davon lautete, sich nach den Besitzern dieses Bildes umzusehen.«

»Das Bild«, stöhnte Pfeiffer. »Wer hat es aus dem Auto entfernt?«

Tristan grinste und aß genüsslich sein Sauerkraut.

»Dachte ich mir«, nickte Pfeiffer. »Beweismaterial, das könnte Sie teuer zu stehen kommen, Herr Irle.«

»Ich habe nur dem Besitzer einen Gefallen getan«, erwiderte Tristan spitzfindig. »Das ist in Deutschland noch kein Verbrechen.«

»Schon gut«, wehrte Pfeiffer ab. »Das Bild werde ich jedoch mitnehmen, als Beweisstück.«

Raffael wollte etwas erwidern, doch Tristan gab dem Schriftsteller ein Zeichen. Dann sagte er: »Vorher möchte ich es noch fotografieren«, er blickte Pfeiffer direkt in die Augen, »dagegen werden Sie ja wohl nichts haben?«

»Meinetwegen«, grinste Pfeiffer zurück, »gleich nach dem Mittagessen.«

14

Benno Beckers Husten saß tief, das stellte nun auch Jan Kerber fest. Nach dem Besuch im Hause des Detektivs waren sie getrennte Wege gegangen, hatten sich aber zum Mittagessen in der Alten Poststraße verabredet. Kerber beim Essen zuzusehen, musste Becker allerdings feststellen, gehörte zu den Erfahrungen im Leben, auf die man verzichten konnte.

»Du isst, als hättest du die letzten Tage nichts zu essen bekommen«, sagte Becker ungehalten.

»Es schmeckt ausgezeichnet«, antwortete Kerber mit vollem Mund. Einige Speisereste nutzten dies, um zu fliehen.

»Pass auf«, knurrte Becker, »dir fällt ja alles aus dem Mund.«

»Ich kann«, nuschelte er, »mit vollem Mund nicht reden.«

»Dann lass es«, schimpfte Becker.

»Du redest doch die ganze Zeit.« Wieder fielen einige Brocken in die Freiheit.

»Wir sollten essen«, sagte Becker entschieden.

Kerber nickte.

Ohne einen weiteren Wortwechsel füllten sich die Mägen. Erst als Kerber die Serviette auf den benutzten Teller legte und sie sich mit zurückgebliebener Soße vollsaugte, begann Becker mit einem zweiten Versuch.

»Also, was hast du herausbekommen?« Ein Hustenanfall zwang ihn, zum Taschentuch zu greifen.

»Wie schon vermutet«, grinste Kerber listig, »unser lieber Anwalt Hallenberger will uns hintergehen.«

»Woher weißt du das?« zweifelte Becker.

»Vergiss nicht«, zischte Kerber, »ich bin ein Kollege von Wolfram gewesen. Wir Rechtspfleger halten zusammen und bekommen eine Menge mit.«

»Ist ja gut«, beruhigte Becker sein Gegenüber. »Ich glaub's dir ja.«

»Ein Kollege hat ein Gespräch belauscht«, sagte Kerber verstohlen, »das Hallenberger und ein anderer Anwalt auf dem Gang geführt haben.«

»Das ist ja nicht gerade die feine Art«, bemerkte Becker und wischte sich den Rotz aus seiner Nase.

»Was weißt du denn von feiner Art?« antwortete Kerber überheblich. »Wir entscheiden, was die feine Art ist.«

»Jetzt werd' nicht größenwahnsinnig«, bremste Becker. »Du bist also ganz sicher, dass Hallenberger uns hintergeht?«

»Ganz sicher«, nickte Kerber und pulte mit dem Zeigefinger zwischen seinen Zähnen. Für einen Moment überlegte er, ob er die weggelegte Serviette noch einmal benutzen sollte, wurde jedoch von der Bedienung daran gehindert, da sie im gleichen Augenblick den Teller wegräumte. »Trinkst du noch einen Kaffee mit mir?« fragte Kerber und sah sich nach einer Gelegenheit um, wie er die herausgepulten Speisereste an seinem Zeigefinger entsorgen konnte.

»Nein, danke«, beeilte sich Becker zu sagen, »ich habe eine Katastrophe zu verhindern.«

3. Die Schlinge zog sich zu …

Samstagnachmittag

Die Schlinge zog sich zu. Dies signalisierten Raffael sämtliche kreativen Zellen seines auf Hochtouren arbeitenden Gehirns. Er fuhr zurück nach Eisern. Pfeiffer hatte ihn mit einem Blick fahren lassen, der Raffael deutlich mitteilte, dass er sich als Hauptverdächtiger fühlen durfte. Die Situation wäre zum Lachen gewesen, wenn sie nicht in so grotesker Weise in sein bis dahin beschauliches Leben eingebrochen wäre. Ihm wurde schmerzlich bewusst, dass eine perfekt konstruierte Geschichte mit allerlei spannenden Inhalten das reale Leben nie in den Schatten stellen konnte. Er ging sogar so weit zu sagen, dass bestimmte Erfahrungen aus dem realen Leben nie in einer Geschichte auftauchen durften, da man sie dort nur als übertrieben oder als falsch platziert betrachten würde. Ihm fiel ein berühmter Satz ein, den Helden immer dann sprachen, wenn sie mit den Ereignissen um sie herum nicht mehr klarkamen.

»Das ist doch sicher nur ein Albtraum«, murmelte er, während das gleichbleibend monotone Geräusch des Leihwagens die Leimbachstraße hinauf surrte, »und gleich wache ich auf und alles ist gut.«

Er wachte natürlich nicht auf.

Irgendwann so zwischen der Autobahnauffahrt und den Wolfsbachkurven stellte er fest, dass es zu regnen aufgehört hatte. Der Leihwagen rollte die abfallende Landstraße dem Dorf entgegen. Links und rechts standen dicht zusammengedrängt kahle Bäume an Berghängen, die den Blick in die Ferne vereitelten. Er schaltete das Radio an, bekam gerade noch den Rest der Nachrichten und die weniger guten Wetteraussichten für die kommenden Tage mit. Vor ihm tauchte ein kleiner Viadukt auf, der wie ein Riegel die abfallende Senke sperrte, die der Straße folgte. Nach einigen Metern hatte er den Tunnel durchquert, und jetzt breitete sich das Eiserntal in seiner ganzen Schönheit vor ihm aus. Als hätte Petrus ihn aus seiner deprimierten Stimmung herausziehen wollen, blinzelte hier und da die Sonne durch graue Wolkenmassen. Für einen Augenblick waren alle Sorgen wie weggeblasen. Raffael blickte zur Kirche, die sich von allen anderen Gebäuden abhob. Verspielt hingen einige Wolkenschwaden an den Hängen des Michelberges, und das alte Denkmal auf dem Burgberg leuchtete zwischen meterhohen Tannen. Hier war er zu Hause, und dieses Zuhause gab ihm Kraft, dem Schicksal bejahend entgegenzutreten. Plötzlich schien seine momentane Lage nicht mehr so aussichtslos. Er hatte Freunde, die ihm in dieser Situation beistehen würden. Selbstmitleid führte nur in einen Abgrund, wenn man zu lange den Kopf hängen ließ.

Er bog auf die Eiserntalstraße, folgte der Hauptstraße einige hundert Meter, verließ sie schließlich vor der alten Fachwerkkapelle, fuhr in die Peeke bis zum Schlangenwald hinauf, dann noch einige Meter über eine neu angelegte Zufahrtsstraße bis vor sein Haus. Auf dem Hof stand ein grüner Audi. Raffael sah auf das Nummernschild, überlegte einen Augenblick und murmelte: »Johanna? Die habe ich ja ganz vergessen.«

Er stellte den Motor ab und stieg aus. Im selben Moment öffneten sich die Türen des Audis. Zwei Frauen verließen ihn und kamen ihm lächelnd entgegen. Ein Bild, das Raffael glauben ließ, dass es einen Gott gäbe. Unterschiedlicher konnte sich Schönheit in unserer Welt nicht manifestieren.

Johanna Kadalla war Raffaels Lektorin und kritische Beraterin, wenn es um sein Leben ging. Neben ihr stand Liliane Lassacher, Johannas Freundin und Raffaels rechte Hand, wenn es um spezielle Recherchen ging.

»Das ist ja alles so schrecklich«, sagte Johanna als Erstes und begrüßte Raffael mit einer herzlichen Umarmung. »Wir haben aus dem Radio erfahren, was passiert ist.«

Johanna besaß ein Wesen, das auf bedrückte Stimmung wie ein Staubsauger wirkte. Ihr Lachen und ihre Herzlichkeit steckten selbst die deprimierteste Seele an. Sie schaffte es mit einigen wenigen Worten, dass der Betreffende die Welt plötzlich aus einer anderen Perspektive wahrnahm. In so einem Moment leuchteten ihre blauen Augen, und in den Mundwinkeln bildeten sich zwei Grübchen, die in einem sinnlichen Lächeln zu hüpfen schienen. Ihre blondgefärbten Harre waren kurz, sehr kurz geschnitten und betonten ihre hohen Wangenknochen und einen sinnlichen Mund. Ihren Körper quälte sie fast täglich in einem Fitnessstudio, sodass trotz ihrer Mitte dreißig kein Gramm Fett eine Ruhestätte an ihm gefunden hatte. So kompromisslos sie ihren Körper stählte, so kompromisslos konnte sie auch Ziele verfolgen. Ihr Scharfsinn war gespickt mit einer kräftigen Hand voll Ironie und hatte Raffael bei den Besprechungen seiner Bücher schon so manchen Kampf gekostet. In neun von zehn Fällen behielt sie die Oberhand, was den Büchern, das musste Raffael zugeben, letztendlich nur zugute kam.

Liliane war der stille Typ. Ihre grünen Augen bewegten sich ruhig und gelassen und schienen jeden Augenblick auf die Netzhaut einzubrennen. Ganz im Gegensatz zu Johanna lachte sie nicht laut. Amüsierte sie etwas, dann bekam ihr Lächeln etwas Exotisches, das Raffaels Fantasie jedes Mal aufs Neue anregte. Wenn sie ihn dann ansah, wurde er verlegen, was Liliane mit einem mädchenhaften Schmunzeln quittierte. Sie trug volles rotes Haar und gehörte zum blassen Hauttyp. Sie hielt ihre Figur spielend in Form. Liliane war eine leidenschaftliche Volleyballspielerin. Nur selten erhob sie ihre angenehme Stimme. Sie schaffte es mit ihrer Art, klar und deutlich mitzuteilen, was sie wünschte und was sie ablehnte. Dennoch war der Schriftsteller auf der Hut, denn Liliane strahlte die gelassene Ruhe eines Vulkankegels aus, der unter blauem Himmel in der Sonne glänzte. Man bewundert seine Schönheit, aber wünschte sich bei einem plötzlichen Ausbruch nur eines: weit weg zu sein.

Raffael war ihr in kritischen Momenten stets aus dem Weg gegangen, um nicht unvorsichtigerweise ein mentales Beben mit einer zerfetzenden Eruption auszulösen.

»Ich war schon fleißig«, sagte Liliane und begrüßte ihn kurz mit einem Freundschaftskuss. »Habe mir die Biografie von Kimpel besorgt und ein paar Freunde und Feinde ausfindig gemacht.«

Sie hielt ihm einige DIN-A4-Seiten hin.

»Du bist unglaublich«, staunte Raffael und überflog die Papiere. »Wie schaffst du das nur?«

Liliane grinste und sagte: »Es ist mein Job.«

»Willst du uns hier stehen lassen«, murrte Johanna, »oder können wir drinnen weiterreden? Es gibt ja auch noch so was wie Arbeit, nicht wahr, Herr Leich?«

»Wenn das eine Anspielung auf meinen neuen Roman ist«, seufzte Raffael, »dann muss ich gestehen, dass ich noch nicht viel weiter bin als beim letzten Mal.«

Johanna schüttelte gestresst ihren Kopf und sah zu Liliane.

»Der Mann bringt mich noch ins Grab«, stöhnte sie und griff nach Lilianes Blättern, »lass mal sehen, was du hast.«

2

Benno Becker suchte verzweifelt nach einem Päckchen Papiertaschentücher. Der studierte Lehrer wühlte hastig in seinem Handschuhfach, fand jedoch nichts, womit er sich die Nase wischen konnte.

»Wo sind diese Taschentücher?« brüllte er und klopfte seinen Mantel ab, der auf dem Beifahrersitz lag. Kurz bevor die Angelegenheit eklig wurde, fand er ein angebrochenes Päckchen und befreite sich von dem lästigen Sekret, das seine Schleimhäute produzierten.

»Oh Gott«, schniefte er, »womit habe ich das verdient?«

Becker stand auf dem Parkplatz des Siegerländer Golfclubs in der Nähe von Junkernhees. In der idyllischen Gegend um Kreuztal hatten Investoren vor einigen Jahren einen Golfplatz errichtet, der jedem offenstand, der sportliches Engagement und das nötige Kleingeld mitbrachte. Becker zählte nicht zu den Mitgliedern des Clubs. Dazu war er viel zu geizig. Zudem hasste er Geselligkeiten, deren Teilnehmer sich hauptsächlich aus der wirtschaftlichen Prominenz der Siegerländer Unternehmerschaft rekrutierten. Als überzeugter Christdemokrat vertrat er die Ansicht, mit dem Geld der Steuerzahler sparsam – und zum Wohle der Kirche – umzugehen. Reiche Geschäftsleute, ob Anwälte, Ärzte oder Unternehmer, sollten ihr Vermögen nicht sinnlos verprassen, sondern es in den Dienst der Allgemeinheit stellen. Was für ihn nichts anderes bedeutete, als dass die Reichen der Partei, genau genommen seiner Partei, großzügige Spenden zukommen lassen sollten.

Becker zählte zu jenem Schlag von Lokalpolitikern, die die Provinzialität des Siegerlandes als mentale Sonnenterrasse verstanden, die zu überqueren sich nicht lohnte. Dabei gehörte er einer Fraktion an, die alle gesponserten Reisen zu den Partnerstädten der Stadt Siegen mitgemacht hatte. Grundsätzlich war für ihn gegen einen Urlaub im sonnigen Süden nichts einzuwenden, jedoch *usswaerdijes* Gedankengut in den Siegener Stadtrat einfließen zu lassen, das grenzte an Verrat.

Wer brauchte schon ein Theater, wenn es eine Bühne im Löhrtor-Gymnasium gab? Er ging abends nur selten aus. Dabei unterschied er sich nicht von seinem Bekanntenkreis. Wenn die anderen unbedingt ihrer Theaterlust frönen wollten, dann reichte dafür auch eine Schulaula. Das war die letzten fünfzig Jahre so, und warum sollte man daran was ändern? Und nun das!

»Wenn Jan Kerber recht haben sollte«, murmelte er und warf das feuchte Papiertaschentuch in den Fußraum des Beifahrers, »dann gleicht das, was dieser Hallenberger vor hat, einer Revolution.«

Aufgebracht riss er die Fahrertür auf und beeilte sich, in seinen Mantel zu schlüpfen. Eine leichte Brise wehte über die Felder um Junkernhees und trieb Wolkenfetzen in die umliegenden Wälder. Zum Glück hatten die dunklen Wolken am Himmel ihre Kraft verloren, sodass der Politiker trockenen Fußes ins Clubheim trat.

Benno Becker sah sich einen Moment lang um, schließlich fand er Robert Hallenberger zusammen mit Hauptmann, Richard und Enissa in einer Ecke sitzend. Er schnäuzte sich erneut, dann stampfte er auf die Gruppe zu.

»Benno, was führt dich denn hier rauf?« fragte Hallenberger freundlich, als er den Parteifreund erkannte. »Setz dich.«

»Danke, nein«, brummte Becker ungehalten. »Kann ich dich mal unter vier Augen sprechen?«

»Was ist los?« Hallenberger sah ihn verstimmt an. »Du siehst doch, dass ich Gäste habe.«

»Es ist wichtig«, beharrte Becker in einem grollenden Tonfall.

Hallenberger stand auf.

»Entschuldigen Sie mich einen Moment«, sagte er freundlich zu seinen Gästen. Dann wandte er sich Becker zu und flüsterte: »Wenn das, was du willst, nicht wirklich wichtig ist, dann …«

»Jetzt blas dich nicht so auf«, zischte Becker. »Ich kenne dich noch als armen Schlucker, der hinter jedem Klienten herrannte.«

»Das ist lange her«, antwortete Hallenberger zornig.

Sie waren einige Meter in Richtung Ausgang gegangen und blieben stehen.

»Also, was ist so wichtig, dass du mich hier störst?« Hallenbergers Augen fixierten den Parteifreund.

»Ich habe heute Morgen ein interessantes Gespräch mit Jan Kerber gehabt«, begann Becker zu nuscheln.

»Ja und?« Hallenberger wollte diesen bazillenverseuchten Kleinkrämer loswerden.

»Er sagte«, platzte es aus Becker heraus, »dass du die Theater-Initiative unterstützen willst. – Kimpel ist noch nicht ganz kalt, und schon fällst du um und wechselst ins andere Lager!«

»Wem ich meine Unterstützung gebe«, Hallenberger wurde laut, »das entscheide ich noch immer selbst.«

»Du weißt sehr wohl«, drohte Becker, »dass wir eine Abmachung haben. Vergiss das nicht!«

»Wir hatten eine Abmachung«, grinste Hallenberger. »Jetzt, wo Kimpel nicht mehr unter uns weilt, ist sie hinfällig.«

Becker schnappte nach Luft. Ein erneuter Niesanfall verhinderte eine artikulierte Antwort, doch Hallenberger erkannte in Beckers Gesichtsausdruck das pure Entsetzen.

»Du solltest dein kleinkariertes Provinzdenken abschaffen«, höhnte der Anwalt. »Überleg doch mal, was es für unsere Stadt bedeuten könnte, ein eigenes Theater zu haben!«

»Ein eigenes Theater«, schimpfte Becker, während er sich zitternd ein Taschentuch vor die Nase hielt. »Das nützt doch nur dir etwas. Du füllst dir die Taschen auf Kosten der Steuerzahler.«

»Sei vorsichtig mit dem, was du sagst«, drohte Hallenberger. Für einen Augenblick sah er den kranken Becker nachdenklich an. Schließlich sagte er in einem freundlichen Tonfall: »Weißt du was, heute Abend gebe ich eine kleine Party, komm doch vorbei, und sieh dir die Leute an, die in Siegen ein Theater haben wollen.« Hallenberger grinste triumphierend und sagte: »Der Bürgermeister ist auch eingeladen.«

Becker verstand den letzten Satz als Fehdehandschuh und nickte: »Ich werde kommen, darauf kannst du dich verlassen.«

3

Pfeiffer betrachtete mit einer Zigarette im Mundwinkel das Bild des unbekannten Künstlers. Er war so in das Bild versunken, dass er nicht merkte, wie er hier und da die Stirn runzelte und damit seine Nickelbrille über das Nasenbein rutschen ließ.

»Verrückte Künstler gibt es«, sagte Pfeiffer und richtete sich auf. »Was sollen diese vielen kleinen Einzelheiten bedeuten?«

»Das wüsste ich selbst gerne«, antwortete Tristan und hielt eine Kamera in der Hand.

»Wenn Sie so freundlich wären«, bat er Pfeiffer, »und das Bild an das Fenster hielten. Ich will ohne Blitz auskommen.«

»Verstehe«, nickte der Hauptkommissar und schnappte sich das Bild. »So gut?«

»Ausgezeichnet«, lobte Tristan. »So, dann halten Sie das Bild jetzt ruhig.«

Er betätigte den Auslöser mehrmals und sagte: »Danke, das reicht. Jetzt können Sie das Bild gerne mitnehmen.«

»Wissen Sie was«, überlegte Pfeiffer und sah Holzbaum an, der mit Helga die kleine Fotosession aus der Küche verfolgt hatte, »dieses Bild hilft uns bei der Spurensicherung nicht weiter.« Er fixierte Tristan. »Sie haben es angefasst, Frau Bottenberg sicherlich auch und eine ganze Menge anderer Leute wahrscheinlich ebenso. Eigentlich könnte ich es gleich hier lassen.«

Gefrustet legte er es auf den Wohnzimmertisch.

»Frau Dr. Lorché empfahl uns«, sagte Tristan, während er den Film im Fotoapparat zurückspulen ließ, »möglichst viel über den Besitzer des Bildes in Erfahrung zu bringen. Irgendjemand in seiner Umgebung muss doch wissen, woher dieses Bild stammt.«

»Seine Frau«, rief Holzbaum aus der Küche, »die könnte es wissen.«

»Erinnere mich nicht daran«, schnaufte Pfeiffer. »Ich hasse diese Begegnungen. Sie machen mich depressiv.«

»Chef, wir müssen Frau Kimpel früher oder später sowieso befragen.« Holzbaum stand auf. »In diesem Fall wäre früher für alle Beteiligten wohl das Beste.«

Pfeiffer sah zu Tristan, der die Filmrolle aus dem Fotoapparat nahm.

»Wieso sollen wir zusammenarbeiten?« fragte er sarkastisch.

»Weil es uns Zeit spart«, antwortete Tristan selbstsicher. »Früher oder später bekomme ich die gleichen Informationen. Warum also gegeneinander arbeiten?«

»Nun«, grinste der Hauptkommissar, »da wäre immer noch der Verdacht, dass unser Schriftsteller nicht nur auf dem Papier mordet.«

»Was soll das, Herr Pfeiffer?« schimpfte Helga und trat ins Wohnzimmer. »Wie gut ist denn Ihre Menschenkenntnis?«

»Welche Menschenkenntnis?« flüsterte Tristan.

»Tristan, bitte.« Helga baute sich vor dem Hauptkommissar auf, als müsse sie ihre Jungen vor einem Fuchs schützen. »Glauben Sie wirklich, dass dieser junge Mann ein Mörder ist?«

»Frau Bottenberg«, begann Pfeiffer und holte tief Luft. »Man kann einem Menschen nicht ins Gehirn blicken. Wissen Sie die Gründe, die zu diesem scheußlichen Verbrechen führten?«

Sie schüttelte den Kopf.

»Ich auch nicht«, triumphierte der Hauptkommissar, »aber ich könnte mir gut vorstellen, dass Kimpel vielleicht ein Verhältnis mit einer Freundin des Schriftstellers hatte und der ihn in eine Falle lockte und dann alles so hinstellte, als habe er gar nichts damit zu schaffen.«

»Ist das nicht ein bisschen weit hergeholt?« warf Helga ein.

»Können Sie es ausschließen?« sagte Pfeiffer ernst.

»Nein, natürlich nicht«, gestand Helga, »aber es widerspricht meinem, wie ich glaube, gesunden Menschenverstand.«

»Nun«, seufzte Pfeiffer, »der gesunde Menschenverstand hat schon viele Lügen gestraft.«

Pfeiffer griff das Bild.

»Na, dann lass uns mal diese Frau Kimpel besuchen«, sagte er niedergeschlagen.

»Sie wissen«, meinte Tristan, »dass Kimpel hier in der Altstadt wohnte?«

»Das auch noch«, stöhnte Pfeiffer, »ich dachte, ich hätte mich mit einer kleinen Autofahrt entspannen können.«

»Entspannen?« murmelte Holzbaum, der sichtlich erleichtert seinen Mantel überzog. »Der kleine Spaziergang treibt Sauerstoff in die Hirnzellen. Das können wir alle gebrauchen.«

»Würde es Ihnen etwas ausmachen«, fragte Tristan vorsichtig an, »nach dem Besuch bei Frau Kimpel nochmals reinzuschauen?«

»Kein Problem«, nickte Pfeiffer erstaunlich gutmütig, »wenn es Kaffee und Kuchen gibt.«

»Daran soll es nicht fehlen«, lächelte Helga, »wenn Sie uns gleich noch einmal besuchen möchten.«

»Und was machen Sie derweil?« fragte Pfeiffer, der ebenfalls in seinen Regenmantel schlüpfte.

»Die Bilder entwickeln lassen«, antwortete er, »und dafür sorgen, dass Sie Kuchen bekommen.«

»Das hört sich ja an, als wollte ich Sie erpressen«, grinste Pfeiffer. »Sie haben uns doch höflich eingeladen.«

4

Enissa sah Richard besorgt an. Die beiden Herren, Hallenberger und Hauptmann, hatten noch etwas Geschäftliches zu besprechen, was

Enissa als Vorwand nutzte, sich mit Richard abzusetzen. Sie hatte Richard ins Hotel gefahren, damit er sich für einen Bummel durch die Stadt etwas Wärmeres anziehen konnte. Jetzt stand er in seinem Hotelzimmer vor dem Schrank und hielt zwei unterschiedliche Sportjacken in den Händen. Er wirkte müde, irgendwie gestresst.

»Welche der Jacken passt besser zur Hose?« fragte er und lächelte, als gäbe es einen Schönheitswettbewerb zu gewinnen.

»Die dunkelblaue«, antwortete Enissa, »die bringt Ihren Teint besser zur Geltung.«

»Können wir nicht dieses lästige Sie weglassen?« sagte er liebevoll. »Ich heiße Richard, okay?«

»Gerne«, erwiderte Enissa, »aber ist es nicht üblich, darauf anzustoßen?«

»Oh«, Richard überlegte, sah sie jungenhaft an und ging zur Zimmerbar. »Voilà, Sekt oder etwas Härteres?« Er fischte einige Flaschen aus dem kleinen Kühlschrank.

»Sekt ist perfekt«, lächelte Enissa. »Aber wo zauberst du Gläser her?«

»Noch ein Hindernis«, seufzte Richard. »Aber auch das ist kein Problem für einen echten Prinzen«, fügte er selbstsicher hinzu und nahm zwei Sektgläser aus einem kleinen Schrank neben der Zimmerbar. »Madame, bitte.«

Er schenkte ein und reichte Enissa das prickelnde Getränk.

»Schön, dass wir uns getroffen haben«, sagte Richard und stieß mit Enissa an.

Enissa hat Geschmack …

... das zaubert ein Lächeln in Richards Gesicht. Der Mann aus New York würde staunen über die vielfältigen Einkaufsmöglichkeiten, die im Drei-Länder-Eck mit dem Oberzentrum Siegen zu finden sind.

Eine weitere passende Jacke und natürlich Schaumwein aller Sorten, ohne den Richard nicht das vertraute Du angeboten hätte. Und dies heute in vielen Geschäften bis 20.00 Uhr.

Entdecken Sie selbst die reichlichen Angebote von Dillenburg bis Bad Berleburg, von Betzdorf bis Bad Laasphe mit der ...

3 Länder Bahn

»Ich freue mich auch«, antwortete sie leise und sah ihn aus ihren dunkelbraunen Augen an.

Richard rückte näher, wollte sie küssen, doch in diesem Moment drehte sich Enissa weg und sagte: »Wir müssen uns beeilen, sonst machen die Geschäfte zu.«

»Wie?« staunte Richard und fing sich wieder. »Wir haben doch erst vier Uhr mittags.«

»Hier machen die Geschäfte bereits um 18.00 Uhr zu«, erklärte sie. »Also die blaue Jacke und dann los.«

Sie verließen das Hotel am Kaisergarten und wanderten den Kampen hinauf.

»Dort oben hat Hallenberger seine Kanzlei«, sagte Enissa und zeigte auf ein Neubaugebiet, das die alte Villa Waldrich umschloss.

»Ich weiß«, nickte Richard, »aber lass uns jetzt nicht von Geschäften reden, okay?«

»Auch wenn es mir schwerfällt«, grinste sie. »Okay, lassen wir das Thema links liegen.«

Richard verstand nicht, was Enissa damit sagen wollte.

»Links liegen lassen?« hakte er nach. »Was bedeutet das?«

»Oh, das ist ein Ausspruch«, erklärte sie, »der bedeutet, eine bestimmte Sache nicht anzusprechen oder nicht zu beachten.«

»Muss ich mir merken«, meinte Richard.

Sie erreichten das Marburger Tor und kamen an einem Antiquariat vorbei. Das erinnerte Richard an Enissas Freund. Wie stark war diese

Freundschaft, oder war es Liebe, fragte er sich. War sie stark genug, um sein Werben erfolglos werden zu lassen?

»Alte Bücher«, rief er verspielt und betrachtete die Auslage. »Ob man Werke von deinem Freund darin findet?« fragte er herausfordernd.

»Weiß nicht«, antwortete Enissa gelangweilt.

»Schreibt er gut?« bohrte er vorsichtig weiter.

»Keine Ahnung«, grinste Enissa, »ich habe noch keines seiner Bücher gelesen.«

»Ehrlich!« Richard hatte Hoffnung. »Aber wie kannst du …?«

»Ich mag keine Krimis«, erzählte Enissa freimütig. »Seine Liebesgedichte sind allerdings …« Sie machte das internationale Zeichen für echt Spitze.

»So«, nuschelte Richard. »Hätte nicht gedacht, dass der so was hinbekommt.«

»Was hinbekommt?« Enissa spürte Richards Unbehagen und nahm seine Hand.

»So gefühlsmäßig mit Worten eine Frau ansprechen«, sagte er.

»Er ist gut, wenn es darum geht, die richtigen Worte zu finden.«

»So?«

»Ja«, lächelte sie. »Schau, die Nikolaikirche.«

Petrus hatte mit den regendurchweichten Siegerländern an diesem Nachmittag ein Einsehen und schenkte ihnen einige Sonnenstrahlen. Einer von diesen strahlte nun auf das Wahrzeichen der Stadt und ließ es golden glänzen.

»Ist das nicht schön?« hauchte Enissa.

»Ihr Deutschen«, sagte Richard, »stülpt einer Kirche eine Krone auf. Das ist schon irgendwie seltsam.«

»Überhaupt nicht«, grinste Enissa, »damit wird klar gezeigt, wo die Kirche ihren Platz hat.«

»Demnach nicht in der Politik«, bemerkte Richard.

»Richtig erkannt«, lobte Enissa.

Sie schlenderten weiter.

»Was zieht dich eigentlich nach Deutschland?« fragte Enissa beiläufig.

»Wir wollten doch nicht über das Geschäft sprechen«, grollte Richard.

»Das meine ich ja auch nicht«, sagte Enissa beleidigt.

»Oh, verzeih«, entschuldigte sich Richard. »Ich wollte herausbekommen, was Mom an dieser Stadt so beeindruckend fand.«

»Und?« Sie sah ihn fragend an.

»Und was?« Sie hielten an der Albert-Fißmer-Anlage.

»Hast du herausbekommen, was deiner Mutter an dieser Stadt so gefällt?«

»Ehrlich gesagt«, er sah auf seine Schuhe, »ich verspüre nur in kurzen Momenten so ein Gefühl. Die Stadt ist älter als meine Heimat. Da kann man ins Grübeln kommen, aber ein echter Bezug zu dieser Gegend, der fehlt mir.«

»Was liebte deine Mutter am meisten?«

»Das alte Kaufhaus, dass ihrem Vater gehörte«, sagte er ohne nachzudenken, »darüber spricht sie oft. Leider wurde es im Krieg zerstört.«

»War das auch der Grund, dass deine Mutter die Stadt verlassen hat?«

»Keine Ahnung«, meinte Richard, »ich glaube eher, dass sie nicht ertragen konnte, dass ihre Eltern während des Krieges umgekommen sind. Die Stadt erinnerte sie vielleicht zu sehr an glücklichere Tage.«

»Hat sie jemals mit dir darüber gesprochen?« Enissa hakte sich bei ihm unter.

»Nein«, antwortete er, »das ist vielleicht auch der Grund, warum ich nun selbst versuche herauszubekommen, was diese Stadt für mich bedeuten könnte.«

»Wissen Hallenberger und Hauptmann, dass dein Vater Jude ist?« fragte sie, während sie versonnen auf ein Schaufenster voller Schuhe schaute.

»Keine Ahnung«, meinte Richard, »ich bin konfessionslos, dank meiner Mutter«. Er versuchte Enissas Blick zu folgen. »Du liebst Schuhe?«

»Über alles«, grinste sie.

»Dann lass uns welche kaufen«, rief Richard und zog sie über die Straße dem Geschäft entgegen.

5

Während Enissa und Richard ins Schuhgeschäft gingen, saßen Raffael, Johanna sowie Liliane zusammen und hielten Kriegsrat.

»Wie bist du nur in diesen Schlamassel gekommen?« Johanna sah Raffael vorwurfsvoll an.

»Du weißt, dass der Abgabetermin deines neuen Buches in drei Wochen ist.«

»Ja, ja«, stöhnte Raffael, »erinnere mich bloß nicht daran.«

»Wir müssen fertig werden«, beharrte Johanna. »Aber vielleicht lässt sich aus dieser ganzen Geschichte noch etwas rausholen!«

Ihre Augen leuchteten auf, als sie die PR-Möglichkeiten in Gedanken durchging.

»Ich habe einige Freunde angerufen«, sagte Liliane trocken und zog damit die Aufmerksamkeit der beiden anderen auf sich. »Die haben mir schnell das Wesentliche über Wolfram Kimpel mitgeteilt.«

»Und?« fragte Johanna, »nun erzähl schon!«

»Kimpel ist verheiratet, hat zwei Kinder und wohnt in der Altstadt. Er ist der einzige Sohn von Walter Kimpel, der in den Fünfzigern gestorben ist. Kimpel war wie sein Vater Rechtspfleger, bevor er den Job im Rathaus annahm.«

»Wieso gibt er den Beruf auf?« fragte Raffael. »Er war doch gut versorgt, oder nicht?«

»Das blieb er auch in seinem neuen Job«, berichtete Liliane weiter. »Der Bürgermeister hatte ein Gentleman's Agreement mit Kimpel abgeschlossen. Er hätte jederzeit zurück ins Grundbuchamt gehen können.«

»Anscheinend gefiel es ihm in der Nähe des Bürgermeisters besser«, grinste Johanna. »Leider kann er uns nicht mehr sagen, weshalb.«

»Er sprach davon«, erinnerte sich Raffael, »mir weitere Unterlagen zukommen zu lassen.«

»Was für Unterlagen?« fragte Liliane und sah ihn ernst an.

»Er sprach von anderen Unterlagen. Unterlagen, die jemanden belasten sollten.« Raffael stand auf und lief im Wohnzimmer umher. »Ich weiß nicht mehr, was er noch sagte. Es ging alles so schnell. Ich weiß nur noch, dass er mir mehr versprach.«

»Könnte ich das Bild mal sehen?« Liliane legte Notizblock und Stift zur Seite.

»Leider besitze ich es nicht mehr«, seufzte Raffael.

»Wie das?« rief Johanna.

»Die Polizei hat es an sich genommen«, erklärte der Schriftsteller geschlagen.

»Du hast doch ein Foto geschossen«, sagte Liliane mit einem leisen Unterton, der Zweifel verriet.

»Du hast das Bild doch fotografiert?« fragte Johanna laut, als Raffael mit der Antwort zögerte.

»Nein«, gestand er. »Ich nicht, aber Tristan Irle.«

»Irle, der Detektiv«, staunte Johanna. »Du arbeitest mit dem Detektiv zusammen?«

»Ja«, nickte er.

»Das ist gut«, meinte Johanna, »das ist wirklich gut. Wenn wir nicht diesen Erscheinungstermin hätten, dann könntest du aus diesen Erlebnissen ein wirklich gutes Buch machen.«

In Gedanken ging Johanna mögliche Titel durch, sah einen knalligen Buchumschlag und ahnte, welche Verkaufszahlen mit so einer Geschichte erzielt werden könnten.

»Johanna«, rief Raffael. »Daraus mache ich kein Buch. Es ist ein Mensch umgekommen, daraus schlägt man kein Kapital. Es wäre Blutgeld.«

»Ist ja gut«, echauffierte sie sich, »man kann doch mal laut denken.«

»Was hat der Detektiv bereits herausbekommen?« Liliane schien über Raffaels neuen Partner nicht so begeistert zu sein.

»Nicht viel«, antwortete er und wandte sich Liliane zu. »Wir wissen nur, dass das Bild eine Geschichte erzählt, die es zu enträtseln gilt.«

Liliane sah Raffael einen Moment an, dann runzelte sie die Stirn und griff zu ihren Unterlagen.

»Was ist?« Raffael trat näher heran. »Hast du vielleicht etwas über das Bild erfahren?«

Liliane ließ sich nicht von Raffaels emotionalem Ausbruch anstecken und blätterte ruhig ihre Unterlagen durch. Dann hielt sie inne und sah Raffael, der ihr gebannt zugeschaut hatte, mit einem leichten Grinsen an.

»Kimpels Vater war ein begabter Maler«, sagte sie schließlich, »und darüber hinaus ein ausgezeichneter Kunstexperte.«

»Woher hast du nur diese Informationen?« hakte Johanna nach, die den Traum vom großen Bestseller beendet hatte.

»Bekannte, einige Informanten und ein paar Nachschlagewerke, mehr nicht«, antwortete sie, als wäre dies das Normalste der Welt. »Mir scheint, er könnte der Künstler dieses Bildes sein. Bist du sicher, dass dir nicht noch etwas einfällt?

Ich meine«, sie sah Raffael mit großen Augen an, »wenn Kimpel wusste, dass man hinter ihm her war, dann gibt er dir dieses Bild doch nicht ohne einen Hinweis.«

»Es ging alles so schnell«, stöhnte Raffael, »ich war sauer, dass er mir ein Bild statt Unterlagen geben wollte, dann hörte er Geräusche, und schon knallte der erste Schuss.«

»Okay, Kinder«, Johanna stand auf und sah demonstrativ auf ihre Armbanduhr. »Ich muss los. Liliane, willst du noch hier bleiben, oder soll ich dich in die Stadt mit zurücknehmen?«

»Wenn es dir nichts ausmacht«, sagte sie und sah Raffael an, »würde ich noch gerne ein paar Dinge wegen deines Buches besprechen.«

»Gute Idee«, schnatterte Johanna, »das bringt ihn auf andere Gedanken.«

»Ich«, stotterte Raffael, »kann dich aber nicht nach Hause fahren.«

»Kein Problem«, lächelte Liliane, »du kannst mir ja dein Auto leihen.«

»Äh?« Raffael glaubte für einen Augenblick, dass Liliane bereits von seiner Verabredung mit Enissa wisse, doch dann verwarf er den Gedanken und sagte: »Du musst es mir aber morgen früh zurückbringen.«

»Kein Problem«, wiederholte sie.

»Na, dann bis bald«, Johanna packte ihre Sachen, »ich finde alleine heraus.«

»Gut«, nickte Raffael und begab sich an seinen Schreibtisch. »Weißt du, diese ganze Sache raubt mir noch den Verstand.« Er schnappte sich einen

Zettel und ging zurück zum Sofa, wo Liliane sitzen geblieben war.

»Gestern Abend komme ich nach Tagen zum ersten Mal wieder gut voran.« Er hielt plötzlich inne, als fiele ihm etwas Wichtiges ein, dann fragte er: »Möchtest du was trinken?«

»Gerne.« Liliane verfolgte aufmerksam, was Raffael ihr sagen wollte.

Er ging zu einer kleinen Kommode und öffnete sie. »Martini, Kirschwasser, Schnaps, Whisky, Wodka oder Wasser?«

»Ein Rosé wäre nicht schlecht«, antwortete sie.

»Rosé? Gut, dann Wein.« Er schloss die Kommode und ging in die Küche. »Nimmst du mal zwei Gläser aus dem Schrank?« rief er freundlich aus der Küche. Einen Moment später stand er mit einer verkorkten Flasche wieder im Wohnzimmer. »Also, da bin ich an dieser spannenden Stelle, wo Agent Schneider sich in die Tiefen des Bergwerkes hinabschleicht, und dann klingelt das Telefon.«

Gekonnt öffnete er die Flasche, goss sich einen Tropfen ein, probierte und füllte dann Lilianes Glas. »Ich hätte das Kapitel gestern Nacht beendet oder spätestens heute, und nun stecke ich selbst in einer Kriminalgeschichte. Ist das nicht grotesk?«

»Jetzt hast du zum ersten Mal die Möglichkeit, wie einer deiner Helden aufzutreten«, schmeichelte sie.

»So?« Raffael überlegte eine Sekunde, grinste und schüttelte den Kopf. »Auf echte Kugeln kann ich verzichten.«

»Meinst du denn«, sagte sie besorgt, »dass du immer noch in Gefahr bist?«

»Wenn ich das wüsste«, grübelte er, »dann ginge es mir besser.«

»Was sagt Enissa zu dieser Situation?« fragte Liliane offen.

»Ich glaube, sie hat gar nicht verstanden, was für eine Qual der gestrige Abend für mich war.«

»Du hast sie also schon gesprochen?« wollte Liliane genau wissen.

»Ja, heute Morgen warf sie mich aus dem Bett.« Für ihn war das, als seien Tage vergangen. »Ich erzählte ihr die Geschichte, aber du kennst Enissa ja. Sie hat nur halb zugehört und mich dann zu einer Party eingeladen.«

»Ich verstehe nicht, was du an ihr findest.« Ihre Stimme vibrierte.

»Sie hat diese geheimnisvolle Art«, sagte Raffael andächtig. »Sie erinnert mich an eine vergessen geglaubte Liebe. Damals im Studium lernte ich ein Mädchen kennen, das mir die Sinne raubte. Sie war perfekt in ihrem Auftreten, von Hause aus gut gestellt. Sie ging so selbstverständlich mit Reichtum um, dass ich mir mit meinen damaligen paar Mark blöd vorkam. Gerade dann, wenn es mal hieß, wir fahren dahin oder komm doch hierher mit, diese Dinge waren einfach nicht drin und ich musste absagen. Sie war wunderbar in ihrer Art und brachte mich meist zum Lachen. Ich glaube, wir hätten ein Paar werden können, wenn ich nur damals den Mut gehabt hätte.«

»Warum hast du gekniffen?« fragte Liliane überrascht. »Das kenne ich gar nicht an dir.«

»Man wächst«, lächelte Raffael. »Wie gesagt, ich fühlte mich ihr nicht gewachsen, in ihrem Lebensstandard. Ich wollte nicht, dass sie mich für einen Schwächling hält, und so bin ich einer Entscheidung aus dem Weg gegangen. Als ich merkte, was für ein Idiot ich war«, schmunzelte er nachdenklich, »da war es zu spät.«

»Ein anderer«, vermutete Liliane, »kam dazwischen.«

»Ja«, nickte Raffael. »Von Stund an hab ich mir geschworen, nie wieder einen solchen Fehler zu begehen. Unbewusst begann ich mich aus meiner Provinzialität zu lösen. Ich lernte sozusagen den Geschmack der feinen Leute. Passende Klamotten, das richtige Essen und Benehmen, egal, in welchem Kreis man sich gerade bewegt. Dazu fand ich den Dreh heraus, wie man das Ganze mit Spaß und Liebe finanziert. Nach und nach entwickelte ich meinen eigenen Stil und fühlte mich stärker. Doch die Leere, die von ihr zurückblieb, wurde von keiner der vielen …«

Liliane grinste und sagte: »Liebschaften.«

»Du sagst es«, nickte Raffael dankbar. »Meine Liebschaften konnten diese Leere nie richtig auffüllen. Bis Enissa plötzlich auftauchte. Sie hat den gleichen geheimnisvollen Blick, die dunklen Augen, das selbstsichere Auftreten, als wäre sie Führer einer Jagdstaffel, und nicht zu vergessen den intelligenten Witz.«

Liliane verdrehte die Augen und meinte: »Sie ist berechnend und weiß ihre Reize auszuspielen. Geheimnisvoll ist daran gar nichts. Wir kennen uns jetzt schon so lange, und vor einigen Wochen tauchte diese Frau wie aus dem Nichts auf und du fängst Feuer. Sie ist ein echtes Biest, lass dir das gesagt sein.«

»Aber ein echt geiles«, fügte Raffael hinzu und schämte sich im gleichen Augenblick. »Verzeih, ich meine …«

»Schon gut«, sagte Liliane gekränkt, »es scheint zu stimmen, was Johanna zu sagen pflegt.«

»Was sagt dieser hübsche Drachen denn?«

»Männer sind nichts anderes als Testosteronfabriken, die ihr Produkt loswerden wollen.«

»Das sagt sie«, grinste Raffael und staunte, dass er sich darüber überhaupt nicht aufregen konnte. »Hoffentlich denkst du nicht auch so«, fügte er vertraulich hinzu. »Das würde mir überhaupt nicht gefallen.«

»So«, lächelte Liliane, »du hast Angst, deine beste Recherchemaus zu verlieren?«

»Maus«, Raffael spielte den Schockierten. »Diese Bezeichnung würde ich nie gebrauchen.«

»Vielleicht«, überlegte Liliane, »aber gedacht hast du es bestimmt schon mal. Aber jetzt genug, lass uns anfangen, was hast du auf deinem Zettel stehen?«

6

Das Amt des Bürgermeisters der Stadt Siegen innezuhaben bedeutete, ständig im Einsatz zu sein. Selbst an einem Samstagnachmittag in der eigenen Wohnung. Seit seinem erdrutschartigen Sieg bei den letzten Wahlen war er nicht mehr zur Ruhe gekommen. Eine Sitzung jagte die andere und dazwischen immer wieder kleinere Treffen, die es in sich hatten. Jedes Mal mussten Entscheidungen getroffen werden, die irgendwo einen Aufschrei erzeugten, der dann wieder zu einer Sitzung führte. Obwohl er konditionell einiges für seinen Körper tat, machten sich die ersten Anzeichen einer körperlichen Erschöpfung bemerkbar. Seine Frau mahnte zur Mäßigung, doch das war so, als forderte man einen Leithammel auf, die Herde im Stich zulassen.

Auf seinem Schreibtisch lag ein Haufen Akten, von dem er mindestens die Hälfte bis Montag durchgearbeitet haben wollte. Mit einem Riesenseufzer setzte er sich hin und schlug den ersten Aktendeckel auf. Nach einigen Minuten war er im Lesen so vertieft, dass er nicht mitbekam, wie seine Frau leise ins Arbeitszimmer trat.

»Schatz«, sagte sie, »du hast Besuch.«

Verstimmt sah er sie an und meinte: »Wir haben Samstag, wer um Gottes Willen will jetzt was von mir?«

»Ich, Bürgermeister«, sagte ein älterer Mann, der plötzlich hinter seiner Frau auftauchte.

»Wer sind Sie denn?« Der Bürgermeister blickte auf einen Mann, der in einem abgewetzten Mantel und geflickten Hosen vor ihm stand. Das war ganz offensichtlich ein Landstreicher. Die aufrechte Haltung und eine Stimme, die ohne

Zweifel daran gewöhnt war, Befehle zu erteilen, irritierten den Bürgermeister jedoch.

»Mein Name ist Berthold Liebknecht«, sagte der Mann gelassen, »in der Stadt nennt man mich auch den „Wisse Ohm".«

»Der Wisse Ohm«, wiederholte der Bürgermeister ungläubig.

»Nun schließen Sie Ihren Mund mal wieder«, grinste der Ohm, »darf ich mich setzen?«

Der Wisse Ohm war so etwas wie ein Faktotum der Stadt. Er lebte in der Altstadt und tauchte hier und da bei Vernissagen und anderen Ausstellungen wie aus dem Nichts auf und sättigte sich. Vor einigen Monaten war er plötzlich verschwunden. Dann tauchten Gerüchte auf. Mal wurde er als Mörder bezeichnet, mal als Geheimagent, der die Stadt vor einer Katastrophe gerettet haben sollte. Jedenfalls waren dies keine Geschichten, die ein gestandener Politiker glauben mochte. Persönlich war er dem Ohm nämlich noch nie begegnet.

»Bitte, setzen Sie sich«, sagte der Bürgermeister nachdenklich. »Es gibt Sie also wirklich, erstaunlich! Darf ich Ihnen einen Kaffee anbieten?«

»Gerne«, nickte der Ohm und öffnete seinen Mantel. Ein sehr abgetragenes Hemd kam zum Vorschein.

»Äh«, raunte der Bürgermeister, »sonst geht es Ihnen gut?«

Der Wisse Ohm sah ihn fragend an.

»Ich meine«, verhedderte sich der Bürgermeister, »Sie sind gesund, Ihnen fehlt nichts?«

»Danke«, lächelte der Wisse Ohm, »ich fühle mich bestens.«

»Gut«, nickte der Bürgermeister, »dann sehe ich mal nach dem Kaffee.«

»Bitte«, antwortete der Wisse Ohm und machte es sich bequem.

Der Bürgermeister eilte aus seinem Arbeitszimmer und wurde draußen von seiner Frau abgefangen.

»Wer ist das?« fragte sie besorgt.

»Das erkläre ich dir später«, sagte er bestimmend, »sei bitte so nett und mach uns Kaffee.«

»Du willst diesen Landstreicher bewirten?« Sie sah ihn ungläubig an.

»Es ist der Wisse Ohm«, antwortete er vielsagend.

»Na und«, konterte sie. »Deshalb braucht er uns doch nicht ...«

»Ja, ja«, wehrte er ab, »hilf mir bitte, sei so gut.«

Er ging ins Arbeitszimmer zurück.

»Nun, Herr ...«

»Nennen Sie mich ruhig Ohm«, lächelte der Wisse Ohm.

»Gut, also, was führt Sie zu mir?« Der Bürgermeister setzte sich hinter seinen Schreibtisch.

»Es ist etwas verzwickt«, begann der Ohm freundlich, »Sie werden gleich einen Anruf erhalten, der Sie überraschen könnte.«

»Einen Anruf?« staunte der Bürgermeister, »deshalb kommen Sie hierher?«

Der Ohm sah auf seine Uhr, die so gar nicht zu den abgewetzten Kleidern passte. Er nickte, und in dem Moment klingelte das Telefon im Arbeitszimmer.

Der Bürgermeister nahm ab, nannte seinen Namen, und wieder fiel ihm der Unterkiefer nach unten.

7

Die Bildvergrößerung war gelungen. Tristans Aufnahme gab alle Einzelheiten scharf wieder. Selbst die unterschiedlichen Farbnuancen wurden identisch kopiert. Zufrieden betrachtete er den DIN A3 großen Bildabzug. Als Erstes wollte er die Inschrift übersetzen, die im rechten Gesims hervorstach. Und er hatte auch schon eine Idee, wer ihm dabei helfen konnte.

Marlowe saß auf seiner Kletterstange, während Helga den Kuchen aufschnitt, den Tristan aus der Stadt mitgebracht hatte.

»Jetzt müssten die Herren bald kommen«, rief Helga aus der Küche.

»Bei Pfeiffer weiß man nie«, erwiderte Tristan und steckte den Abzug in eine Papphülle. »Wenn der sich mal festgebissen hat, dann kann es Stunden dauern, bis er loslässt.«

»Dabei macht er immer so einen freundlichen Eindruck«, sagte Helga, die mit dem Kuchen ins Wohnzimmer trat.

»Findest du?« Tristan sah seine Freundin skeptisch an.

»Ja«, nickte sie. »Der Mann sieht doch sympathisch aus.«

»Helga, reden wir von ein und der selben Person?« Er legte die Hülle zur Seite und half Helga, das Kaffeegeschirr zu verteilen.

»Hauptkommissar Pfeiffer«, bestätigte Helga. »Über den Mann reden wir doch?«

»Ja«, staunte Tristan. »Findest du nicht, dass er manchmal in seiner Art sehr nervig ist?«

»Er macht seinen Job«, verteidigte sie ihn, »dass er etwas hektischer ist als Herr Holzbaum, sollte doch kein Nachteil sein.«

»Also manchmal überraschst du mich«, lächelte der Detektiv. »Aber Pfeiffer kenne ich zu lange, als dass ich mich deiner Meinung anschließen könnte. Er lächelt dich an, sagt etwas und denkt etwas ganz anderes. Glaub mir, der Mann ist gefährlich.«

»Nun«, schmunzelte sie, »gewisse Ähnlichkeiten dieser Beschreibung treffen auch auf dich zu.«

»Was?« protestierte Tristan. »Ich bin aufrichtig zu den Menschen. Ich lüge sie nicht an.«

»Ach, ja«, Helga hielt mit dem Tischdecken inne. »Darf ich dich an die Geschichte mit Vivian erinnern? Oder wie war das mit Dr. Killian? Und mir fallen sicher noch eine Menge mehr Beispiele ein.«

»Das waren keine Lügen, sondern notwendige Wahrheitsbeschneidungen«, erklärte der Detektiv.

»Kommt auf den Standpunkt an, von dem aus man die Sache betrachtet«, sagte sie hart. »Jedenfalls bist du in deiner Arbeit ein gerissener Fuchs.«

»War das jetzt ein Kompliment?«

»Ein kleines«, lächelte Helga und ermahnte ihn. »Du solltest Pfeiffer nicht immer so negativ gegenübertreten.«

»Er fängt meistens an«, brummte Tristan. »Mir wäre es auch lieber, wir würden besser zusammenarbeiten.«

»Ehrlich?!« Helga konnte es nicht glauben und sagte: »Du kannst einen Partner wie Pfeiffer gar nicht gebrauchen. Das würde voll in die Hose gehen, glaub's mir. Mich wundert es sowieso, dass er nochmals wiederkommen wollte.«

»Er führt etwas im Schilde«, Tristan hob eine Kuchengabel wie einen Zeigefinger. »Raffael und ich müssen aufpassen, dass unsere Ermittlungen nicht in einer Katastrophe enden. Ich spüre das.«

Der Tisch war fertig gedeckt.

»Wir sollten Erich einladen«, sagte Helga. »Vielleicht hat er Appetit auf ein Stück Kuchen.«

»Gute Idee.« Tristan stand auf. »Ich gehe ihn holen.«

Marlowe sah, wie Tristan seine Strickjacke überzog und flog ihm sofort auf die Schulter.

»Na, dann komm mit.« Er kraulte ihm kurz die Brust und betrat den kleinen Hof hinter der Marienkirche.

Orgelspiel drang aus dem Kirchenschiff, was Tristan dazu veranlasste, in der Kirche nach Erich zu suchen. Im Kirchenschiff fand er den Diakon nicht, deshalb ging er weiter in die Sakristei.

»Erich!« rief er und klopfte an die Tür der Sakristei.

»Komm rein«, hörte er Erich rufen.

Der Detektiv öffnete die Tür. Erich telefonierte gerade, deutete ihm aber an, sich einen Platz zu suchen.

»Ich will nicht stören«, flüsterte Tristan, doch Erich signalisierte, das Gespräch schnell zu beenden.

Kurz darauf verabschiedete sich der Diakon von seinem Gesprächspartner und legte den Hörer in die altmodische Gabel des Telefons zurück.

»Was führt dich zu mir?« fragte er freundlich und neckte Marlowe.

»Ich wollte dich zum Kaffee einladen«, antwortete Tristan. »Und wenn du bei der Gelegenheit noch deine Lateinkenntnisse demonstrieren würdest, wäre ich sehr zufrieden.«

Erich verzog sein Römergesicht zu einem heiteren Grinsen.

»Das nenne ich ein Angebot.« Der Zwei-Meter-Mann stand auf. »Brauche ich ein Wörterbuch?«

»Keine Ahnung, wie gut du bist«, antwortete Tristan.

»Kann nichts schaden, es mitzunehmen«, überlegte Erich.

Unterdessen spazierten Pfeiffer und Holzbaum die Zaungasse entlang. Dies war eigentlich der falsche Weg, doch Pfeiffer hatte darauf bestanden, von der Mauerstraße aus eine Abkürzung zu nehmen, was dazu führte, dass sie in der Hainstraße landeten, statt auf dem direkten Weg in die Untere Metzgerstraße zu gelangen. So wurde aus einem gemütlichen Fünf-Minuten-Spaziergang eine kleine Kletterpartie. Die beiden Beamten umrundeten sozusagen ein Viertel des Burgberges, indem sie einmal bis an den Fuß des Berges hinabliefen, um dort unten festzustellen, am falschen Ort zu sein und ihn anschließend gleich darauf wieder emporkletterten. Nun erreichten sie den Hof von unten, obwohl sie ihn spielend von oben erreicht hätten. Pfeiffer wirkte erschöpft, und auch Holzbaum tröpfelten kleine Schweißperlen die Stirn hinab, als sie auf dem Hof mit Tristan und Erich zusammentrafen.

»Wo kommen Sie denn her?« fragte Erich überrascht.

»Fragen Sie nicht«, stöhnte Holzbaum und rang nach Atem.

»Ein kleiner Irrtum«, knurrte Pfeiffer, »der uns in die falsche Richtung führte.«

»Sie haben sich in der Altstadt verlaufen?« staunte Tristan.

»Ein wenig«, nickte Holzbaum. »Mensch, sind das Anstiege.«

»Der Hügel?« Erich deutete auf den Berg.

Pfeiffer war zu erschöpft, um auf diese Bemerkung zu antworten. Schweigend folgte er Tristan ins Haus und setzte sich, ohne einen Ton von sich zu geben, an den Kaffeetisch, sichtlich froh darüber, seine Beine zu entlasten.

Der Detektiv ließ ihm einige Minuten Ruhe, dann begann er nach dem Gesprächsergebnis zu fragen.

Es stellte sich heraus, dass das Bild ein Erbstück war, das vermutlich Kimpels Vater gemalt hatte. Frau Kimpels Angaben zufolge fand ihr Mann das Bild erst kürzlich beim Aufräumen des Kellers. Er war noch sehr jung, als sein Vater starb, und irgendwie war das Bild im Keller gelandet. Ob sie etwas über die verwendeten Motive sagen könne, hatten die Beamten gefragt, doch die Motive sagten ihr nichts. Genauso wenig konnte sie sich vorstellen, weshalb man ihren Mann umgebracht hatte.

»Also nichts Neues«, resümierte Tristan, und Pfeiffer nickte missmutig.

»Ich danke für den Kaffeetisch«, sagte der Hauptkommissar, der wieder zu Kräften gekommen war, »aber jetzt wird es Zeit für uns. Holzbaum!«

Die beiden Polizisten verabschiedeten sich.

»Nun«, fragte Erich gespannt, »was gibt es zu übersetzen?«

Tristan zeigte ihm die Fotografie.

»Iniqua numquam regna perpetuo manent«, las Erich laut und in perfekter Aussprache. »Ein Zitat von Seneca. Der Maler hatte Sinn für Humor.«

»Nun sag schon«, drängelte Tristan, »was bedeutet dieses Zitat?«

»Es heißt: *Reiche der Ungerechtigkeit währen nicht ewig*«, antwortete Erich und betrachtete das Bild. »Sieht aus wie römische Ruinen«, bemerkte er. »Unser Maler mochte die Römer wohl nicht.«

»Reiche der Ungerechtigkeit?« wiederholte Tristan. »Du meinst, dieser Spruch bezieht sich auf das Römische Reich?«

»Keine Ahnung«, Erich deutete auf das zerbrochene Gesims. »Der Spruch ist jedenfalls mit Absicht dort oben platziert worden.«

»Dieser Seneca, was war das für einer?« überlegte Tristan laut.

»Oh, Seneca war Politiker, Philosoph und Dichter. Er wurde so um Christi Geburt geboren und starb mit siebzig«, sagte Erich. »Sein ganzer Name lautet, Moment mal, wie hieß er noch, ach ja, Lucius Nannaeus Seneca, ja so hieß er.«

»Was weißt du sonst noch?« hakte Tristan nach.

»Mir fällt ein, dass er Erzieher Neros wurde, nachdem er aus der Verbannung zurückkam. Danach wurde er Konsul und übernahm zusammen mit Sextus Afranius Burrus die gesamte Reichspolitik. Soweit ich weiß, hat er einige Tragödien wie den Ödipus geschrieben. Er wurde schließlich von Nero gezwungen, sich umzubringen, weil er als Mitwisser der Pisonischen Verschwörung galt.«

»Was war das für eine Verschwörung?« wollte Helga wissen, die aufmerksam zugehört hatte.

»Nero trat so etwa ab 60 n. Chr. als Künstler und Sportsmann auf. Er ließ vermutlich 64 n. Chr. Rom niederbrennen, um Platz für neue Bauten zu schaffen, die seine Größe widerspiegeln sollten. Die Schuld wurde den Christen und Juden zugesprochen, die daraufhin im Zirkus getötet wurden. Kurz danach wurde er eifersüchtig auf die wirklichen Künstler und bezichtigte sie des Verrates, der sogenannten Pisonischen

Verschwörung. Nero zwang zahlreiche Vornehme zum Selbstmord oder ließ sie töten.«

»Interessant«, nickte Tristan, »nur was hat das mit unserem Fall zu tun?«

»Keine Ahnung«, grinste Erich, der zufrieden mit sich war. »Dafür bist du zuständig.«

»Nun gut«, mischte sich Helga ein und mahnte, »wir sind eingeladen und sollten sehen, dass wir fertig werden.«

»So?« Erich sah Tristan fragend an. »Heißt das etwa, dass ich mich heute Abend um Marlowe kümmern soll?«

»Wenn du mich schon so direkt fragst«, sagte Tristan schnell, »dann kannst du ihn gerne heute Abend mit zu dir nehmen.«

Wie immer schien Marlowe zu spüren, dass von ihm die Rede war, und so rückte er näher an die beiden Männer heran und krächzte: »Der Narr verstummt, als ob er überlege. / Der gute Freund geht leise seiner Wege.«

8

Rechtsanwalt Robert Hallenbergers Kanzlei befand sich in der alten Villa Waldrich im Hohler Weg. Sie hatte einmal einem Industriellen gehört, der das Prunkstück aufgegeben und der Stadt Siegen überlassen hatte, die es dann einige Jahre als Kulturtreffpunkt genutzt und schließlich an eine Investorengruppe verkauft hatte, die es ihrerseits zu einem modernen und sehr repräsentativen Gebäude umbauen ließ. In perfekter

Lage mit einem exklusiven Blick über die Stadt boten die Räume alles, um der zahlungskräftigen Klientel der Kanzlei eines mitzuteilen: Seht her, wir sind die Besten, und das ist gut für euch.

Enissa hatte Raffael, wie versprochen, in Eisern abgeholt und bog nun auf den Privatparkplatz der Kanzlei ein. Ihr Anblick hatte den Schriftsteller bereits für den Abend belohnt. Ein perfekt sitzendes schwarzes Abendkleid verhüllte oder besser betonte ihren weiblichen Körper anziehend dezent. Der lange Schlitz in ihrem Kleid ließ während der Autofahrt einige kribbelnde Details ihrer Unterwäsche erkennen und reizte Raffaels Fantasie. Enissa waren die verstohlenen Blicke ihres Freundes nicht verborgen geblieben.

»Mein Kleid gefällt dir?« fragte sie zärtlich, als sie den Wagen abstellte.

»Gefallen, das ist der falsche Ausdruck«, lächelte Raffael. »Damit wirst du heute Abend eine Menge Feinde bekommen.«

»Feinde?« Enissa runzelte ihre Stirn.

»Keine andere Frau wird so anziehend sein wie du«, ergänzte Raffael und wollte sie küssen.

Sie wehrte ab und sagte: »Süß von dir, aber verschmier jetzt nicht mein Make-up.«

»Okay«, sagte er jungenhaft, »aber später.«

Ein Bediensteter trat zum Auto und hielt einen riesigen Regenschirm über die aussteigende Fahrerin, während Raffael mit schnellen Schritten ins Trockene eilte und an der Eingangstür auf die dahinschreitende Freundin wartete.

»Sind wir nicht zu früh?« wollte Raffael wissen, als sie das mit Marmor ausgelegte Foyer durchquerten.

»Nein«, antwortete Enissa und überprüfte den Sitz ihres Kleides.

Dann betraten sie die Kanzlei.

Ein fröhliches Stimmengewirr schwappte ihnen entgegen. Die meisten Gäste waren bereits eingetroffen und hatten kleinere Gruppen gebildet. Jetzt war Raffael froh, sich für den Valentino-Anzug entschieden zu haben. Die meisten Herren waren im Anzug erschienen, die eleganten Damen nutzten die Gelegenheit, sündhaft teure Abendkleider zu tragen. Auffallend erfrischend fiel da Tristan Irle auf, der trotz massiver Proteste seiner Lebensabschnittsgefährtin auf eine schwarze Strickjacke nicht verzichtete.

»Guten Abend, Herr Irle«, begrüßte Enissa den Detektiv und musterte das extravagante Strickjackenmodell. »Diese Jacke hat was«, flüsterte sie ihm zu, »das könnte glatt Kult werden.«

»Jetzt bestätigen Sie ihn nicht noch«, sagte Helga energisch, »dabei besitzt er einige vorzügliche Jacketts.«

»Helga«, brummte Tristan, »nicht schon wieder.« Und fügte freundlich hinzu: »Darf ich dir Enissa Hombach vorstellen, Raffaels Freundin?«

Die beiden Frauen gaben sich die Hand, und für einen Moment war es Tristan, als taxierten sie einander, während sie freundliche Floskeln austauschten. Helga brauchte den Vergleich mit Enissa nicht zu scheuen. Zwar war sie um Jahre älter als die angehende Anwältin, hatte aber immer noch eine perfekte Figur, die in dem ebenfalls in Schwarz gehaltenen Abendkleid nicht weniger attraktiv zur Schau getragen wurde wie die von Enissa.

»Sie entschuldigen mich«, sagte Enissa zu den beiden. »Die Arbeit ruft.« Sie drückte Raffael ein flüchtiges Küsschen auf die Wange und verschwand in der Menge.

Raffael blieb bei Tristan und Helga stehen. Ihm gefiel die plötzliche Flucht seiner Freundin überhaupt nicht.

»Eine illustre Gesellschaft«, bemerkte der Detektiv und lenkte den Schriftsteller ab.

»Das kann man wohl sagen, Herr Irle«, antwortete Raffael.

»Wissen Sie was, nennen Sie mich ruhig Tristan.« Er fing einen vorbeieilenden Kellner mit einem Tablett ab und nahm ein Glas Sekt für Helga und ein Glas Orangensaft für sich. Raffael bediente sich ebenfalls.

»Gerne, dann nenn du mich bitte Raffael«, meinte er und stieß mit dem Detektiv an.

»Nun«, lächelte Helga, »ich bin Helga.«

Das Prozedere wiederholte sich.

»Eine Menge wichtiger Leute sind hier«, bemerkte Tristan.

»Kann man wohl sagen«, Raffael ließ seinen Blick durch die Runde schweifen.

Der Bürgermeister stand nicht weit weg, den Rücken zu Tristan gewandt, in einer Gruppe von Geschäftsleuten, die energisch auf den Politiker einsprachen. Irgendwie machte er auf Tristan den Eindruck, dass er dem Gesagten kaum Gehör schenkte. Wachsam wie eine Bachstelze blickte der Bürgermeister sich in der Menge um, als suche er jemand Bestimmten.

Etwas abseits stand Robert Hallenberger zusammen mit Frieder Kaufmann und einem älteren Herrn. Bei Richard Goldstein tauchte plötzlich Enissa wieder auf, die ihm einige Damen und Herren vorstellte.

»Was denkst du«, fragte Tristan, »wollen wir die Gunst der Stunde nutzen?«

Raffael verstand nicht sofort, doch als Tristan zum Bürgermeister deutete, wurde ihm klar, was der Detektiv meinte.

»Ihr seid nicht zum Arbeiten hier«, mahnte Helga.

»Eine kleine Plauderei ist doch noch keine Arbeit«, antwortete Tristan versöhnlich und sah sie mit einem spitzbübischen Grinsen an.

»Ich weiß nicht, ob das eine so gute Idee ist.« Raffael schien nervös zu werden. »Ich setze dem Bürgermeister seit geraumer Zeit nach.«

»Nun«, Tristan klopfte ihm auf die Schulter, »dann ist dies eine gute Gelegenheit, in deiner Arbeit fortzufahren.«

In diesem Moment klopfte Hallenberger gegen sein Sektglas, das internationale Zeichen, sich bequem hinzustellen, um eine Rede über sich ergehen zu lassen.

»Guten Abend, meine lieben Gäste«, begann Hallenberger mit kräftiger Stimme. »Ich freue mich, dass so viele unserer Einladung gefolgt sind und heute Abend mit uns einen Anlass feiern, der durchaus in die Kategorie Völkerverständigung passt. Wie Sie der Einladung entnehmen konnten, haben wir Richard Goldstein zu Gast, der aus einer alten Siegener Familie stammt. Seine Mutter ist eine geborene Eschenbach, die nach dem Krieg in die USA ausgewandert ist. Dort hat sie einen einflussreichen Amerikaner kennen und lieben gelernt. Nun ist ihr Sohn in die alte Heimat zurückgekehrt, um hier in Siegen nach seinen Wurzeln zu fahnden.«

Ein wohlwollender Applaus zwang den Anwalt eine kleine Pause einzulegen. Richard verneigte sich höflich vor den Gästen, schien sich aber bei so viel Aufmerksamkeit nicht wohlzufühlen.

»Neben dieser Recherche«, fuhr Hallenberger fort, »möchte Herr Goldberg auch wirtschaftlich einen Fuß in die alte Heimat setzen. Dabei, so hoffe ich, werden Sie ihn wohlwollend unterstützen. Darüber hinaus«, er suchte unter den Gästen nach dem Bürgermeister, »lieber Herr Bürgermeister, hat er mich beauftragt, ein soziales oder kulturelles Projekt auszusuchen, das er mit einer wohlwollenden Spende bedenken möchte. Richard kommt aus New York, der Stadt mit den tausend Theatern. Was läge da näher, als ihm zu raten, sich für die Initiative Apollo-Theater einzusetzen.«

Wieder ein Applaus, dieses Mal aber weitaus kräftiger. Der Bürgermeister nickte dem jungen

Mann lächelnd zu und sagte: »Jede Mark, die von außen kommt, ist uns willkommen, um der Stadt ein eigenständiges Theater zu ermöglichen.«

Der ältere Mann neben Frieder Hauptmann schien dies nicht zu begrüßen. Seine bis dahin gelassene Miene veränderte sich zusehends. Erst als Hauptmann einige Worte mit ihm wechselte, schien sich der Mann zu beruhigen.

»Wer ist der Kerl hinter Hallenberger?« fragte Tristan Raffael.

»Ich glaube, das ist Adolf Hauptmann«, flüsterte Raffel, »dem gehört das große Kaufhaus, ehemals *Kerber*, direkt gegenüber dem Rathaus.«

Tristans graue Zellen begannen zu arbeiten.

»Da ist doch die Rede von einem Alternativprojekt«, sagte Tristan halb zu sich selbst.

»Ja«, nickte der Schriftsteller. »Jetzt, wo die Oberstadt gegenüber der Unterstadt wirtschaftlich an Bedeutung verloren hat, ist die Überlegung aufgekommen, das alte Kaufhaus als Kulturtreffpunkt umzubauen. Allerdings fehlt der Stadt dafür das Geld, wenn sie sich für das Theater entscheidet.«

»Also könnte man sagen«, lächelte Tristan, »dass dieser Herr ein großes Interesse daran hat, kein Theater in Siegen entstehen zu lassen.«

»Könnte schon sein«, meinte Raffael. »Ein Kaufhaus wird sich wohl da oben nicht mehr halten können, jetzt, wo die City-Galerie alle Kaufkraft in die Unterstadt zieht.«

Hallenberger gab noch einige Floskeln zum Besten und eröffnete dann das Buffet. Die Gäste bedankten sich für die kurze Rede mit einem weiteren Applaus und stürzten in angemessener Zurückhaltung auf die kulinarischen Leckereien, die die Kanzlei für ein Vermögen hatte auffahren lassen.

Ein lautes Niesen hallte durch die ehrwürdigen Räume, und kurz darauf tauchte Benno Becker zusammen mit Jan Kerber am Buffettisch auf. Tristan nahm gerade eine frische Languste und staunte über die Meeresfrüchte, die der passionierte Hochseeangler Hallenberger ausgesucht hatte.

»Nanu«, schniefte Becker, »Sie hier?«

»Auf Einladung von Herrn Hallenberger«, antwortete Tristan und versuchte Benno Beckers Bazillen aus dem Weg zu gehen.

»Haben Sie schon etwas herausbekommen?« fragte Kerber und blinzelte ihn misstrauisch von der Seite an.

»Noch nicht«, sagte Tristan kurz angebunden.

»Das ist ja ein Zufall«, hustete Becker. »Hallenberger ist ebenfalls Ratsmitglied. Wussten Sie das?«

»Nein«, antwortete Tristan und hoffte, das Gespräch damit beendet zu haben.

»Er steht allerdings auf der anderen Seite«, verriet der Politiker, »unseren Bürgermeister haben Sie ja schon gesehen. Und wissen Sie was, dieser rumschnüffelnde Schriftsteller Leich ist ebenfalls hier.«

»Ganz schön auffällig, das Ganze, finden Sie nicht?« ergänzte Kerber schmierig.

Tristan fand nur Beckers aufdringliche Art auffällig, und deshalb sagte er: »Entschuldigen Sie mich, meine Begleitung wartet auf die Languste. Sie verstehen, Frauen!«

»Natürlich«, grinste Becker, und ein erneuter Niesanfall zwang ihn zu einer komischen Grimasse. Tristan beeilte sich, im Gewühl der Gäste unterzutauchen und war froh, als er sah, dass Helga gerade mit dem Bürgermeister und jenem älteren Mann sprach, der über die Spende zugunsten des Theaters gar nicht glücklich war.

»Da bist du ja, Liebling.« Helga hakte sich bei Tristan unter. »Darf ich Ihnen Tristan Irle vorstellen?«

»Angenehm«, sagte der ältere Mann, »Adolf Hauptmann, meinen Sohn haben Sie schon kennengelernt.«

Tristan nickte und wandte sich dem Bürgermeister zu.

»Tut mir leid um Ihren persönlichen Referenten«, sagte Tristan aufrichtig. »Wie Sie vielleicht gehört haben, hat mich Ihre Partei beauftragt, diesen Mord aufzuklären. Ich werde mein Bestes geben.«

»Danke, Herr Irle«, der Bürgermeister nahm Tristan etwas zur Seite. »Ich suche Sie schon die ganze Zeit«, flüsterte er aufgeregt. »Ich muss Sie unbedingt sprechen.«

»Jetzt?« fragte Tristan überrascht und ein wenig besorgt.

»Nein«, erwiderte der Bürgermeister, »zu viele Leute, kommen Sie morgen bei mir zu Hause vorbei, wenn es geht.«

»Das wird sich einrichten lassen«, antwortete Tristan.

Der Bürgermeister wollte noch etwas Vertrauliches hinzufügen, doch in diesem Moment stand plötzlich Becker neben Tristan und dem Bürgermeister und sprach dazwischen.

»Hallo, Bürgermeister«, Becker grinste, »hat dir wohl gefallen, das mit der Spende.«

»Benno, du weißt, dass ich mich noch nicht für das eine oder andere Projekt entschieden habe.« Wütend sah er das Ratsmitglied an. »Ich bitte dich, die Sache professionell anzugehen. Wolfram war auch ein Freund von mir.«

»War er das?« fragte Becker zweideutig und ging.

Einige umstehende Gäste hatten den kleinen Disput mitbekommen und sprangen nun herbei, um dem Bürgermeister ihre moralische Unterstützung anzubieten.

»Politiker!« fauchte Adolf Hauptmann. »Heute sprechen sie so, morgen ganz anders.«

»Sie sind nicht erfreut, im Apollo ein Theater entstehen zu sehen?« fragte Tristan und überlegte, wie er die Languste am geschicktesten aus dem Panzer bekam.

»Ich habe nichts gegen ein Theater im Apollo«, erklärte Adolf Hauptmann, »ich habe nur etwas dagegen, wenn Steuergelder verschwendet werden. Mit dem Umbau ist es ja schließlich nicht getan. Die laufenden Kosten des Theaters müssen ebenfalls bedacht werden«, mahnte der Kaufmann. »Darüber hinaus muss ich ein gewisses

Eigeninteresse zugeben. Unser altes Kaufhaus am Markt steht leer, seit *Kerber* ausgezogen ist. Das schmerzt und kostet jeden Monat zig Tausende von Mark der Instandhaltung. Die würde ich lieber für etwas anderes ausgeben.«

Tristan hatte es geschafft, dem Panzerkrebs an den Leib zu rücken. Mit einem genüsslichen Seufzer nickte er Adolf Hauptmann zu.

»Und wie stehen Sie zu dem Theater, Frau Bottenberg?«

»Ich würde es begrüßen«, sagte sie diplomatisch, »wenn die vorhandenen kulturellen Aktivitäten der Stadt nicht aus Kostengründen diesem einen Projekt geopfert würden.«

»Da stimme ich Ihnen nur zu, sehr löblich«, nickte Hauptmann, »möchten Sie noch ein Glas Sekt?«

»Gerne«, lächelte Helga, und Hauptmann suchte nach einem Kellner.

»Galanter alter Herr«, sagte sie zu Tristan. »Sehr adrett gekleidet.«

»Ja«, sprach Tristan mit vollem Mund. »Der Anzug steht ihm ausgezeichnet. Wie alt schätzt du ihn? 90 oder doch eher 110?«

»Du bist…« grinste sie und gab ihm einen kleinen Schubs. »Wo ist denn Raffael geblieben?«

Raffael wurde von einer Anzahl Damen belagert, die ihn über sein jüngstes Abenteuer und seine Romane ausfragten. Leider gehörte Enissa nicht zu der kleinen Gruppe, sodass Raffael immer mal wieder seinen Blick durch die Runde streifen ließ, um nach ihr zu sehen. Doch seit geraumer Zeit war sie verschwunden. Richard schien die Feier ebenfalls verlassen zu haben, den konnte er nämlich auch nicht finden. Eifersucht machte sich breit. Erst recht, als dann auch noch Hallenberger zu der Gruppe stieß, um ihm mitzuteilen, dass Enissa zusammen mit Frieder Hauptmann und Richard in Richards Hotel gegangen seien, um einige geschäftliche Dinge zu besprechen. Nun wollte er diesen Ort nur noch verlassen. Er entschuldigte sich bei den Damen und suchte Tristan.

»Na, du schaust aber betrübt?« bemerkte Helga, als Raffael zu ihnen trat.

Adolf Hauptmann kam mit zwei Gläsern Sekt zurück und stellte sich vor.

Raffael wurde einen Moment aus seinen Gedanken gerissen, da Hauptmann sofort auf ihn einredete.

»Sie sind dem Killer gerade noch einmal entkommen«, sagte er neugierig. »Der arme Kimpel hat es nicht geschafft. Eine schreckliche Geschichte. Menschen werden erschossen, als hätten wir wieder Krieg. Wissen Sie, Frieder und Wolfram sind zusammen auf die Schule gegangen. Der alte Kimpel war mir ein guter Freund.«

»Wenn Sie Wolfram Kimpel so gut kannten«, fragte Tristan, der seine Languste ohne einen größeren Unfall verzehrt hatte, »haben Sie da vielleicht eine Idee, wer seine Feinde waren?«

»Oh nein«, wehrte Hauptmann galant ab. »Das weiß ich beim besten Willen nicht. Wie Sie wissen, gehörte er zu der Fraktion, die das Kulturzentrum in der Oberstadt bevorzugte.«

»Also Ihr Mann!« sagte Tristan und beobachtete aufmerksam Hauptmanns Reaktion.

»Mein Mann, ja, das kann man so sagen«, antwortete Hauptmann traurig. »Leider kann er mir jetzt nicht mehr helfen.«

»Wussten Sie«, sagte Tristan weiter, »dass Kimpel ein Kunstliebhaber war?«

»Kunst? Sie meinen Bilder?« fragte Hauptmann überrascht. »Nein, dass ist mir neu. Wie kommen Sie zu dieser Erkenntnis?«

Tristan wollte gerade antworten, als Raffael ihn ablenkte.

»Enissa ist gegangen«, sagte der Schriftsteller verärgert. »Ich möchte mich verabschieden.«

»Oh«, entwischte es Helga, »wie kommst du nach Hause?«

»Ein Taxi«, lächelte Raffael gequält.

»Meinst du nicht auch«, mahnte Helga, »dass es Zeit für uns wird? Erich ist mit Marlowe allein.«

Tristan verstand den dezenten Hinweis und verabschiedete sich von Adolf Hauptmann, der ihm seine Hilfe anbot, wenn er weitere Informationen benötigte.

»Allerdings«, fügte er abschließend hinzu, »ist mein Sohn Frieder vielleicht der ergiebigere Gesprächspartner.«

»Danke, Herr Hauptmann«, sagte Tristan und verabschiedete sich.

9

Es regnete immer noch. Tristan öffnete für Helga den Schirm, dann schlenderten sie in Richtung Oberstadt.

»Es war eine gute Idee«, flüsterte sie und schmiegte sich an Tristan, »den Wagen zu Hause zu lassen.«

»So?«

»Die frische Luft tut gut«, stöhnte sie erleichtert. »Hast du Raffaels Gesicht gesehen? Ich glaube, diese Enissa bricht ihm noch das Herz.«

»Na, nicht so pessimistisch«, antwortete Tristan. »Der Junge ist erwachsen und weiß, was er tut.«

»Wenn du dich da mal nicht täuschst«, lächelte sie. »Was hatte ich ein Glück, damals auf dem Giller dich zu treffen.«

»Hört, hört«, posaunte der Detektiv, »das möchte ich schriftlich.«

Sie erreichten das Marburger Tor und folgten der Marburger Straße. Bis jetzt waren ihnen keine weiteren Menschen begegnet. Selbst die wenigen Kneipen, an denen sie vorbeigingen, hatten bereits geschlossen. Je weiter sie den Berg hinaufkamen, umso dichter wurde der feine Nieselregen, der auf der Höhe des alten Klubbs schließlich in Nebel überging. Die Stadt war wie ausgestorben.

»Das ist ja richtig unheimlich«, murmelte Helga, als sie die Nikolaikirche passierten.

»Wir sind gleich zu Hause«, beruhigte Tristan seine Freundin.

Sie überquerten den Marktplatz und bogen links ab, um die Barstewende hinunterzugehen. Die beiden bemerkten das parkende Auto nicht, das etwas abseits neben dem Rathaus stand. Als sie die Treppe zur Barstewende hinuntergingen, öffnete sich die Fahrertür und eine Gestalt stieg aus. Leise und in einem sicheren Abstand folgte sie den beiden.

»Hoffentlich ist Erich noch wach«, sagte Tristan nachdenklich. »Es wäre nicht gut, Marlowe die Nacht über bei ihm zu lassen.«

»Da stimme ich dir zu«, sagte Helga und war froh, den kleinen Hof hinter der Marienkirche sicher erreicht zu haben.

Auch Tristan atmete erleichtert auf, als er noch Licht in Erichs Haus sah, das unweit seines eigenen stand.

»Er ist noch wach«, sagte er.

Sie klopften an Erichs Haustür, der kurz darauf in einem dunklen Bademantel öffnete.

»Wie war der Abend?« fragte er höflich und ließ Marlowe von seiner Schulter auf Tristans Arm flattern.

»Schön«, lächelte Helga versonnen.

»Das Essen, Erich«, lobte Tristan, »einfach göttlich.«

Sie verabschiedeten sich und eilten zur eigenen Haustür. Helga zog den Schlüssel aus der Handtasche und blieb dann abrupt stehen.

»Hattest du abgeschlossen?« fragte sie skeptisch, da sie von Tristans Angewohnheit, die Haustür nur selten abzuschließen, wusste.

»Ja«, nickte Tristan und trat einen Schritt vor.

Die Haustür stand einen kleinen Spalt offen.

»Nimm Marlowe«, befahl Tristan und schob die Tür langsam auf. Die Angeln quietschten, als wären sie an einen Verstärker angeschlossen. Der Detektiv schlich in die Diele und schaltete das Licht an.

Plötzlich ging alles sehr schnell.

Eine kräftige, maskierte Gestalt sprang aus dem dunklen Wohnzimmer direkt auf Tristan zu. In ihrer rechten Hand blinkte der kalte Stahl eines Messers. Tristan versuchte den Angriff mit einem Aikidogriff abzuwehren, doch unterschätzte er die Kraft des Einbrechers. Die Klinge streifte seinen linken Oberarm bis zur Schulter. In dem Moment schrie Helga auf, und Marlowe stürzte sich auf den Unbekannten. Der Angreifer wurde durch den Vogel überrascht. Tristan nutzte den Augenblick und schlug mit der Rechten in den Magen des Maskierten. Das rettete Tristan vor einem zweiten Stoß. Der Maskierte taumelte einen Schritt zurück, fing sich wieder und stach nach Marlowe, der sich in der Maske verkrallt hatte. Plötzlich krächzte Marlowe auf und stürzte unkontrolliert auf den Boden der Diele. Tristan gefror das Blut in den Adern. Er wurde rasend vor Wut. Der Maskierte blickte den Detektiv kalt an und wollte sich ein weiteres Mal auf ihn stürzen, als Erichs Baritonstimme durch den Hof hallte. Eine Sekunde verharrte der Einbrecher, als wäge er die Situation ab, dann rannte er aus dem Haus.

Einen Augenblick später stand Erich mit seinem Wanderstab im Türeingang.

»Alles in Ordnung?« rief er.

»Ja, ja«, stöhnte Tristan, »Marlowe, ich glaube, Marlowe hat es erwischt.«

Verdeckt durch eine Häuserecke beobachtete der unbekannte Verfolger, wie der Einbrecher über den Hof in Richtung Zaungasse verschwand. Er hörte die Stimme des Detektivs nach Helga rufen und grinste zufrieden. Unbemerkt schlich er die Barstewende zurück zu seinem Auto.

4. Ein erneutes Tiefdruckgebiet …

Sonntag

Ein erneutes Tiefdruckgebiet erreichte den Rand des Rothaargebirges. Es hatte auf dem langen Weg von Neufundland eine Menge Feuchtigkeit aus dem Atlantik aufgesogen und war gierig darauf, es den Siegerländern auf die Köpfe zu gießen. Es scherte sich einen Dreck um Originalität, sondern schloss sich seinen Vorgängern in der gleichen beständigen Weise an, wie sie es getan hatten und ließ es aus allen Wolken regnen. Mitten drin standen Pfeiffer und Holzbaum unweit der Marienkirche vor Tristans Haus.

Das Schloss war aufgebrochen. Pfeiffer betrachtete das zersplitterte Holz der Eichentür.

»Es ist erstaunlich«, lobte Pfeiffer, »die Tür lässt sich immer noch schließen.«

»Ja«, meinte Holzbaum, »nur nicht mehr verschließen.«

Mit einem einfachen Hilfsmittel hatte der Einbrecher den Schlosszylinder abgebrochen, und weil der sich verkeilt hatte, musste er zum Schluss ein Brecheisen ansetzen.

»Sehr professionell ist der Einbrecher nicht vorgegangen«, sagte Holzbaum, der neben Pfeiffer stand.

»Nein«, nickte der Hauptkommissar. »Das Werkzeug hat er auch liegen gelassen.«

»Was den Menschen nur immer einfällt«, stöhnte Holzbaum, »warum müssen die immer an einem Wochenende zuschlagen?«

»Vielleicht aus Langeweile«, antwortete Pfeiffer, »dieses miese Wetter treibt einen ja in den Wahnsinn. Wie geht es Frau Bottenberg?« Er zündete sich eine Zigarette an, was in Anbetracht der ihn umgebenden Feuchtigkeit ein kleines Kunststück war.

»Der Diakon ist bei ihr«, Holzbaum schüttelte sich. »Ihr geht es soweit ganz gut. Der Schreck hat sie ein wenig mitgenommen.«

Pfeiffer nickte. »Ist etwas gestohlen worden?«

»Wie sie sagt, nicht.«

»Wo ist der Detektiv?« Pfeiffer blies eine kräftige blaue Rauchwolke dem Regen entgegen.

»Er ist noch nicht vom Tierarzt zurück«, sagte Holzbaum betroffen. »Was für ein Mensch muss das sein, auf einen wehrlosen Vogel einzustechen?«

»Na, na, so wehrlos ist das Vieh nicht«, brummte Pfeiffer. »Müsste dem Angreifer doch ein paar Spuren im Gesicht verpasst haben, oder?«

»Wenn Marlowe ihn richtig erwischt hat«, überlegte Holzbaum, »dann sicher.«

»Das klingt doch richtig gut«, grinste Pfeiffer und schnippte die Zigarettenkippe in den Hof.

»Muss das sein, Chef?« mahnte Holzbaum.

»Was?« Pfeiffer sah ihn überrascht an.

»Die Kippe«, stöhnte Holzbaum.

»Ach so«, Pfeiffer zuckte mit den Schultern, »beim nächsten Mal bessere ich mich.« Er öffnete die Haustür. »Lass uns reingehen, hier holt man sich ja noch den Tod.«

Helga saß mit Erich im Wohnzimmer. Der Diakon war damit beschäftigt, einige Holzscheite in den Kamin zu stapeln. Als der hereinkommende Pfeiffer das sah, sagte er: »Gute Idee, das treibt die feuchte Kälte aus diesem Haus.«

»Hm«, brummte der Diakon.

»Schon was von Irle gehört?« fragte Holzbaum.

»Nein«, antwortete Helga matt. Sie hatte so gut wie nicht geschlafen. Nachdem der Einbrecher verschwunden war, war sie in die Diele geeilt und hatte den verletzten Marlowe in Tristans Armen gesehen. Marlowe bot einen fürchterlichen Anblick. Das weiße Gefieder war in Blut getränkt, und nur Tristans rasche Hilfe bewahrte den Kakadu vor dem Verbluten. Erich zeigte einmal mehr seine verborgenen Qualitäten: Während Tristan um das Leben des Kakadus kämpfte, sah sich der Diakon die Stichwunde an Tristans Arm an und behandelte sie, ohne den Detektiv bei dessen Hilfe für Marlowe zu stören. Zum Glück war Tristans Verletzung nicht schwerwiegend. Helga hatte unterdessen den Tierarzt angerufen. Es hatte eine Ewigkeit gedauert, bis sie ihn am Telefon hatte. Nach den ersten Notverbänden war der Detektiv dann mit Helgas Wagen zum Tierarzt gefahren. Helga wollte Tristan begleiten, doch der meinte, sie solle nach der Wohnung sehen. Widerwillig gab Helga nach. Als Tristan verschwunden war, wurde es still im

Haus und sie sah sich die Wohnung an. Der Einbrecher hatte einige Schubladen durchwühlt, aber nach der ersten Durchsicht schien nichts zu fehlen. Sie wischte das Blut vom Boden der Diele, dann entschieden Erich und Helga, die Polizei zu verständigen, die wenig später einen Streifenwagen vorbeischickte. Die Beamten nahmen den Überfall auf, und Helga bat darum, dass man in der Frühe Hauptkommissar Pfeiffer verständigen solle. Danach zog sie sich mit Erich ins Wohnzimmer zurück. Irgendwann war sie vor Erschöpfung auf dem Sofa eingeschlafen. Erich hatte den Rest der Nacht über sie und das Haus gewacht.

Pfeiffer suchte sich einen Platz am Kamin. Erich ließ sich Pfeiffers Feuerzeug geben und zündete damit eine alte Zeitung an, die der Diakon zwischen die aufgeschichteten Holzscheite gesteckt hatte. Kurze Zeit später knisterte es im Kamin. Helga wurde sich ihrer Pflicht als Gastgeberin bewusst und raffte sich auf.

»Möchte jemand einen Kaffee?« fragte sie müde.

»Ja, gerne«, sagte Holzbaum.

Pfeiffer und Erich nickten zustimmend.

»Soll ich dir helfen?« fragte Erich, als Helga langsam in die Küche schlich.

»Nein, danke, Erich«, antwortete sie. »Ich bin gleich wieder fit.«

»Bemerkenswerte Frau«, murmelte Pfeiffer. Erich nickte.

»Ist schon komisch«, sprach Pfeiffer weiter, »dass nichts gestohlen wurde.«

Wieder nickte Erich.

»Was könnte der Einbrecher gesucht haben?« Pfeiffer sah sich um.

»Keine Ahnung«, stöhnte der Diakon und schob ein Holzscheit nach.

2

Raffael wachte alleine auf. Eine Tatsache, die ihn angesichts der verlockenden Reize seiner Freundin deprimierte. Er dachte an den vergangenen Abend und augenblicklich stieß die Eifersucht mit spitzen Speeren in sein Herz. Dazu gesellten sich nagende Zweifel und suggerierten ihm die Fragen: Wie gut kennst du deine Freundin? Würde sie dich betrügen?

Dies alles quälte ihn, und er musste feststellen, dass Enissa in der kurzen Zeit ihres Zusammenseins nicht viel von sich preisgegeben hatte. Was war ihre Lieblingsfarbe? Er wusste es nicht. Welche Musik hörte sie gerne? Nun, er wusste, was sie nicht gerne hörte, nämlich so ziemlich alles, was er gerne hörte. Hatte sie Geschwister und wo lebten ihre Eltern?

Je mehr er über Enissa nachdachte, umso deutlicher wurde ihm, dass er sie eigentlich gar nicht kannte. Wenn sie etwas von sich preisgab, dann hatte es etwas mit ihm zu tun. Unordnung zum Beispiel oder schlaffe Bauchmuskeln. War das Liebe oder reduzierten sich seine Gefühle nur auf das eine: Sex?

Erschlagen stieg er aus dem Bett. Bei nächster Gelegenheit würde er sie nach ihrer Lieblingsfarbe fragen.

Diese Gelegenheit kam prompt. Enissa fuhr gerade auf den Hof, als Raffael die Rollläden hochzog.

»Na, perfektes Timing«, sagte er grimmig.

Dieses Mal machte er sich nicht zum Affen, sondern schlenderte gelassen ins Bad. Wenn Enissa die Nacht woanders verbringen konnte, dann würde sie auch vor der Haustür warten können. Kurz darauf ertönte die Klingel. Raffael ließ sich Zeit. Es klingelte ein zweites Mal, etwas energischer, wie es dem Schriftsteller schien. Er nötigte sie zu einem dritten Versuch, dann bewegte er sich langsam aus dem Badezimmer zur Haustür.

»Na, wen haben wir denn da?« begrüßte er Enissa säuerlich.

Enissa sah ihn bekümmert an und erklärte: »Es tut mir leid.«

»Mir auch«, meinte Raffael und trottete in die Küche. Seine Pyjamajacke hing ihm zu halben Teilen in und aus der Hose. Die kurzen Haare sträubten sich nach allen Seiten, und der Dreitagebart war auf dem Weg, zu einem wüsten Gestrüpp zu verkommen.

»Du siehst schrecklich aus.« Enissa folgte ihm.

»Danke«, grinste Raffael, »das weiß ich, sonst wärst du wohl mit mir nach Hause gekommen.«

»Jetzt sei nicht beleidigt«, sagte sie scharf. »Dazu gibt es gar keinen Grund.«

»So«, Raffael klopfte auf den Küchentisch, »und wo warst du gestern Abend? Ich stand da wie ein Idiot. Verschwindest, ohne mir Bescheid zu sagen und dann noch zu diesem Goldstein ins Hotelzimmer.«

»Wer hat das gesagt?« Ihre Augen wurden zwei scharfe Schlitze.

»Dein Boss, Hallenberger«, antwortete Raffael angewidert. »Ich dachte, wir wären ein Paar. Sollte ich mich geirrt haben, dann sag es besser jetzt und verschwinde.«

Er griff nach einer Tasse und hielt sie unter den Kaffeeautomaten.

»Hallenberger ist ein Lügner«, sagte sie sanft. »Ich war gar nicht im Hotel, wir hatten uns in eines der Besprechungszimmer zurückgezogen.«

»So!« Raffael drückte eine Taste, die das Mahlwerk aktivierte. Für einige Sekunden beherrschte das schrille Zerreiben der Kaffeebohnen die Küche. »Ein einfaches Hotelzimmer ist wohl nicht aufregend genug?«

»Jetzt lass die Unterstellungen«, fauchte sie. »Es ist überhaupt nichts passiert. Klar!«

»Ja, ja«, nickte Raffael und nahm die Tasse in die Hand. »Ich bin nur allein mit einem Taxi nach Hause gefahren.«

»Jetzt stell dich nicht so an«, schrie sie, »du warst einfach verschwunden, als wir zurückkamen. Hallenberger sagte, du seist gegangen. Wie, glaubst du, habe ich mich da gefühlt?«

»Jetzt bin ich wieder der Doofe, was!« brüllte Raffael wütend. »Den ganzen Abend schwänzelst du um diesen Richard Goldstein herum, lässt mich links liegen und jetzt spielst du noch die Beleidigte.« Er sah sie angeekelt an. »Für wie blöd hältst du mich eigentlich?«

»Ich halte dich gar nicht für blöd«, flüsterte sie und setzte sich langsam auf einen Stuhl. »Und zwischen Richard und mir läuft gar nichts. Das musst du mir einfach glauben.«

»So einfach ist das nicht«, erklärte Raffael. »Es wird auf mich geschossen. Die Polizei hält mich für einen Mörder, und meine Freundin ist mehr mit einem Klienten zusammen als mit mir. Dann verschwindet sie noch spurlos mit diesem Typen. Wie, glaubst du, fühle ich mich?«

»Es tut mir leid«, sagte sie leise, »aber Hallenberger hat dich belogen.«

»Warum sollte er so etwas tun?« schrie er.

»Das werde ich herausbekommen«, sagte sie entschlossen.

»Sicher«, nickte Raffael aufgebracht. »Und dann?«

»Was, dann?« Enissa sah ihn mit einem schlechten Gewissen an.

»Ihr könnt euch doch gegenseitig die Schuld zuschieben«, antwortete Raffael, des Streites müde, »ich habe doch gar keine Chance, die Wahrheit herauszubekommen.«

»Du musst mir vertrauen«, meinte sie.

»Vertrauen?« Raffael grinste. »Mehr fällt dir dazu nicht ein?«

In dem Moment klingelte es erneut an der Haustür.

»Du erwartest Besuch?« fragte Enissa ernst.

»Ja«, nickte Raffael, »Liliane bringt mir meinen Leihwagen zurück.«

»Leihwagen?«

»Wie du dich vielleicht erinnerst«, höhnte Raffael, »habe ich meinen Wagen zu Schrott gefahren und mir einen Leihwagen geholt. Das habe ich dir gestern alles erzählt. Scheinbar hast du nicht zugehört.«

»Ja, das habe ich wohl«, nickte Enissa. »Aber wie kommt Liliane zu dem Wagen?«

»Wie schon?« sagte Raffael, während er zur Haustür ging. »Ich habe ihn ihr geliehen.«

3

Tristans Schulter schmerzte. Das war jedoch nichts gegenüber dem Schmerz, den er beim Anblick von Marlowe empfand. Nur um Haaresbreite war der Vogel dem Tod entkommen. Die Klinge hatte einen Flügel durchstoßen und war in den Rumpf vorgedrungen. Dank seiner guten Ernährung besaß Marlowe jedoch ein kleines Fettpolster, das die Klingenspitze aufhielt und damit verhinderte, dass lebenswichtige Organe verletzt wurden. Der Kakadu hatte einen Schutzengel, davon war Tristan überzeugt. Benommen von der Narkose lag Marlowe wohlgebettet in einem Korb, den Helga für ihn zurechtgemacht hatte. Der Arzt hatte einen dicken Verband um seinen Rumpf gelegt und den kranken

Flügel mit einer Schiene versehen, da mehrere Knochen gebrochen waren.

Tristan saß in seinem Lieblingssessel am Kamin. Erich, Helga sowie die beiden Beamten standen um den Korb mit dem betäubten Marlowe.

»Wird er wieder fliegen können?« fragte Erich besorgt.

»Der Arzt wollte dazu nichts sagen«, antwortete Tristan erschöpft. »Wichtige Muskeln sind aber nicht verletzt worden, sodass der Arzt guter Hoffnung ist.«

»Der Vogel hat Ihnen das Leben gerettet«, sagte Pfeiffer anerkennend. »Ein treues Tier.«

»Gut, dass er bei Erich war.« Helga streichelte ihm sanft über den Kamm. »Nicht auszudenken, was passiert wäre, wenn er alleine in der Wohnung geblieben wäre.«

Die Männer nickten.

»Sie haben auch keine Ahnung«, fragte Pfeiffer freundlich, »was der Einbrecher bei Ihnen suchte?«

»Es ist nichts gestohlen worden«, antwortete Tristan nachdenklich, »aber ich glaube, er suchte nach dem Bild, das Sie eingesteckt haben.«

»Das Bild von Kimpel?« murmelte Holzbaum. »Das ergäbe einen Sinn.«

Tristan nickte und fragte: »Hat jemand meine Pfeife gesehen?«

Helga sah sich um, fand Pfeife sowie Tabaksbeutel in der Küche liegen und reichte sie dem angeschlagenen Detektiv. Er begann den Pfeifenkopf zu säubern und wechselte den Filter aus. Die anderen sahen ihm schweigend zu.

»Nur«, sagte Tristan, während er die Pfeife stopfte, »wer konnte wissen, dass das Bild bei mir war?«

»Raffael Leich«, knurrte Pfeiffer, »der wusste es.«

»Ja, und ein paar andere auch«, antwortete Tristan. »Zum Beispiel Frau Dr. Lorché.«

»Sie glauben doch nicht«, Pfeiffer steckte sich eine Zigarette an, »dass die Museumsdirektorin …«

»Nein, nein«, schüttelte Tristan den Kopf, »aber streng genommen wusste sie es auch.«

»Wer kommt noch in Frage?« Holzbaum zückte sein Notizbuch.

»Ich hatte gestern Morgen Besuch«, erklärte der Detektiv. »Ein Benno Becker und ein Jan Kerber engagierten mich.«

»Ich dachte, dein Klient ist Raffael?« Helga war überrascht.

»Ist er auch«, grinste Tristan zum ersten Mal an diesem Morgen. »Aber die anderen bezahlen mich.«

»Sie sind ein Fuchs«, zischte Pfeiffer. »Wer sind diese Männer?«

Tristan erklärte es dem Hauptkommissar.

»Interessant«, murmelte Pfeiffer anschließend. »Stadtrat und Arbeitskollege.«

Blauer Rauch stieg aus Tristans Pfeife. Er stopfte mit dem Pfeifenstopfer den angezündeten Tabak nochmals kurz nach, dann sagte er: »Wenn ich mich richtig erinnere, dann haben mich mit dem Bild noch drei andere Personen gesehen.«

»So?« Pfeiffer beugte sich zum Detektiv. »Wer noch?«

»Zum einen unser Gastgeber von gestern Abend«, sagte Tristan.

»Herr Hallenberger?« staunte Helga. »Aber der war doch noch anwesend, als wir die Party verließen.«

»Das heißt nichts.« Tristan sah seine Freundin an. »Er wäre mit dem Auto schneller gewesen als wir.«

»Wo hat er Sie mit dem Bild gesehen?« wollte Holzbaum wissen.

»Als wir Frau Dr. Lorché verließen«, erklärte Tristan. »Bei ihm waren noch Frieder Hauptmann, Richard Goldstein und Raffaels Freundin Enissa …«

»… Hombach«, ergänzte Helga.

»Danke, Liebling«, lächelte Tristan. »Und diese drei waren gegen Ende der Party nicht mehr anwesend.«

»Das sind doch wenigstens Hinweise«, lobte Pfeiffer. »Wir werden da nachhaken, das verspreche ich Ihnen.«

»Gehen Sie behutsam vor«, mahnte Tristan.

»Keine Sorge«, grinste Pfeiffer sibyllinisch. »Wenn die etwas mit dem Einbruch zu schaffen haben, dann bekomme ich das heraus.«

Marlowe bewegte sich im Korb und zog sofort alle Aufmerksamkeit auf sich. Mühsam versuchte er auf seine Beine zu kommen. Mithilfe des Schnabels gelang es ihm schließlich. Der verbundene Flügel lag angelehnt an seinem Körper.

Instinktiv versuchte er erst gar nicht zu fliegen. Neugierig blickte er in die Gesichter, die allesamt auf ihn gerichtet waren, und versuchte zu krächzen, doch außer einigen quälenden Lauten brachte er nichts heraus. Tristan sah Marlowe verzweifelt an. Es war dem Detektiv, als würde der Kakadu ein zweites Mal mit dem Messer durchbohrt.

4

Enissa glühte vor Zorn. Mit überhöhter Geschwindigkeit raste sie über die Koblenzer Straße in Richtung Kanzlei. Sie fühlte sich von Hallenberger betrogen, und das wollte sie sich nicht gefallen lassen. Raffael eine Lüge aufzutischen, damit er glaube, sie betrüge ihn mit Richard, war mehr als nur ein Missverständnis. Hallenberger wusste sehr genau, was er tat. Dabei behielt er seine Vorteile immer im Auge. Dass dann auch noch diese Liliane auftauchte, gab Enissa den Rest. Sie konnte diese Frau nicht leiden. Wenn Liliane sie ansah, dann hatte Enissa immer das Gefühl, die Frau blickte bis auf den Grund ihrer Seele. Kein angenehmes Gefühl, besonders dann nicht, wenn man wirklich etwas zu verbergen hatte.

Der Stadtverkehr bremste zwar ihre Fahrt, nicht aber ihre Wut. Als sie endlich den Hohler Weg erreichte, hatte ihr Zorn nicht das Mindeste an Kraft verloren. Enissa wusste, dass Hallenberger sonntags morgens in die Kanzlei fuhr, um organisatorische Dinge zu erledigen, für die er in der Woche keine Zeit fand. An diesem Morgen musste er zudem dafür sorgen, dass die Spuren der vergangenen Party beseitigt wurden. Die Anwaltsanwärterin war guter Dinge, ihren Chef in der ehemaligen Villa anzutreffen. Wütend knallte sie die Fahrertür zu, hielt vor dem Eingang kurz inne, sammelte sich, dann stürmte sie das Büro.

Hallenberger saß wie erwartet hinter seinem breiten Schreibtisch. Überrascht sah er die junge Mitarbeiterin an und fragte: »Was führt Sie denn zu mir?«

»Ich muss mit Ihnen reden.« Ihr Tonfall kühlte die Raumtemperatur spürbar ab.

»So?« Hallenberger lehnte sich zurück. »Was gibt es denn?«

»Sie haben gestern Abend meinem Freund erzählt, ich sei mit Richard ins Hotel gegangen?«

»Ich glaubte es«, antwortete der Anwalt ruhig.

»Sie haben uns aber ins Besprechungszimmer gehen sehen«, erwiderte sie kühl. »Was sollte diese Lüge?«

»Frau Hombach, nicht in diesem Ton«, bellte er.

»Der Ton ist mir im Moment völlig egal«, sie trat einen Schritt näher an den Schreibtisch heran. »Ich weiß nicht, was Sie bezwecken, aber in mein Privatleben lasse ich mir von niemandem, verstehen Sie, von niemandem, hineinpfuschen!«

»Jetzt regen Sie sich nicht so auf«, sagte Hallenberger ruhig. »Ich hatte den Eindruck, es wäre Ihnen ganz lieb, wenn …«

Weiter kam der Anwalt nicht, da Enissa nun völlig die Beherrschung verlor.

»Ihren Eindruck können Sie sich mal wohin schmieren«, schrie sie aufgebracht. »Ich schufte für Sie wie eine Irre, und dann hintergehen Sie mich, weil Sie einen Vorteil sehen.«

»Sie verstehen das völlig falsch«, erwiderte er hart, während sich seine Haltung langsam veränderte. Er saß jetzt aufrecht in seinem Sessel. Sein Gesichtsausdruck gefror zu einer Maske, die auf einem straffen Oberkörper dem Angriff trotzte. »Mir liegt es sehr am Herzen, dass Richard eine optimale Betreuung bekommt. Und es dürfte Ihnen ja aufgefallen sein, dass er ein Auge auf Sie geworfen hat.«

Enissa wollte protestieren, doch Hallenberger führte seinen Angriff zu Ende.

»Es ist zudem einer Menge von Leuten aufgefallen, wie freundlich, ich würde eher sagen, wie kokett Sie diesem Mann begegnet sind.«

»Ich glaube das einfach nicht«, fauchte sie. »Jetzt ist meine freundliche Art, mit Menschen umzugehen, daran schuld. Sie sind ja nicht …«

Hallenberger erhob den Zeigefinger.

»Überlegen Sie gut, was Sie sagen«, drohte er. »Noch ist es nur eine heftige Auseinandersetzung, die durchaus zu einem Arbeitsverhältnis gehören kann. Aber wenn Sie mich beleidigen sollten, dann können Sie sich eine andere Stelle suchen. Wenn Sie überhaupt noch jemand nehmen will.«

Sie spürte, dass dieser Streit zu nichts führte. Noch einmal sah sie den Mann wütend an, kehrte ihm den Rücken zu und verließ das Büro. Draußen lief sie Richard in die Arme.

»Was ist denn mit dir los?« fragte er freundlich.

»Nichts«, antwortete sie und ließ ihn stehen.

Richard sah ihr verdutzt hinterher und betrat Hallenbergers Büro.

»Was ist denn mit Frau Hombach?« fragte er unvermittelt den Anwalt.

»Wir hatten einen kleinen Disput«, antwortete er gelassen. »Schön, dass Sie sich die Zeit genommen haben, nochmals vorbeizuschauen.«

Richard musterte den Mann, konnte jedoch nichts Beunruhigendes erkennen und setzte sich.

»Sie schien mir verwirrt«, sagte er und hoffte noch etwas Genaueres zu erfahren.

»Machen Sie sich wegen Frau Hombach keine Gedanken«, lächelte der Anwalt. »Sie ist eine temperamentvolle und kluge Frau. Da kann es schon mal zu einem heftigen Wortwechsel kommen.«

»Es hat doch nichts mit mir zu tun?« Richard hätte dies nicht ertragen können.

»Nein, um Gottes Willen«, log Hallenberger überzeugend. »Jetzt vergessen Sie diesen Auftritt und lassen Sie uns zu dem eigentlichen Grund kommen, weshalb ich Sie nochmals sprechen wollte.«

Richard nickte und konzentrierte sich auf Hallenberger.

»Wie Sie gestern Abend mitbekommen haben«, begann er sachlich, »sind nicht alle Gäste über Ihre Spende glücklich.«

»Ja«, nickte Richard, »das ist mir aufgefallen.«

»Hm«, brummte Hallenberger, »das dachte ich mir. Es ist etwas kompliziert, denn es gibt verschiedene Interessen, die durch Ihre großzügige Spende berührt werden.«

»Gefährdet dieses Geld meinen Geschäftsstart?« wollte Richard wissen.

»Nein, nein«, beruhigte Hallenberger. »Ihrem Geschäftsstart steht nichts im Wege. Es ist vielmehr ein lokales Problem, in das Sie unverschuldet hineingezogen wurden. Ein Fehler meinerseits, muss ich gestehen. Ich hatte nicht damit gerechnet, dass Ihr kulturelles Engagement die Gemüter so erhitzen könnte.«

»Wenn Sie der Meinung sind, dass es besser wäre es zu lassen«, sagte Richard lakonisch, »dann lassen wir es und suchen ein anderes Objekt.«

»Ich finde nicht, dass wir die Spende zurückziehen sollten«, antwortete Hallenberger ernst. »Das Theater-Projekt benötigt die Millionen, die Sie spenden möchten. Ohne diese finanzielle Hilfe wird die Stadt kein Theater bekommen, das ist in Anbetracht der momentanen Kassenlage ganz sicher.«

»Ehrlich gesagt«, Richard schüttelte den Kopf, »ich verstehe nicht, was die Menschen dann so aufregt. In den USA würde man eine Medaille verliehen bekommen.«

»Wir sind leider nicht in den USA«, grinste Hallenberger, »sondern in Siegen. Da gelten andere Gesetze.«

»So wie es aussieht«, lächelte Richard. »Also bleibt es dabei. Morgen werde ich Ihnen das Geld auf ein Treuhandkonto überweisen. Den Rest erledigen dann Sie.«

»Ich habe mich schon mit einem Steuerberater in Verbindung gesetzt.« Hallenberger schien zufrieden, diese Angelegenheit gelöst zu haben. »Damit gewinnen Sie einen beträchtlichen Steuernachlass für das erste Geschäftsjahr.«

»Das war der Zweck des ganzen Unternehmens«, resümierte Richard und stand auf.

»Gut, dass wir das geklärt haben«, Hallenberger reichte ihm die Hand. »Und wegen Frau Hombach brauchen Sie sich wirklich keine Gedanken zu machen.«

5

Tristan fühlte, wie ein tonnenschwerer Stein auf sein Herz drückte, als Marlowe die schrillen Laute von sich gab.

»Na«, sagte Erich hoffnungsvoll. »Das Sprechen wird hoffentlich wiederkommen.«

»Ja, hoffentlich«, meinte Tristan, legte die Pfeife aus der Hand und nahm Marlowe vorsichtig aus dem Korb. »Danke für deinen tapferen Einsatz.«

Marlowe sträubte seinen Kamm und versuchte aus Tristans Umarmung zu fliehen. Der Detektiv setzte ihn zurück in den Korb, wo Helga ihm einen dicken Keks reichte.

Mit einem hektischen Kopfwippen begrüßte er den Keks und riss seinen Schnabel weit auf.

»Wir sollten los, Chef«, sagte Holzbaum traurig. Er machte sich Sorgen wegen des Vogels.

»Du hast recht.« Pfeiffer folgte dem Kommissar in die Diele. »Wir hören voneinander!«

»In Ordnung«, rief Tristan und wandte sich wieder dem kranken Vogel zu.

»Was kommt als Nächstes?« fragte Helga ernst. »Irgendwann erwischt es dich.«

»Möglich«, nickte Tristan, »aber bis dahin wird noch eine Menge Wasser die Sieg hinunterlaufen.«

»Sei dir da nicht so sicher«, murrte Helga und stand auf.

»Sie ist sauer«, bemerkte Erich.

»Das legt sich wieder«, antwortete Tristan und griff zur Pfeife, die er mit einem langen Zündholz erneut anzündete.

Aus Erichs Jackett erklang das „Ave Maria".

»Wieder eine SMS«, grinste der Detektiv, während Erich vorsichtig das Handy aus der Tasche zog.

»Ja«, flüsterte der Diakon.

»Von der Schwester?« fragte Tristan neugierig und blies blaue Kringel ins Wohnzimmer.

Erich hantierte an dem Gerät herum, drückte einige Male die Knöpfe und nickte schließlich.

»Moderner Segen«, flüsterte Tristan. »Was schreibt sie?«

»Sei nicht so neugierig«, antwortete Erich.

Vorsichtig erhob sich Tristan aus seinem Sessel, streckte seinen Oberkörper und ging auf das Bücherregal zu.

»Weißt du, Erich«, sagte er nachdenklich, »warum hat er das Bücherregal außer Acht gelassen?«

»Keine Ahnung«, murmelte der Diakon, der immer noch auf das Display seines Handys starrte.

»Vielleicht, weil er eine ganz klare Vorstellung von dem hatte, wonach er suchte«, meinte Tristan. »Woraus sich schließen lässt, dass es nur eine Hand voll Verdächtige gibt. Aber was haben die mit Kimpel zu schaffen?«

»Wenn du das Bild meinst«, Erich steckte das Handy weg, »keine Ahnung, aber sie teilten irgendwie seine Interessen oder waren befreundet.«

»Aber wenn das Bild von Kimpels Vater gemalt wurde«, überlegte Tristan und stopfte den Tabak im Pfeifenkopf nach, »wie kann es dann etwas mit Kimpel zu tun haben?« Ihn überkam eine Ahnung. »Was wäre, wenn es gar nicht um das Bild ginge, sondern wenn sich etwas hinter dem Bild befände?«

»Du meinst«, Erich griff den Gedanken auf, »dass das Bild nur als Briefumschlag benutzt wird?«

»Das würde den protzigen Rahmen erklären«, überlegte Tristan, »meinst du nicht auch?«

»Vielleicht«, Erich warf ein weiteres Holzscheit ins Feuer.

Tristan ging zum Regal und nahm eine Pappmappe in die Hand, die über das Regal hinaus sichtbar auf einem Stapel Bücher lag.

»Jedenfalls würde das erklären«, Tristan zog den Fotoabzug heraus, »warum er das nicht mitgenommen hat.«

»Du könntest recht haben«, nickte Erich, »aber er könnte es auch schlicht übersehen haben.«

Das Telefon klingelte. Helga ging dran.

»Guten Morgen, Herr Bürgermeister«, sagte sie laut, sodass Tristan gleich zu ihr trat. »Ja, wir fanden den gestrigen Abend auch ganz nett, wenigstens bis zu dem Überfall. ... Das erklärt Ihnen Tristan besser selbst. Möchten Sie ihn sprechen? ... Ja, er steht neben mir. ... Gut, einen schönen Tag noch. Der Bürgermeister.« Helga reichte den Hörer weiter.

»Ja, wir sind gestern Abend überfallen worden«, erklärte der Detektiv, »ich bin leicht verletzt worden, etwas schwerer hat es Marlowe erwischt ... mein Kakadu ... ja, daran habe ich gedacht ... nein, die Verletzung lässt es zu, ... gut, dann mache ich mich gleich auf den Weg. Bis später.«

»Der Bürgermeister?« Erich sah ihn mit großen Augen an.

»Er bat mich, möglichst schnell bei ihm in Netphen vorbeizuschauen«, sagte Tristan.

»Soll ich dich fahren?« bot Erich an. »Ich meine, du solltest deiner Schulter noch etwas Ruhe gönnen.«

»Gute Idee«, mischte sich Helga ein. »Da wir davon ausgehen können, dass er sowieso nicht zu Hause bleibt, fahr du ihn. Nehmt meinen Wagen.«

»Sie ist ein Schatz«, grinste Tristan stolz.

Der Weg nach Netphen führte über den Giersberg durch Dreis-Tiefenbach in die junge Stadt am Fuße des Rothaargebirges. Erst vor einigen Monaten hatte die Gemeinde Netphen den Status einer Stadt erhalten. Mit viel guter Laune waren Feste gefeiert, Münzen geprägt und etliche Reden gehalten worden, und natürlich gab es auch neue Ortseingangsschilder. Eines der neuen Schilder strahlte die beiden Freunde in Helgas Panda nun an, als sie in die Stadt einfuhren.

»Wo wohnt unser Bürgermeister?« fragte Erich.

Tristan kramte einen Zettel aus seiner Hosentasche.

»Fahr geradeaus weiter«, sagte er, »dann die erste rechts.«

Erich folgte Tristans Anweisungen, aber sehr genau waren diese nicht. Sie standen schließlich vor einem großen Gebäude, das wie eine Schule aussah.

»Wir sollten jemanden fragen«, schlug Erich vor.

»Ich bin ganz sicher, dass die Straße hier irgendwo ist«, beharrte der Detektiv.

»Also wohin jetzt?«

»Dreh um und versuch die nächste Straße links«, sagte Tristan, davon überzeugt, nun auf dem richtigen Weg zu sein. »Das ist bestimmt richtig.«

Es war wieder der falsche Weg, dieses Mal endete die Straße an einem Feld.

»Um wie viel Uhr hast du dich verabredet?« Erich legte den Rückwärtsgang ein.

»Wir haben keine Zeit ausgemacht«, knurrte Tristan.

»Das ist gut«, grinste Erich sarkastisch, »dann können wir ja noch eine Menge Straßen abfahren. Der Tank jedenfalls ist voll.«

»Ist ja gut«, gab Tristan zu, »wir fragen den Erstbesten nach dem Weg.«

»Gute Idee«, sagte Erich trocken, »könnte glatt von mir sein.«

Tristan schnaubte und sah sich nach einem Netphener um.

Nach einigen hundert Metern trafen sie auf eine ältere Frau, die gleich weiterhelfen konnte. Wie sich herausstellte, hatten sie den falschen Stadtteil angefahren und mussten einige Kilometer zurück auf die Hauptstraße. Dieses Mal bogen sie in die richtige Straße und hielten schließlich vor dem Haus des Bürgermeisters.

»Geschafft«, jubelte Erich. »Mit dir ist es immer spannend. Selbst eine Autofahrt kann da einige Überraschungen bieten.«

»Jetzt übertreib nicht«, stöhnte Tristan. »Lass uns reingehen.«

Der Bürgermeister empfing die beiden ungleichen Freunde mit einem herzlichen Lächeln. Tristan stellte Erich kurz vor, doch der Bürgermeister hatte von dem hünenhaften Diakon der Marienkirche schon gehört, sodass er Erich vertrauensvoll entgegentrat.

»Ich sage Ihnen«, sprudelte es aus dem Politiker heraus, als er die beiden in sein Arbeitszimmer lotste, »was ich Ihnen jetzt zu sagen habe, das wirft Sie um.«

6

Raffael war froh, dass Liliane das Auto genau im richtigen Moment zurückgebracht hatte. Enissa hatte daraufhin fluchtartig das Haus verlassen, was Liliane nun die Gelegenheit gab, sich um den gekränkten Schriftsteller zu kümmern. Zusammen hatten sie es sich im Wohnzimmer bequem gemacht, nachdem Raffael etwas angezogen hatte.

»Du solltest sie zum Teufel jagen«, sagte Liliane aufrichtig. »Mit der wirst du nur Kummer und Ärger haben.«

»Weißt du«, grübelte Raffael und reckte sich, »manchmal denke ich, dass alle Frauen den Männern Kummer und Ärger bereiten.«

»Zu pessimistisch«, erwiderte Liliane, »zudem viel zu allgemein. Das ist nicht differenziert genug betrachtet. Wenn alle Frauen wirklich so wären, dann gäbe es keine Beziehungen, die ein Leben lang andauern.«

»Gibt es die denn wirklich?« Raffael sah sie herausfordernd an.

»Sicher«, lächelte sie. »Meine Eltern sind seit 38 Jahren glücklich verheiratet.«

»Wahrscheinlich eine Ausnahme«, brummte Raffael.

»Keineswegs, meine Tanten und Onkel sind ebenfalls so lange verheiratet.«

»In meinem Bekanntenkreis«, überlegte der Schriftsteller, »sieht das leider nicht so rosig aus. Und meine Erfahrungen, na ja, da sage ich nur „Enissa“.«

»Enissa will Karriere machen«, sagte Liliane abfällig.

»Daran gibt es nichts auszusetzen«, antwortete Raffael.

»Nicht, wenn der Partner ähnlich drauf ist.« Liliane setzte sich zu ihm auf das Sofa. »Du, das muss ich dir jetzt mal sagen, brauchst eine Frau, die sich um dich kümmert.«

»Wie meinst du das?« Er sah ihr direkt in die Augen. »Meine Wäsche waschen, kochen und die Wohnung sauber halten, so in die Richtung?«

»Nein, das sind Oberflächlichkeiten.« Liliane stupste ihn an der Schulter. »Deine Wohnung ist jedenfalls sauber, und Flecken habe ich auch noch nicht auf deinen Hemden gesehen. Ich meine, dass eine Frau an deiner Seite Anteil an deiner Arbeit nehmen muss. Sie sollte stark sein, wenn es bei dir mal nicht so läuft, und ein wenig von Literatur sollte sie auch verstehen. Leider wird das bei Enissa nie der Fall sein, glaub es mir.«

»Sie muss doch keine Krimis lieben«, stöhnte Raffael. »Ich mag ja auch nicht alles, was Enissa gut findet.«

»Du verstehst nicht«, seufzte Liliane. »Sie hat überhaupt keinen Draht dazu, was es bedeutet, einen Roman zu schreiben.«

»Das kann sowieso nur jemand verstehen, der einen geschrieben hat.«

»Nein«, sie schüttelte den Kopf. »Das kann nur einer nicht verstehen, der sich darüber noch keine Gedanken gemacht hat.«

»Du verstehst meine Arbeit also?« meinte er provozierend.

»Wenn ich nicht, wer dann sonst?« lächelte sie erneut.

Raffael nickte nachdenklich.

»Weißt du was?« Liliane stand auf. »Du solltest dich da drüben an deinen Schreibtisch setzen und an dem Buch weiterarbeiten. Ich mache uns ein schönes Frühstück. Was hältst du davon?«

»Gute Idee«, nickte der Schriftsteller, »aber momentan ist mir nicht nach Schreiben. Ich helfe dir und dann sehen wir weiter.«

»Auch gut.«

Sie gingen in die Küche. Liliane kannte sich durch die viele Zeit, die sie mit Raffael im Haus verbracht hatte, bestens aus. Als Erstes stellte sie ein kleines Kofferradio an, das auf einem Regal neben dem Kühlschrank stand. Raffael sah nach dem Kaffeeautomaten, während Liliane in den Kühlschrank schaute.

Im Hintergrund liefen gerade die Lokalnachrichten: »Wie wir aus sicherer Quelle erfahren haben«, klang es aus den Lautsprechern, »wurde gestern Abend der Siegener Detektiv, Tristan Irle, zu Hause verletzt, nachdem er einen Einbrecher in seinem Haus stellte. Wie schlimm die Verletzung ist, ist zurzeit noch nicht bekannt. Irle, so unsere Quelle, recherchiert gerade an dem mysteriösen Mord am Dicken Turm. Die Polizei schließt einen Zusammenhang nicht aus. Und nun das Wetter …«

Raffael schaltete das Radio abrupt aus.

»Das darf doch nicht wahr sein«, flüsterte er. »Ich muss sofort zu ihm.«

Liliane nickte und stellte das Marmeladenglas, das sie in der Hand hielt, zurück.

»Wenn es dir nichts ausmacht«, sagte sie vorsichtig, »dann möchte ich dich begleiten.«

»Okay«, antwortete Raffael ein wenig erleichtert, da er über einen Beistand ganz froh war, sollte Tristan ernstlich verletzt worden sein.

7

Das waren wirklich interessante Neuigkeiten, dachte Tristan, als sie das Haus des Bürgermeisters verließen.

»Was hältst du davon?« fragte Erich, der Tristan die Autotür aufschloss.

»Wer hätte gedacht, dass Kimpels Tod internationales Aufsehen erregen würde«, antwortete Tristan. »Und dann taucht der Wisse Ohm plötzlich wieder auf.«

»Wie passt das alles zusammen?« fragte Erich und ging um den Wagen.

»Keine Ahnung«, antwortete der Detektiv, als Erich auf dem Fahrersitz Platz nahm. »Der Wisse Ohm wird uns wohl mehr erzählen können.«

»Hätte gerne das Gesicht des Bürgermeisters gesehen«, lächelte Erich, »als der amerikanische Botschafter ihn über die Aktivitäten des Wisse Ohm aufklärte.«

»Ja«, grinste Tristan, »das hätte ich auch gerne gesehen.«

Die beiden Freunde wussten, was der Wisse Ohm in seinem früheren Leben getrieben hatte. Als Oberst der GSG 9 hatte der *Landstreicher* mehrere gefährliche Einsätze geführt. Er war in Mogadischu, Mannheim, im Libanon und bei der Schleyer-Entführung in der Kommandoebene tätig gewesen. Dazu kamen zahlreiche verdeckte Einsätze, die ihn schließlich dazu bewogen hatten, in den Ruhestand zu gehen und abzutauchen. Tristan ahnte allerdings, dass eine Menge Ärger in der Luft lag, wenn der Ohm seine Tarnung aufgab.

»Mir macht nur eines Sorgen«, sagt Tristan nachdenklich. »Wenn der Wisse Ohm sozusagen aus seinem Ruhestand getreten ist, dann dürfte es sich hier um eine wirklich unangenehme Angelegenheit handeln.«

Erich nickte und startete den Wagen.

»Besser, wir erzählen Helga erst einmal nichts von dieser Geschichte«, entschied Tristan.

»Und was willst du ihr erzählen?« Erich gefiel dieser Vorschlag nicht. Er mochte keine Lügen und Halbwahrheiten.

»Du hast recht«, überlegte Tristan. »Früher oder später wird sie es herausbekommen. Das wäre nicht gut.«

»Nicht gut für dich«, grinste Erich.

»Pfeiffer wird über die Einmischung auch nicht erfreut sein«, sagte Tristan. »Wir müssen den Wisse Ohm sprechen.«

»Du hast doch gehört, was der Bürgermeister gesagt hat«, erinnerte Erich den Detektiv. »Der

Ohm wird sich mit uns zu gegebener Zeit in Verbindung setzen.«

»Ja«, nickte Tristan, »das gefällt mir ebenfalls nicht.«

Erich zuckte mit den Schultern. Beiden Männern war klar, dass sie abwarten mussten.

Nachdenklich fuhren sie nach Siegen zurück. Sie erreichten die Marienkirche, als die Messe gerade beendet wurde.

»Wirst du keinen Ärger bekommen?« fragte der Detektiv, als die ersten Messebesucher die Kirche über den Seiteneingang verließen.

»Nein«, lächelte Erich, »ich bin nicht der Pfarrer, sondern nur der Diakon.«

Erich parkte den Panda vor Tristans Haus, wo bereits ein anderes Auto stand und den Platz eng werden ließ.

»Du hast Besuch«, meinte Erich und zeigte auf einen dunkelblauen Ford, der das Logo einer Leihfirma auf der Heckscheibe kleben hatte.

»Gewiss Raffael«, sprach Tristan. »Unser Schriftsteller wird die Neuigkeit sicher für einen seiner Romane verwenden können.«

»Er wird es uns nicht glauben«, grinste Erich und schloss den Wagen ab.

Tristan öffnete etwas unbeholfen die Tür und verließ den Wagen.

»Was macht die Schulter?« fragte Erich besorgt.

»Sie tut weh«, stöhnte Tristan.

»Lass mal sehen!« Erich zog die Strickjacke zur Seite. »Sie nässt. Du solltest den Verband wechseln.«

Der Detektiv nickte.

»Gleich, wenn wir drin sind«, sagte er mit einem schmerzhaften Unterton.

Drinnen erwartete Raffael sie bereits. Er saß entspannt mit Liliane auf dem Sofa. Helga hatte ihm bereits alle wichtigen Details erzählt, und wie es aussah, war außer dem Vogel niemand ernstlich verletzt worden. Als er Tristan jedoch kreideweiß ins Wohnzimmer treten sah, schreckte der Schriftsteller auf.

»Ist dir nicht gut?« fragte er mitfühlend.

»Es könnte besser gehen«, antwortete Tristan und rief: »Helga, wir müssen den Verband wechseln. Er nässt. Wenn ihr uns kurz entschuldigen wollt.«

»Sollen wir nicht zu einem Arzt gehen?« fragte Helga bestimmend.

»Nein, nein«, wehrte Tristan ab. »Das werden wir auch alleine hinbekommen.«

Sie gingen ins Schlafzimmer hinauf, wo Helga Tristan half, die Jacke und das Hemd auszuziehen. Vorsichtig nahm sie den Verband ab und erschrak.

»Du sprachst von einer kleinen Schnittwunde«, schimpfte Helga. »Das hier nenne ich nicht klein!«

Der Messerstich führte vom linken Oberarm bis zur Hälfte des Schulterblattes. Er war nicht tief, doch durch Tristans Bewegung hatte die Wunde zu bluten angefangen.

Helga stieß einige Flüche gegen Gott und die Welt aus und verband die Verletzung fachmännisch.

»War gut, dass du den Sanitäterkurs beim Roten Kreuz mitgemacht hast.« Tristans Stimme klang heiter.

»Jetzt weiß ich wenigstens«, antwortete Helga betont langsam, »warum du so dahinter her warst, dass ich den Kurs besuchen sollte.«

»Es hätte ja wenig Sinn gemacht … Aua, das tut weh.«

»Oh, Verzeihung!« Helga grinste diabolisch.

»Jedenfalls«, versuchte Tristan den Satz zu Ende zu formulieren, »wenn ich den Kurs gemacht hätte, nun, es ist schwer, sich selbst zu verarzten.«

»Cleveres Bürschchen«, zischte sie. »So, fertig, wie neu.«

»Danke, Schatz«, Tristan gab ihr einen flüchtigen Kuss.

»Nichts zu danken«, entgegnete sie, »wenn du in Zukunft darauf bestehst, dass ich einen Chirurgielehrgang besuchen soll, dann ist unsere Beziehung ernsthaft gefährdet. Verstanden!«

»Würde ich nie von dir verlangen«, meinte Tristan und blinzelte sie über den Rand seiner Halbbrille hinweg an. »Ganz ehrlich nicht.«

Tristan fühlte sich gleich wohler. Der Schmerz ließ allmählich nach, was seine Lebensgeister langsam wieder wach werden ließ.

»Wer ist die hübsche Frau bei unserem Schriftsteller?« fragte er zur Ablenkung, während Helga den gebrauchten Verband in eine Mülltüte entsorgte.

»Liliane Lassacher«, antwortete sie. »Sie ist eine enge Mitarbeiterin, sagt er.«

»Sagt er?«

»Sie sieht ihn so besonders an«, antwortete Helga.

»Wie besonders?« Tristan zog vorsichtig ein neues Hemd über.

»Männer«, seufzte Helga. »Na, eben so, als wäre sie in ihn verliebt.«

»Das kannst du am Blick erkennen?« staunte er.

»Nicht nur am Blick«, erklärte Helga, »auch an den Gesten, obwohl sie sich ziemlich cool gibt.«

»So?!«

»Ich glaube, der gute Raffael hat das noch gar nicht gemerkt«, sagte sie bedauernd, wobei es nicht klar wurde, ob sie Raffael oder Liliane bedauerte. »Sie passt jedenfalls besser zu ihm als diese Enissa.«

»Das hast alles du in der kurzen Zeit festgestellt?« sagte Tristan etwas abschätzig.

»Ja«, erwiderte sie selbstbewusst. »Gewisse Dinge lernt ihr Männer nie zu verstehen.«

Darauf wollte Tristan nichts erwidern.

Auf dem Weg zurück ins Wohnzimmer hörte er, wie das Telefon klingelte. Erich nahm ab und brummte mehrere Jas in den Hörer. Bevor Tristan das Wohnzimmer erreichte, hatte er wieder aufgelegt.

»Wer war dran?« fragte der Detektiv neugierig.

»Die Museumsdirektorin«, antwortete Erich.

»Und? Was wollte sie?«

»Sie hat etwas über das Bild herausbekommen«, antwortete Erich trocken. »Sie sei in den nächsten zwei Stunden im Museum zu erreichen, wenn du sie treffen willst.«

»Du musst dich schonen«, mahnte Helga. »Denk an die Wunde.«

»Die bringt sich selbst in Erinnerung«, brummte Erich sarkastisch.

»Jetzt macht euch um mich mal keine Sorgen«, stöhnte Tristan. »Ihr seid ja schlimmer als meine Schwester mit ihren Kindern.«

Raffael und Liliane beobachteten die drei mit einem gewissen Vergnügen. Da sie aber nicht deswegen nach Siegen gekommen waren, wagte es Raffael, nach dem Besuch beim Bürgermeister zu fragen.

Tristan erzählte so viel wie nötig, wählte seine Worte jedoch mit Bedacht, um Helgas Stimmung nicht noch mehr zu belasten. Doch Helga konnte eins und eins zusammenzählen. Sie sah ihren Lebensabschnittsgefährten kurz an, verdrehte die Augen und verschwand in der Küche.

»Die GSG 9?« sagte Raffael fassungslos. »Wo sind wir jetzt gelandet?«

8

Jan Kerber versteckte sich hinter einem parkenden Auto. Er schlich schon eine ganze Weile um die Villa am Hohler Weg herum und beobachtete den Eingang. Als Erstes hatte er die schnieke Anwaltsanwärterin aus der Villa stürmen sehen, kurz danach betrat der Sonnyboy aus New York das noble Haus. Jetzt wartete er darauf, dass Hallenbergers Gast das Weite suchte, damit er endlich selbst zu Hallenberger vordringen konnte.

Kerber trug die gleichen Klamotten wie abends zuvor bei der Party. Er fand es nicht nötig, die Kleider zu wechseln, wenn sie erst ein paar Tage getragen waren. Seine ungewaschenen Haare erklärten sich aus der gleichen Einstellung. Sie hatte er schließlich erst vor einigen Tagen gewaschen. Dem Rechtspfleger fehlte das Bewusstsein für guten Geschmack so ziemlich in allen Bereichen des täglichen Lebens. Seine behütete und geschützte Stelle im Grundbuchamt zwangen den Mann nicht, auf irgendeine Weise höflich, zuvorkommend oder kommunikativ auf den Rest der Bevölkerung einzugehen. Das gesetzlich mit vielen Privilegien ausgestattete Amt des Rechtspflegers schenkte ihm eine Macht, die es ihm erlaubte, mit den Bürgern und Notaren so umzuspringen, wie es ihm gefiel. Vom Dienst am Bürger hielt er so viel wie von regelmäßiger Körperpflege: gar nichts. Für den Teil seiner Kollegen und Kolleginnen, die die Anliegen des Bürgers zuvorkommend behandelten, hatte er nur ein müdes Kopfschütteln übrig.

Endlich verließ Goldstein das Haus. Er wartete noch einen Augenblick, bis der Mann um die Ecke verschwunden war, dann betrat er das Haus.

»Echter Luxus hier«, nuschelte er und wurde an der verriegelten Eingangstür aufgehalten.

»Mist, die war gestern Abend offen«, stellte er fest.

Er drückte auf einen Klingelknopf, der neben der Eingangstür angebracht war.

»Messing«, stellte er schmatzend fest. »Mal sehen, was er springen lässt bei so viel …«

Der elektrische Türriegel summte und Kerber schob die Tür auf. Auf der anderen Seite stand Hallenberger.

»Sie hier?!« stieß der Anwalt aus.

»Ja«, nickte Kerber. »Gestern Abend sind Sie mir ja aus dem Weg gegangen.«

»Quatsch, Kerber«, polterte Hallenberger. »Ich hatte Gäste, keine Zeit, das verstehen Sie vielleicht?«

»Nein«, antwortete der Rechtspfleger.

»Ja, sicher«, schüttelte Hallenberger den Kopf. »Was wollen Sie?«

»Was wohl, Anwalt?« grinste Kerber. »Der dumme Becker ist ja zu nichts zu gebrauchen.«

»Sie haben ihn auf mich gehetzt«, Hallenbergers Stimme hätte Granit schneiden können.

»Eine kleine Geste.« Er breitete die Arme aus. »Jetzt, wo sie doch den kleinen Amiboy ins Herz geschlossen haben.«

»Sie sind echt …«

»Überlegen Sie«, warnte Kerber, »was Sie sagen. Jetzt, wo Kimpel bedauerlicherweise das Zeitliche gesegnet hat, bin ich der Einzige, der so etwas wie den Überblick bewahrt.«

»Sie sind ja verrückt«, stöhnte Hallenberger.

»Genie und Wahnsinn, Sie wissen schon.« Kerber strich sich durch sein fettiges Haar. Seine Augen flackerten, als er Hallenberger fixierte.

»Kimpel steckte in einem Sumpf von Machenschaften, das habe ich herausbekommen. Jetzt liegt es an Ihnen, ob dieser Sumpf Sie nach unten zieht oder nicht. Sie wissen, was ich will.«

»Geld«, antwortete Hallenberger.

»Und davon sehr viel«, grinste Kerber teuflisch.

9

»Wie sieht es aus?« fragte Tristan. »Wollen wir vor oder nach dem Mittagessen zum Schloss aufbrechen.«

»Welches Mittagessen?« bemerkte Helga.

»Du hast nichts vorbereitet?« staunte Tristan.

»Du bist gut«, beschwerte sich Helga. »Fährst den ganzen Morgen durch die Gegend und erwartest nach all den Schrecken ein Mittagessen!«

»Du hast recht«, nickte Tristan, und ihm kam eine Idee. »Lasst uns im Schlosscafé essen.«

»Guter Vorschlag«, nickte Raffael. »Mein Magen könnte etwas zu essen vertragen. Außerdem ist das Museum gleich um die Ecke.«

Liliane stimmte ebenfalls zu.

Erich zögerte, deshalb fragte ihn Tristan: »Kommst du mit, Erich?«

»Danke, nein«, antwortete der Diakon. »Auf mich wartet die Kirche.«

»Schade«, sagte Helga traurig.

»Ich passe so lange auf Marlowe auf«, lächelte der Diakon. »Er wird die Kirche sonst noch vermissen.«

»Du bist ein echter Freund.« Tristan klopfte dem Zwei-Meter-Mann auf den Rücken. »Dann los.«

Sie spazierten langsam den Berg hinauf, was Raffael begrüßte. Das Wetter meinte es gut mit ihnen, so erreichte die kleine Gruppe trockenen Fußes den Innenhof des Oberen Schlosses.

Das Schlosscafé, Restaurant und Café, befand sich links des Haupttores an den Überresten der alten Burgmauern. Es war eine gelungene Erweiterung der Burganlage. Wo die Reste eines alten Turms standen, schloss sich heute die Gaststätte mit einem schönen Biergarten an. Die historische Bausubstanz wurde in den Neubau integriert und so erhalten. Man hatte darauf geachtet, einen Baustil zu verwenden, der dem des alten Torgebäudes ähnelte, und so waren Fachwerk und Schiefer verbaut worden. Das Restaurant passte nun stilistisch zur Umgebung und bot den Schlossbesuchern in einer romantischen Umgebung einen angenehmen Rastplatz.

Die kleine Gruppe machte im Innenhof halt. Tristan sah auf die Uhr und schätzte die Zeit ab, die Frau Dr. Lorché benötigen würde. Er kam zu dem Schluss, dass das Essen unter einem gewissen Zeitdruck stand. Deshalb schlug er vor, die beiden Damen möchten schon einmal vorgehen, während Tristan und Raffael die Museumsdirektorin besuchten. Liliane protestierte einen Augenblick lang, willigte jedoch ein, nachdem Raffael versprach, alles auf das Genaueste wiederzugeben.

»Wir suchen einen schönen Tisch aus«, rief Helga den beiden Männern zu und verschwand im Eingang des Restaurants.

»Dann wollen wir mal hören«, lächelte Tristan, »was die Museumsdirektorin herausgefunden hat.«

Sie schellten mehrmals, dann öffnete sich die Tür. Die Museumsdirektorin stand lächelnd vor ihnen.

»Verzeihen Sie«, entschuldigte sie sich. »Die Tür war abgeschlossen, da hätte ich den elektrischen Regler lange betätigen können.«

»Nicht der Rede wert«, antwortete Tristan freundlich. »Wir sind ja froh, dass Sie sich die Mühe gemacht haben.«

»Eine sehr interessante Aufgabe«, gab sie zu. »Der Maler hat sich einige Mühe gegeben, um seine Geschichte zu erzählen.«

Sie erreichten das obere Stockwerk.

»Ich habe mir Hilfe hinzugezogen«, lächelte die Museumsdirektorin. »Die Kunstgeschichte ist so vielseitig, dass man nicht alles wissen kann.«

Sie führte die Männer in ihr Büro, wo eine sportlich aussehende Frau über einem dicken Stapel Folianten saß. Sie blickte die Neuankömmlinge einen kurzen Moment freundlich an, dann vertiefte sie sich wieder in das vor ihr liegende Buch.

»Darf ich vorstellen«, sagte die Direktorin, »das ist Petra Kohlberger. Sie hat bei der Quellensuche mitgeholfen.«

»Guten Tag«, sagte die attraktive Frau nachdenklich. »Ich bin gleich so weit.«

»Sie ist eine echte Expertin«, erklärte die Direktorin. »Petra weiß sofort, wo man nachschlagen muss, wenn man die einzelnen Motive zuordnen möchte.«

Petra Kohlberger klappte mit einem lauten Knall den Folianten zu und trat den Männern entgegen.

»Verzeihen Sie mir«, lächelte sie sympathisch, »die Stelle war zu spannend, um einfach mit dem Lesen aufzuhören.«

»Das sind Herr Irle, der Privatdetektiv, und Herr Leich, der Schriftsteller«, stellte die Direktorin kurz vor. »Ich schlage vor, wir beginnen gleich.«

»Gerne«, nickte Tristan. »Wir sind gespannt, was Sie beide herausgefunden haben.«

»Seien Sie nicht zu optimistisch«, warnte Petra, »wir haben zwar die Quelle der einzelnen Motive gefunden, aber was sie bedeuten, können wir Ihnen nicht sagen.«

»Oh«, stöhnte Raffael. »Ich dachte, Sie würden uns eine Lösung anbieten.«

»Das ist leider nicht möglich«, erklärte die Direktorin, »da wir keinen Anhaltspunkt haben.«

»Ich verstehe nicht.« Raffael sah die beiden Frauen verständnislos an.

»Nun«, erklärte die Direktorin, »mit dem Bild ist es so ähnlich wie mit einer Landkarte, auf der zwar alle Dörfer, Städte, Straßen, Flüsse und topografischen Gegebenheiten eingetragen, aber kein Dorf, keine Stadt, kein Fluss usw. benannt sind. Dann haben Sie zwar eine schöne Karte, können sie aber nicht benutzen, da Sie keinen Bezug zu einer realen Bedingung wie zum Beispiel einer Kreuzung oder einem Dorf haben.«

»Sie würden ziellos umherfahren«, ergänzte Petra. »Um das Bild zu enträtseln, benötigen Sie einen realen Bezugspunkt. Wenn Sie den finden, dürfte der Rest zu interpretieren sein.«

»Das hört sich nicht gerade einfach an«, sagte Raffael resignierend.

»Davon war auch nie die Rede«, sagte Tristan. »Was haben Sie also gefunden?«

Sie setzten sich um einen großen runden Tisch, auf dem ebenfalls ein Stapel dicker Kunstbände lag. Petra nahm den obersten herunter und schlug eine markierte Seite auf. Die Doktorin hielt das Foto des Bildes zur besseren Ansicht hoch.

»Das ist das Grundmotiv«, begann Petra zu erklären und deutete auf ein weiteres Bild, das in vielen Bereichen dem Foto ähnelte. »Dieses Bild wurde von Giovanni Paolo Panini im achtzehnten Jahrhundert gemalt. Er nannte es *Roman Capriccio,* was so viel wie römische Laune heißt. Es stellt die Überreste römischer Tempel und Paläste dar. Ihr Maler hat es als Hintergrund benutzt, um eine Reihe weiterer Motive darin zu platzieren.«

Sie legte den Folianten beiseite und zog einen anderen Band aus dem Stapel heraus.

»Was uns am Anfang irritierte, waren die feuerspeienden Wolken links oben im Bild«, sagte

Petra, »wir haben lange suchen müssen, bis wir das Original gefunden haben.«

Sie schlug den Folianten auf.

»Sie müssen verstehen«, erklärte die Direktorin, »dass die Positionierung der einzelnen Motive in dem Bild von Bedeutung ist. Die Ecken links und rechts oben sind wichtige Hinweise.«

»Ja«, nickte Petra und zeigte den beiden Männern ein weiteres Bild.

»Das ist das Original«, sagte sie stolz. »Der Maler hat nur den feuerspeienden Himmel übernommen. Das Original von Lucas van Leyden stammt aus dem sechzehnten Jahrhundert und heißt *Loth und seine Tochter*. Rechts oben das Motiv war schnell zu erkennen. Es hängt im Museum nebenan und stammt von Peter Paul Rubens. Es heißt *Der Raub der Töchter des Leukippos*.«

»Rechts unten«, die Direktorin deutete auf den lesenden Mann, »das ist ein Motiv von Adriaen Jansz van Ostade.«

»Es zeigt einen Anwalt bei seinen Studien«, fügte Petra hinzu.

»Folglich heißt das Originalbild *Anwalt bei seinen Studien*«, lächelte die Direktorin. »Es wurde im siebzehnten Jahrhundert gemalt.«

»Die Frau auf dem Sockel«, gestand Petra, »haben wir noch nicht entschlüsseln können.«

»Wir vermuten«, ergänzte die Direktorin, »dass es sich bei dem Bildnis um eine Heilige handeln könnte.«

»Die Männergruppe links neben dem Obelisken war wiederum leicht zuzuordnen«, grinste

Petra. »Es handelt sich hier um ein Bild von Edwin Austin Abbey. Er nannte es *Baron von Steuben drillt amerikanische Rekruten um 1778*. Der Maler lebte Ende des neunzehnten Jahrhunderts.«

»Dann hätten wir ja alle«, sagte Raffael und lehnte sich zurück.

»Nicht so voreilig.« Petra legte einen Folianten beiseite und schlug einen kleineren auf. »Haben Sie das versteckte Motiv im Stein vorne links noch nicht entdeckt?«

»Welches Motiv?« Raffael beugte sich wieder vor.

Auch Tristan rückte seine Lesebrille zurecht, um genauer auf dem Foto das versteckte Motiv sehen zu können.

»Das ist aber gemein«, raunte Raffael. »Das hätte ich glatt übersehen.«

»Das war wohl so beabsichtigt«, meinte die Direktorin.

»Wir vermuten, dass es von zentraler Bedeutung ist«, erklärte Petra, »da es das einzige Motiv ist, das nicht sofort als solches zu erkennen ist.«

»Von wem stammt es?« fragte Tristan.

»Es ist von Raffaelli, aus dem neunzehnten Jahrhundert«, antwortete die Direktorin. »Es heißt schlicht *Häuser am Ufer*.«

»Häuser am Ufer?« wiederholte Raffael nachdenklich. »Das Ganze hat etwas Mysteriöses, finden Sie nicht auch?«

»Ja«, bestätigte Petra, »besonders der lateinische Spruch im Gesims des rechten Tempels.«

»Den haben wir bereits übersetzt«, sagte Tristan stolz. »Wenn ich mich richtig erinnere, stammt das Zitat von Seneca und lautet sinngemäß *Reiche der Ungerechtigkeit währen nicht ewig*.«

»Dann haben Sie jetzt eine Menge Informationen«, lächelte die Direktorin, »mit denen Sie arbeiten können.«

»Woher die Frau auf dem Sockel stammt«, sagte Petra, »werde ich noch herausbekommen. Wir haben eine Zusammenstellung für Sie vorbereitet, darin stehen die Namen der Künstler und die Titel der Bilder.«

»Danke«, antwortete Tristan und stand auf. »Damit haben Sie uns sehr geholfen.«

Raffael nickte, obwohl er im Moment nicht verstand, was die Hilfe eigentlich wert war.

»Sollten Sie Fragen haben«, bot die Direktorin an, »dann rufen Sie einfach an.«

»Das Angebot nehme ich gerne an.« Tristan reichte ihr zum Abschied die Hand.

Sie verließen das Torgebäude und schlenderten über den Innenhof zum Restaurant.

»Was fangen wir jetzt mit den Informationen an?« fragte Raffael ungeduldig. »Wir haben doch keinen blassen Schimmer, wo wir eine reale Bezugsquelle in dem Bild finden können?«

»Abwarten«, sagte Tristan nachdenklich, während er das Blatt sorgfältig in seiner Strickjacke verstaute. »Dieser Fall geht mich jetzt ganz persönlich etwas an. Der Angriff und Marlowes Verletzungen haben mich wütend gemacht, Raffael. Wir finden den realen Bezug.«

Sie betraten das Restaurant. Helga und Liliane hatten einen Fensterplatz gewählt, von dem aus man auf die Stadt sehen konnte. Nachdem sie etwas zu essen bestellt hatten, berichteten Raffael und Tristan über das Treffen. Liliane wollte die Liste der Künstlernamen und Bildbezeichnungen sehen, worauf Tristan ihr das Blatt reichte. Sie warf einen kurzen Blick darauf und gab es zurück. Bald darauf kam das Mittagessen.

10

Enissa trat aus dem Kino, wo sie den Nachmittag verbracht hatte, um ihre Gedanken zu ordnen. Es war dunkel geworden. Der Film, eine Liebeskomödie, hatte ihre Wut verglühen lassen. Jetzt schämte sie sich wegen ihres temperamentvollen Auftrittes, der ihre Karriere kosten konnte. Sie wusste, dass ein emotionsloses Handeln die richtige Antwort auf Hallenbergers Verkupplungsversuch gewesen wäre, doch das gehörte nun der Vergangenheit an. Sie hatte die Gelegenheit genutzt und das Streitobjekt Apollo-Theater besucht, in dem noch immer ein Kino untergebracht war. Sie hätte sich auch für das Kino im Cine-Star an Reichwalds Ecke entscheiden können, fand es aber passender, dem niedergehenden Apollo-Kino die letzte Ehre zuteil werden zu lassen.

Sie zog ihren Mantel über und trat auf die Pflasterwüste des Scheiner-Platzes. Es regnete, doch das machte Enissa im Moment nichts aus. Sie überlegte, wie das Dilemma, in dem sie sich befand, am besten zu lösen sei. Sie war während des Films zu der Erkenntnis gekommen, dass Richard stärkere Gefühle in ihr auslöste, als ihr lieb war. Das gefährdete ihren Job, und zwar mehr als der kleine Wutausbruch bei Hallenberger.

Sie spazierte die Kölner Straße hinauf. Für einen Augenblick war sie versucht, einen Abstecher zum Tatort unter dem Dicken Turm zu machen. Sie erinnerte sich jedoch an die Worte eines ihrer Lehrer, nie die Kontrolle über das Handeln zu verlieren und ließ es sein. Würde sie ihrem inneren Impuls nachgeben, so wusste Enissa, brachte sie nicht nur sich selbst in Gefahr, sondern auch die Menschen, die sie eigentlich beschützen sollte. Ihr fiel Raffael ein. Er würde ihre Reaktion verstehen. Ob er ihr Handeln verstehen würde, das bezweifelte sie, und deshalb bekam sie ein schlechtes Gewissen.

»Verflucht schwer«, fauchte sie, »die Gefühle bei diesem Job außen vor zu halten.«

Hätte sie vor Monaten gewusst, dass dieser Job bisher eine riesige Gefühlslawine auslösen würde, sie wäre nicht so begeistert nach Siegen gefahren. Jetzt war es zu spät, und es galt, den Job gut zu Ende zu bringen.

Als Erstes wollte sie mit Richard sprechen. Er hatte ein Recht darauf, endlich zu wissen, was um ihn herum gespielt wurde. Danach würde sich der Rest schon ergeben. Mit diesem Entschluss kamen ihre Kräfte zurück. Sie spürte, dass es die richtige Entscheidung war. Ihre Schritte wurden leicht, als sie die Nikolaikirche hinter sich ließ. In der Oberstadt flanierten nur noch wenige Stadtbesucher. Die meisten Menschen, die ihr begegneten, wohnten in der Marburger Straße, die mit parkenden Autos links und rechts der Einbahnstraße zugeparkt war. Sie betrachtete die Auslagen der Schaufenster und hoffte, dass die wenigen hartnäckig verweilenden Geschäfte ihre Kunden finden würden, um den Straßenzug nicht vollends veröden zu lassen. Bis jetzt hatten die Siegener immer einen Weg gefunden, mit Schwierigkeiten fertig zu werden. Und weil sie dabei nicht selten unorthodoxe Wege einschlugen, hatte man sie für den Job ausgewählt.

Das Leben spielte einem schon mal einen Streich, dachte sie und wechselte die Straßenseite.

Jetzt führte ihr Weg bergab, was das Gehen nicht unbedingt angenehmer machte. Sie bog am Marburger Tor auf den Kampen und sah auf das Neubaugebiet mit der Villa Waldrich.

»Reiche der Ungerechtigkeit«, murmelte sie und achtete nicht auf das Auto, das plötzlich hinter ihr auf den Gehsteig raste.

11

Richard Goldstein sprach gerade mit seiner Mutter in den USA, als ein Sirenengeheul bis in sein Hotelzimmer drang.

»Ist etwas passiert?« fragte seine Mutter besorgt.

»Nein«, antwortete Richard, »es geht hier fast so laut zu wie bei uns zu Hause. Ich wohne am Kaisergarten.«

»Ah, ja. Ich erinnere mich, das alte Krankenhaus ist ganz in deiner Nähe.«

»Ja, Mom«, bestätigte der Sohn. »Ich mache jetzt Schluss, grüß Dad von mir.«

Er legte den Hörer auf, trat zum Fenster, das zur Hauptstraße lag, um nach dem Krankenwagen zu sehen, doch der schien bereits vorbeigerast zu sein. Nachdenklich setzte er sich an einen kleinen Schreibtisch und betrachtete einige Papiere. Er merkte, dass er die Unterlagen nur anstarrte. Seine Gedanken kreisten um Enissa, deren Reaktion er immer noch nicht verstand.

Als er vor Stunden das Hotel erreicht hatte, wollte er sie anrufen. Doch er musste feststellen, dass er die ganze Zeit über nicht einmal nach ihrer privaten Nummer gefragt hatte. Er rief Hallenberger in der Kanzlei an, doch da ging keiner mehr ans Telefon. Sein zweiter Versuch galt Frieder Hauptmann, doch auch der war anscheinend nicht zu Hause. So war er auf den Gedanken gekommen, es bei dem Schriftsteller zu versuchen, doch einen Raffael Leich fand er nicht im Telefonbuch. Dann fiel ihm ein, dass Enissa einmal davon sprach, dass Raffael Leich ein Künstlername sei. Es war zum Verzweifeln. Irgendwann gab er es auf und hoffte, dass sie sich bei ihm meldete, deshalb war er den ganzen Nachmittag im Hotelzimmer geblieben.

Er versuchte erneut, sich auf das Papier vor ihm zu konzentrieren. Es las einen Absatz, las ihn nochmals und legte das Papier schließlich aus der Hand. In dem Moment klopfte es an der Zimmertür.

»Enissa«, hauchte er und sprang auf.

Voller Erwartung riss er die Tür auf, doch vor ihm stand Benno Becker, der ihn anhustete.

»Verzeihen Sie«, nuschelte das Ratsmitglied, »diese Erkältung ist schrecklich.«

Richard nickte und sah den Mann enttäuscht an.

Becker interpretierte Richards Gesichtsausdruck als eine Geste des Mitleids und sagte: »Irgendwann geht sie vorüber, Herr Goldstein.«

»Was?« fragte Richard, der diesen Satz auf Enissa bezog.

»Meine Erkältung«, lächelte Becker. »Irgendwann bin ich wieder gesund. Hoffentlich möglichst bald. Aber wenn ich weiter so in der Kälte spazierengehe, dann sehe ich schwarz für mich.«

»Was wünschen Sie?« Richard fasste sich.

»Hätten Sie einen Moment Zeit für mich?« Becker gab sich auffallend freundlich.

»Kommen Sie herein«, sagte Richard. »Momentan habe ich nichts Besonderes vor.«

»Danke«, nickte Becker und beeilte sich, aus dem zugigen Flur in das warme Zimmer zu treten.

»Nun«, Richard stellt sich vor den Schreibtisch, »was möchten Sie?«

»Ihre Spende«, begann Becker, »die liegt mir im Magen.«

»Das verstehe ich nicht!« Richard empfand die Geschichte um das Theater langsam lächerlich.

»Sehen Sie, wir sind hier nicht in den USA, wo vermögende Bürger Wohltätiges und Kulturelles unterstützen. Hier bei uns hat die öffentliche Hand ein mächtiges Wörtchen mitzureden.«

»Herr Becker«, Richard nervte das Gespräch bereits, »kommen Sie doch auf den Punkt.«

»Der Punkt ist leider nicht so einfach zu finden«, stieß Becker ungehalten aus. »Wenn Sie jetzt was Gutes tun, heißt das noch lange nicht, dass das auch auf lange Sicht etwas Gutes ist.«

Richard schüttelte den Kopf.

»Ich will es Ihnen erklären«, schniefte Becker. »Die Millionen von heute werden das Theater möglich machen, aber morgen müssen die laufenden Kosten beglichen werden. Schenken Sie dann wieder einige Millionen?«

»Nein«, antwortete Richard hart. »Natürlich nicht.«

»Sehen Sie, das ist der Knackpunkt«, sagte Becker zufrieden. »Mit Ihrem Geld kann das Theater starten, aber es braucht eine Menge mehr, damit es auch in Zukunft weitergeführt werden kann.«

»Ich denke, dass Herr Hallenberger dies überlegt hat«, antwortete Richard selbstbewusst. »Es ist darüber hinaus nicht mein Problem.«

»Das ist es doch«, brüllte Becker plötzlich. »Wenn Sie Ihr Geld behalten, dann wird es keinen Start geben und folglich auch keine laufenden Kosten, die den Haushalt strapazieren würden.«

»Ich habe gehört, dass Ihnen circa 400 Millionen jedes Jahr zur Verfügung stehen«, lächelte Richard höhnisch, »da haben Sie keine vier Prozent übrig, um ein Theater zu führen?«

»So einfach ist das nicht«, wehrte Becker ab. »Es gibt eine Menge Kosten, die aus dem Haushalt bezahlt werden müssen.«

»Ihre Sitzungsgelder zum Beispiel«, bemerkte Richard sarkastisch. »Es ist doch überall das Gleiche. Es geht Ihnen doch gar nicht um das Theater, nicht wahr?«

Becker stutzte einen Augenblick.

»Das habe ich mir doch gedacht«, nickte Richard. »Herr Becker, ich bin nicht nach Siegen gekommen, um mich in kommunaler Politik zu verstricken.«

»Dann ziehen Sie die Spende zurück?« fragte Becker hoffnungsvoll.

»Nein«, antwortete Richard ernst, »wenn Sie mich jetzt entschuldigen würden.«

»Sie machen einen Fehler«, drohte Becker, während er zur Zimmertür eilte, »einen riesengroßen Fehler.«

12

»Willst du noch auf einen Kaffee mit reinkommen?« fragte Liliane, während sie den Türgriff betätigte.

Raffael saß einen Moment unschlüssig in seinem Leihwagen. Sie waren den ganzen Nachmittag durch die Gegend gefahren und hatten über Gott und die Welt gesprochen. In einer urigen Raststätte im Rothaargebirge hatten sie zu Abend gegessen und miteinander gelacht. Der Wut auf Enissa war ein leichtes Gefühl des Glücklichseins gefolgt.

Er sah Liliane an und nickte.

Sie ging voraus und Raffael folgte ihr in einem kleinen Abstand. Liliane wohnte am Giersberg in einem Dreifamilienhaus, ganz oben in der Dachwohnung. Sich gegenseitig neckend stiegen sie die Treppenstufen hinauf.

»So«, sagte Liliane verwegen, »jetzt bist du zum ersten Mal in meiner Höhle zu Gast. Also benimm dich.«

»Nun mach schon auf«, sagte Raffael cool. »Ich friere mir sonst noch was ab.«

»Das gute Stück«, antwortete sie und schüttelte das Schlüsselbund zwischen Daumen und Zeigefinger.

Raffael griff danach, doch Liliane war schneller. Sie schloss auf.

Gedankenlos betrat er die Wohnung. Ein Farbenrausch empfing ihn. Er war sofort fasziniert. Liliane liebte Farben, und sie hatte ein ausgesprochen gutes Gefühl, mit ihnen umzugehen. Die Farbkombinationen an Wänden und Decken berauschten den Schriftsteller augenblicklich. Warme Pastelltöne beherrschten den langen Flur, von dem man links und rechts in die einzelnen Zimmer treten konnte. Ein Kieferboden und naturbelassene Möbel rundeten das Bild ab.

»Wow«, staunte der Schriftsteller, »das ist ja umwerfend.«

»Das gefällt dir«, nickte Liliane, »ich hatte es mir gedacht.«

Sie sah ihn aus ihren grünen Augen an, als blickte sie in eine ferne Welt. Raffael war irritiert. Sein Herz begann zu klopfen, und noch ehe sie in der Küche Platz nahmen, gab Liliane ihm den ersten Kuss. Danach schaltete sich Raffaels Gehirn in großen Bereichen ab. Liliane lockte ihn ins Schlafzimmer und stieß auf dem Weg dorthin den Hörer vom Telefon. Wieder ein neuer Farbeindruck, in dessen Zentrum die seidene blaue Bettwäsche den Untergrund einer heißen Liebesnacht abgab.

Einige Kilometer entfernt kuschelten Tristan und Helga auf dem Sofa. Der Detektiv hielt ein Buch über Bildinterpretationen in der Hand. Helga blätterte in einer Zeitschrift. Nach dem Essen hatten sich die beiden zurückgezogen und den trüben Sonntagnachmittag am Kaminfeuer verbracht.

Marlowe fühlte sich in Helgas Korb überhaupt nicht wohl. Die Ränder waren so hoch, dass er das Geschehen um sich herum nicht wahrnehmen konnte. Eine Situation, die der Vogel nicht kannte und diese auch nicht gewillt schien zu akzeptieren. Ständig versuchte er auf den Rand des Korbes zu gelangen, was seine schwere Verletzung jedoch verhinderte. Tristan sah Marlowes Treiben eine Zeitlang zu, dann organisierte er eine alte Holzkiste, die groß genug war, um dem Kakadu ein gemütliches Nest zu bieten, deren Ränder aber bei Weitem nicht so hoch waren. Jetzt konnte Marlowe bequem das Treiben im Wohnzimmer verfolgen.

Tristan nahm das Buch wieder zur Hand und las weiter. Er hatte jetzt eine klare Vorstellung davon, wie er dem Geheimnis des Bildes näherkommen konnte.

»Weißt du«, sagte er schließlich zu Helga, »dass die Maler der großen Epochen immer nach dem gleichen Prinzip gearbeitet haben?«

Helga sah ihren Freund an und lachte: »Nein, das wusste ich nicht. Sehr interessant.«

Sie blätterte in ihrer Zeitschrift weiter.

»Doch, ehrlich«, sprach Tristan weiter. »Die wichtigen Dinge wurden in die Mitte gesetzt.«

»So?« murmelte Helga.

»Es wird empfohlen, das Bild im Uhrzeigersinn zu analysieren. Dinge, die im Verborgenen liegen, sollten genauestens betrachtet werden.«

»Wer hat das Geschrieben?« fragte Helga gelangweilt. »Muss sehr helle gewesen sein.«

»Was meinst du?« Tristan legte das Buch aus der Hand.

»Na, schau mal«, Helga setzte sich auf. »Es ist doch klar, dass das Wichtigste in der Mitte zu finden ist. Und wenn etwas im Verborgenen liegt, dann reizt es doch nur, genauer betrachtet zu werden. Und jeder weiß auch, dass unsere Wahrnehmung von links nach rechts funktioniert.

Das liegt an unserer Sozialisation.« Helga klappte die Zeitschrift zu. »Wenn das alles war, was du in den letzten zwei Stunden in dem Buch Nützliches gefunden hast, dann hätten wir die Zeit besser nutzen können.«

»Du denkst doch nicht etwa ...« Tristan gab ihr einen Kuss.

»Doch, daran hatte ich gedacht«, grinste sie verwegen.

»Aber ich kann dich beruhigen«, antwortete er, »es gab noch einige andere nützliche Tipps.«

»So?« Helga strich ihm durch die Haare.

»Man sollte feststellen, welche Objekte in welcher Anzahl vorkommen«, schnurrte Tristan. »Die Beziehung der Objekte zueinander und zum Betrachter sagen ebenfalls etwas über deren Bedeutung aus.«

Sie zog ihn zu sich herunter.

»Ja«, brummte Tristan und ließ das Buch fallen.

»So ein Kaminfeuer«, flüsterte Helga, »ist was Wunderbares.«

»Du sagst es«, hauchte Tristan und öffnete zärtlich Helgas Bluse.

Weiter kam er nicht, denn ein lautes Pochen an der Haustür riss die beiden aus dem Zauber.

»Herr Irle!« rief eine Stimme von draußen. »Herr Irle, machen Sie auf!«

»Wer um Gottes Willen ist denn das?« fluchte Tristan und rappelte sich auf.

Helga knöpfte ihre Bluse zu und richtete ihre Haare, während Tristan zur Haustür stampfte.

»Ich hoffe, es ist wichtig«, grollte der Detektiv.

»Es ist wichtig«, hörte er sagen und erkannte Pfeiffers Stimme.

Tristan öffnete die Haustür.

»Ich hoffe, wir stören nicht«, grinste Pfeiffer und schob sich an Tristan vorbei in die warme Stube. Ihm folgte Holzbaum.

»Doch, Sie stören«, antwortete Tristan ungehalten.

»Es gab einen weiteren Mord«, sagte Holzbaum hastig. »Enissa Hombach wurde am Kampen überfahren.«

»Wissen Sie, wo sich Raffael Leich aufhält?« hakte Pfeiffer nach.

»Nein«, antwortete Helga entsetzt.

»Wir haben zusammen zu Mittag gegessen«, erklärte der Detektiv, »dann sind wir getrennte Wege gegangen.«

»Raffael ist mit seiner Mitarbeiterin Liliane Lassacher fortgefahren«, ergänzte Helga.

»Sie glauben doch nicht, dass Raffael seine Freundin totgefahren hat?« fragte Tristan verblüfft.

»Wie Augenzeugen berichten«, erklärte Pfeiffer, »handelte es sich bei dem Fahrzeug um genau dasselbe Auto, das Raffael momentan als Leihwagen fährt.«

»Das kann doch nicht sein?« sagte Helga niedergeschlagen.

»Wir haben es überprüft«, Holzbaum sah Tristan traurig an.

»Leider hat man das Nummernschild nicht richtig identifizieren können«, Pfeiffer steckte sich eine Zigarette an. »Nur die ersten Buchstaben.«

»Und auch die stimmen mit Raffaels Leihwagen überein.« Holzbaum reichte Tristan sein Notizbuch.

»Sie waren bereits bei ihm zu Hause?« fragte Tristan, der die Antwort bereits ahnte.

»Ja«, nickte Pfeiffer und blies eine dicke Rauchwolke in das Wohnzimmer, »aber der Kerl ist ausgeflogen.«

»Vielleicht finden Sie ihn bei Liliane«, überlegte Helga laut.

»Wir werden das überprüfen«, antwortete Pfeiffer bissig. »Sollte er sich hier melden, dann geben Sie uns bitte Bescheid.«

»Was für ein Motiv sollte Raffael haben?« Tristan sah Pfeiffer eindringlich an.

»Wie uns Herr Hallenberger mitteilte …«

»Sie haben mit Hallenberger gesprochen?«

»Ja, wir fanden einige Visitenkarten bei Enissas Leiche und haben uns mit Hallenberger in Verbindung gesetzt«, erklärte Holzbaum.

»… also wie dieser Hallenberger uns mitteilte, schien Raffael eifersüchtig auf einen gewissen …, Holzbaum?«

»Richard Goldstein«, antwortete Holzbaum.

»Richtig, … Goldstein, zu sein«, beendete Pfeiffer.

»Eifersucht?« Tristan verstand die Welt nicht mehr. »Deshalb bringt man seine Freundin doch nicht um.«

»Sie nicht«, lächelte Pfeiffer und sah Helga an, »aber manche Menschen reagieren abartig.«

»Das glaube ich nicht«, sagte Helga energisch. »Raffael würde das nicht machen.«

»Solange wir nicht wissen, wo sich der Kerl aufhält«, Pfeiffer suchte einen Aschenbecher, fand einen auf dem Kaminsims stehen und drückte dort seine Zigarette aus, »und wir nicht wissen, wo er sich während der Tatzeit aufhielt, so lange ist er mein Tatverdächtiger.«

»Sie melden sich, wenn er bei Ihnen auftaucht?« wiederholte Holzbaum mahnend. »Es ist das Beste für ihn.«

»Das weiß ich nicht«, antwortete Tristan nachdenklich, »aber ich werde darüber nachdenken.«

»Denken Sie nicht so lange nach«, drohte Pfeiffer. »Sie finden uns auf der Wache. Holzbaum, du hast den Namen dieser Begleiterin?«

Holzbaum nickte.

»Einen schönen Abend noch«, sagte Pfeiffer und verabschiedete sich.

»Schöner Abend«, flüsterte Helga. »Das können wir wohl vergessen. Tristan, du musst was unternehmen.«

»Das denke ich auch«, stimmte er seiner Freundin zu. »Ich glaube nicht, dass er so kaltblütig reagiert.«

»Nein«, bestätigte Helga, »das denke ich auch.«

»Lass uns im Telefonbuch nach Lilianes Nummer sehen«, sagte Tristan und ging zum Telefon, wo auch das Nummernverzeichnis lag.

Sie fanden einen Eintrag und wählten die Nummer. Es war besetzt. Frustriert gaben sie den Versuch auf.

»Was nun?« fragte Helga bestürzt.

»Wir können nur abwarten und später noch mal versuchen«, sagte Tristan ernst. »Jetzt würde ich mich über eine Nachricht vom Wisse Ohm freuen.«

»Der Wisse Ohm?« fragte Helga ungläubig.

»Der Bürgermeister deutete etwas an«, erklärte Tristan. »Danach spielen in dieser Geschichte ein paar Schattenmänner eine gewichtige Rolle. Leider habe ich keine Ahnung, um was es bei dieser ganzen Geschichte geht.«

»Das Bild.« Helga deutete auf die Fotografie. »Willst du es nicht nochmals versuchen? Wenn es einen Hinweis verbirgt, dann finden wir ihn.«

Tristan nahm die Fotografie in die Hand.

»Wenn du sprechen könntest«, murmelte er, »dann wären wir ein gutes Stück weiter.«

»Es spricht ja zu uns«, meinte Helga und lehnte sich an Tristan. »Wir verstehen es bloß nicht.«

»Dann sollten wir anfangen«, sagte Tristan entschlossen, »seine Sprache zu lernen.«

»Sollten wir nicht Erich zu Hilfe rufen?« fragte Helga.

»Gute Idee«, nickte Tristan, »einen wachen Verstand können wir gebrauchen. Ich rufe ihn an.«

Keine fünf Minuten später saßen die drei am runden Esstisch zusammen.

»Wie gehen wir vor?« fragte Erich, der über die mitgeteilten Ereignisse so bestürzt war, dass er darauf brannte, das Geheimnis zu lösen, das dieses Bild vor ihnen hütete.

Als Erstes schrieb Tristan den Spruch am rechten Sims auf ein Blatt. Dann notierte er unter dem Spruch *Reiche der Ungerechtigkeit währen nicht ewig* den Namen Seneca, Verbannung, Neros Lehrer, Pisonische Verschwörung, Selbstmord und Mord. Als Nächstes reihte er die Motive auf und schrieb dahinter die Titel der Bilder, aus denen sie entnommen worden waren, und die Namen der Künstler. Es dauerte eine Weile, dann hatte er eine Liste fertig:

Motiv 1: Feuerwolke, oben links im Bild,
Loth und seine Tochter von Lucas van Leyden,
Motiv 2: Frauenraub, oben rechts,
Der Raub der Töchter des Leukippos von Peter Paul Rubens,
Motiv 3: Anwalt, unten links,
Anwalt bei seinen Studien von Adriaen Jansz van Ostade,
Motiv 4: Frau auf Sockel, links vom Anwalt, noch unbekannt,
Motiv 5: Soldatengruppe, links neben Obelisk,
Baron von Steuben drillt amerikanische Rekruten von Edwin Austin Abbey,
Motiv 6: Haus, vorne links,
Häuser am Ufer von Raffaelli,
Motiv 7: schwacher Hintergrund Siegen,
Idyllische Altstadt Siegen von Wilhelm Scheiner,
und zum Schluss stand auf der Liste: Hauptbild
Roman Capriccio von Giovanni Paolo Panini.

Jetzt wandten sie sich erneut dem Bild zu, dieses Mal betrachteten sie es als Einheit.

»Fangen wir mit der Feuerwolke an«, sagte Tristan. »Was fällt euch dazu ein?«

»Zerstörung, Bomben und Untergang«, sagte Erich.

»Es sieht so aus, als zerstörte diese Feuerwolke die Landschaft«, meinte Helga.

»Aber was macht das für einen Sinn, wenn die Landschaft schon eine Ruinenlandschaft ist?« fragte Erich.

»Es ist nicht auf die Ruinenlandschaft gerichtet«, sagte Tristan, »es fällt auf die Oberstadt.«

»Du meinst«, überlegte Helga, »das Verborgene hat mehr Bedeutung?«

»Richtig«, Tristan stand auf und holte das Buch der Bildinterpretationen. Er zeigte es Erich. »Dort wird darauf hingewiesen, dass scheinbar Hintergründiges wichtiger zu nehmen sei als das Offensichtliche. Das würde bedeuten, dass die Feuerwolke mit ihrer Zerstörungskraft auf Siegen gerichtet ist.«

»Du könntest recht haben«, Erich las die Liste durch. »*Loth und seine Tochter*. Sodom und Gomorra wurden durch Feuer zerstört, das vom Himmel fiel.«

»Siegen wurde im Zweiten Weltkrieg durch Bomben zerstört«, sagte Tristan ernst. »Weiß jemand, wann genau Siegen bombardiert wurde?«

»Dezember 1944«, antwortete Erich.

»Genauer, welches Datum?« hakte Tristan nach.

»16. Dezember«, überlegte Erich. »Ja, es war der 16. Dezember 1944.«

»Wir müssen jetzt nach einem Hinweis suchen, der dieses Datum bestätigen könnte«, sagte Tristan.

»Es steht aber auf dem Bild nirgendwo ein Datum«, antwortete Helga.

»Es könnte versteckt sein«, antwortete Tristan.

»Wie versteckt?« wollte Helga wissen.

»In diesem schlauen Buch stand, dass man nach Symbolen oder immer wiederkehrenden Motiven Ausschau halten soll. Wenn unser Maler wirklich den 16. Dezember '44 meint«, sagte Tristan, »dann finden wir den Hinweis ganz sicher.«

»Okay«, räusperte sich Erich, »zählen wir die Menschen.«

Sie zählten.

»Ich komme auf zwölf«, sagte Helga.

»Ich zähle dreizehn«, meinte Erich.

»Und ich komme auf neunzehn«, sagte Tristan müde.

»Wieso so viele?« Erich staunte.

»Ich habe die Statur rechts und die beiden Figuren links auf dem Sockel sowie die vier im Rubensbild mitgezählt.«

»Ich habe nur die Menschen gezählt«, erklärte Erich, »mit Ausnahme der Figuren auf dem Sockel und dem Rubensbild.«

»Ich auch«, staunte Helga, »wieso hast du aber dreizehn und ich zwölf?«

»Der Mann im Vordergrund zwischen den Steinen«, sagte Erich, »hast du den mitgezählt?«

»Oh, da liegt ja noch einer!« Helga schüttelte den Kopf. »Den habe ich nicht mitgezählt.«

»Gut, das hätten wir«, überlegte Tristan, »die Menschen kommen nicht in Frage.«

Sie betrachteten das Bild eine Zeitlang schweigend. Plötzlich nahm Tristan einen Bleistift und begann zu zählen. Die beiden anderen verfolgten die Bleistiftspitze. Sie sprang von einer Säule zur nächsten.

»...dreizehn, vierzehn, fünfzehn«, seufzte Tristan. »Es sind nur fünfzehn.«

»Zähl nochmals«, bat Erich.

Aber auch diese Zählung ergab wieder nur fünfzehn Säulen auf dem Bild.

»Es ist spät geworden«, sagte Tristan resignierend, »lasst uns aufhören.«

Erich und Helga stimmten zu. Helga stand auf und ging in die Küche, während Erich nochmals auf das Bild starrte. Er schüttelte den Kopf und ging in die Diele, um seinen Mantel überzuziehen. Tristan begleitete ihn. Plötzlich blieb der Detektiv stehen, sah zu Erich und sagte: »Der Obelisk.«

Erich verstand sofort. Schnell eilten sie zurück ins Wohnzimmer. Sie zählten nochmals die Säulen, und zum Schluss addierten sie den Obelisken hinzu. Zusammen ergab das die Zahl sechzehn. Die Feuerwolke, Siegen und die Zahl der Säulen plus Obelisk deuteten darauf hin, dass der Maler ein Ereignis beschrieb, dass am 16. Dezember 1944 geschah. In der Nacht, als Siegen weinte.

»Das glaube ich nicht«, staunte Tristan und konnte seine Freude nur schwer verbergen. »Helga, wir haben den ersten realen Hinweis.«

5. Der Wisse Ohm war schockiert…

Montag

Der Wisse Ohm war schockiert. Mit dem Anschlag auf Enissa hatte der Ex-Agent nicht gerechnet. Wie hatte er nur einen solchen Fehler begehen können? Nun rächten sich die Jahre des Müßigganges. Er hätte dem Drängen seiner alten Freundin nicht nachgeben dürfen. Der Wisse Ohm musste zugeben, zu alt für diese Art von Arbeit zu sein. Mochte er vor Jahren einer der Besten im Geschäft der Terrorbekämpfung gewesen sein, heute konnte er nicht einmal seine eigene Mitarbeiterin vor einem Anschlag beschützen. Deprimiert kam er zu dem Schluss, er müsse gegenüber Tristan Irle die Karten offenlegen. Zusammen konnten sie vielleicht ein noch größeres Unglück verhindern.

Vom Alter gezeichnet, zog er leise durch die Altstadt. Die Sonne lag versteckt hinter den Ausläufern des Rothaargebirges. Es würde noch eine Weile dauern, bis sie dem nasskalten Wetter die Stirn bieten würde. Der Ohm schlich in seinem dicken abgewetzten Mantel durch die Gassen. Niemand achtete auf ihn. Schweren Herzens erreichte er den kleinen Hof hinter der Marienkirche. In Tristans Küche brannte Licht. Das machte es dem ehemaligen Oberst leicht, an die Haustür zu klopfen.

Drinnen bereitete Helga ein herzhaftes Frühstück. Tristan wechselte im Wohnzimmer vorsichtig den Verband über Marlowes Brust. Der Kakadu spürte, dass man ihm helfen wollte und hielt erstaunlicherweise still.

»Wie weit bist du?« rief Helga aus der Küche.

»Ich bin gleich so weit«, antwortet Tristan.

»Ich habe Eier gekocht, Schinken aufgeschnitten und wenn du willst, mache ich noch Rührei.«

»Brauchst du nicht«, rief er. »Und was hast du für unseren Patienten?«

Das Wort Patient gefiel Marlowe. Er sträubte sofort seinen Kamm und blickte sein Herrchen neugierig an. Seitdem er in der Holzkiste saß und zu seinem Kummer nicht nur nicht mehr fliegen, sondern auch keinen Einfluss mehr auf die Geschehnisse im Haus ausüben konnte, fiel des Öfteren das Wort Patient. Es wurde immer im Zusammenhang mit schmackhaften Leckereien geäußert und entschädigte den Kakadu ein wenig für seine erzwungene Passivität.

Jetzt erwartete Marlowe selbstverständlich wieder eine Leckerei, doch Tristan war mit dem Verband am Flügel noch nicht fertig. Das gefiel dem Vogel nicht, und deshalb krächzte er: »Es hat einmal, so wird gesagt, / Der Löwe mit dem Wolf gejagt.«

»Er spricht wieder!« rief Tristan und legte das Verbandszeug aus der Hand. Voller Freude hob er den überraschten Kakadu hoch und drückte ihn herzlich. »Hast du gehört«, rief er Helga zu, »er spricht wieder!«

»Wer hätte das gedacht«, Helga stand im Türrahmen und lächelte erleichtert, »dass wir mal Freudensprünge machen würden, wenn Marlowe seinen Kommentar abgibt.«

»Wo sind die Schokoladenkekse?« Tristan war vor Freude außer sich. Der tonnenschwere Stein auf seinem Herzen zerbröckelte zu Kreide. Zum ersten Mal nach dem Überfall atmete er unbeschwert auf.

»In der Blechbüchse drüben in der Kommode«, sagte Helga erleichtert.

Tristan legte Marlowe vorsichtig zurück in sein Nest und holte einen Keks.

»Der ist für dich«, sagte er und gab ihn Marlowe.

Das war genau nach dessen Geschmack. Mit einem kräftigen Biss zerteilte er den Keks und ließ die Teile ins Nest fallen. Tristan nahm die Holzkiste und trug sie sachte in die Küche.

»Lass uns frühstücken«, strahlte der Detektiv. »Was bin ich froh, dass er seine Sprache wiedergefunden hat. Du kannst dir gar nicht vorstellen, wie sehr es mich erleichtert.«

»Und was macht deine Schulter?« fragte Helga besorgt.

Sie hatte in der Nacht den Verband wechseln müssen, weil die Wunde wieder geblutet hatte.

»Es geht«, spielte Tristan herunter. »Mir liegt Marlowe am Herzen.«

Helga nickte und drückte ihren Freund vorsichtig.

»Lass uns frühstücken«, sagte sie.

In diesem Moment klopfte draußen der Wisse Ohm an die Tür.

Die beiden sahen sich überrascht an, dann ging Helga zur Haustür. Zusammen mit dem Wissen Ohm kam sie zurück in die Küche.

»Was für eine Überraschung«, freute sich Tristan. »Wo hast du die letzten Monate gesteckt?«

»Eine lange Geschichte«, antwortete der Ohm langsam, »aber ich bin gekommen, um sie dir zu erzählen.«

Der Ohm hatte seinen Mantel an der Garderobe aufgehängt und setzte sich nun auf die Eckbank. Helga stellte schnell ein weiteres Gedeck auf den Tisch, sodass sie zusammen frühstücken konnten.

»Es freut mich«, sagte er mit einem schwachen Lächeln, »dass Marlowe den Angriff überlebt hat.«

»Du hast davon gehört?« fragte Tristan überrascht.

»Nein«, gestand der Ohm und fühlte sich schuldig, »ich habe ihn verfolgt.«

»Das verstehe ich nicht.« Tristan sah den alten Bekannten nachdenklich an.

»Ich bin euch am Samstagabend ein Stück lang gefolgt.«

»Du wusstest von dem Einbrecher?« Helgas Stimme zitterte.

»Nein.« Der Ohm schüttelte den Kopf. »Ich ahnte einen Einbruch, aber ich wusste nichts von dem Verbrecher in deinem Haus.«

Tristan schüttete Kaffee ein.

»Der Bürgermeister erwähnte dich schon, aber außer einigen dubiosen Anspielungen gab er nichts preis. Also was ist los?«

Der Ohm goss etwas Milch in seinen Kaffee und rührte sie um.

»Es begann vor vielen Jahren«, sagte der Ohm. »Damals nach dem Krieg lernte ich in Olpe ein junges Mädchen kennen. Es waren die wilden Fünfziger. Ihre Eltern waren im Krieg gestorben. Sie lebte bei entfernten Verwandten, und als sie alt genug war, wanderte sie in die USA aus. Ich glaubte sie nie wieder zu sehen. Wir schrieben uns, erzählten in langen Briefen, was wir trieben. Sie heiratete, und ich fand ebenfalls meine große Liebe. Geld, um sie in den USA zu besuchen, hatte ich jedoch nie übrig. Schließlich bekam ich die Gelegenheit, während meiner Ausbildung bei der GSG 9 in die Staaten zu fahren und habe sie getroffen. Seitdem ist der Kontakt nie abgerissen.«

Helga und Tristan hörten gespannt zu, wussten jedoch nicht so recht, was die Geschichte mit ihrem Überfall zu tun hatte.

»Sara, besagte Freundin«, fuhr der Ohm fort, »hat einen Sohn, den du schon kennengelernt hast. Es ist Richard Goldstein.«

Jetzt staunte Tristan, und sein Appetit wurde von der steigenden Spannung verdrängt.

»Als Richard den Wunsch äußerte, nach Deutschland zu fahren, bekam Sara Angst um ihren Jungen.«

»Weshalb?« schoss es Tristan heraus.

»Richards Vater ist Jude«, erklärte der Ohm. »Er ist ein reicher Jude. Dummes Klischee, aber es trifft auf Richards Familie nun mal zu«, erklärte er, als wolle er sich dafür entschuldigen. »Die Geschichten über Ausländerfeindlichkeit werden im Ausland kritisch beobachtet. So auch von Sara. Richard ist konfessionslos, müsst ihr wissen. Den wenigsten ist bekannt, dass das Judentum sozusagen von den Müttern vererbt wird. Jedenfalls machte sich Sara Sorgen, als Richard den Wunsch äußerte, Deutschland zu besuchen. Als dann ein Mann namens Wolfram Kimpel versuchte, Kontakt mit ihr aufzunehmen, bekam sie Angst.«

»Das verstehe ich nicht«, Tristan schüttelte den Kopf. »Kimpel ist ein deutscher Beamter gewesen und ganz bestimmt kein Schläger.«

»Ja«, nickte der Ohm. »Die Angst wurzelte in der Vergangenheit. Sara kannte Wolframs Vater noch aus ihrer Kinderzeit. Egon Kimpel, Wolframs Vater, sowie ein gewisser Adolf Kerber waren ausgesprochene Nazis, die einigen Verwandten von Saras Familie schwer zugesetzt hatten. Sara wusste, dass die beiden Männer verstorben sind. Aber die Erinnerungen an den Krieg quälten sie noch immer. Im Krieg starben ihre Eltern, und die beiden haben ihr die schlechten Nachrichten überbracht.«

»Hatte Kerber einen Sohn?« fragte Tristan überrascht.

»Das weiß ich nicht«, antwortete der Ohm und zog eine Augenbraue hoch. »Wieso?«

»Ein gewisser Jan Kerber tauchte dieser Tage bei mir auf«, antwortete Tristan.

»Das wusste ich nicht«, der Ohm nahm einen Schluck Kaffee und berichtete weiter.

»Als vor einigen Wochen Wolfram Kimpel plötzlich den Kontakt zu Sara suchte, bat diese mich, einige Nachforschungen anzustellen. Ich kam nicht weit«, gestand der Ohm. »Also habe ich mir Hilfe besorgt, und diese Hilfe bestand aus Enissa Hombach. Das war kein Problem, da man von offizieller Seite keinen Skandal riskieren wollte, half man gerne im BKA aus.«

»Enissa!« rief Helga. »Das kann ich nicht glauben.«

»Ich hatte herausbekommen, dass der Schriftsteller Leich zur selben Zeit versuchte, an Kimpel heranzukommen«, seufzte der Oberst. »Mir schien es eine gute Idee, Enissa auf Leich anzusetzen. Das funktionierte, und so waren wir über Kimpels Aktivitäten gut informiert.«

»Aber was hat der Anwalt Hallenberger für eine Funktion?« Tristan begann langsam sein Ei zu schälen. »Ich meine, wieso musste Enissa gerade dort arbeiten?«

»Richard hatte vor seiner Reise klare Geschäftspläne und sprach sie mit seinen Eltern durch. Die Familie pflegte den Kontakt zu Hauptmanns. Adolf Hauptmann hatte es Sara ermöglicht, in die USA auszuwandern, und dafür ist sie dem alten Herrn noch heute dankbar. Die Söhne der Familien sollten Freunde werden, was sie trotz des Altersunterschiedes auch wurden. Als klar war, dass Richard seine Reise antreten würde, schlug Frieder Hauptmann die Kanzlei Hallenberger vor. Es lag nahe, Enissa in die Kanzlei einzuschmuggeln. Damit schlugen wir zwei Fliegen mit einer Klappe. Enissa konnte Richard ganz offiziell betreuen und inoffiziell schützen. Mit Leich hielt sie den Kontakt zu Kimpel. Dann plötzlich wurde der Mann umgebracht, den wir als Gefahr für Richard angesehen hatten. Die Gefahr schien gebannt, doch dann ging etwas schief.«

»Die Gefühle«, orakelte Helga.

»Richtig«, stöhnte der Ohm.

»Ihr Männer denkt immer geradlinig«, schimpfte Helga, »Gefühle werden von euch nie so hoch bewertet, wie es manchmal notwendig wäre.«

»Du könntest recht haben, Helga«, nickte der Ohm, »ich war mir jedoch sicher, dass Enissa dagegen immun sei. Aber sie fand Gefallen an Richard, und wie es scheint, wurde sie unvorsichtig. Das kostete sie das Leben. Warum ihres und nicht Richards, das ist ein Rätsel.«

»Wer wusste noch, dass Enissa Richards Beschützerin war?« fragte Tristan.

»Außer den Eltern niemand«, antwortete der Ohm, »das macht die Sache so gefährlich. Bis zu Wolfram Kimpels Tod glaubten wir, er sei die Gefahr.«

»Wieso?« fragte Tristan.

»Richard hatte von Anfang an vor, der Stadt eine riesige Spende zukommen zu lassen. Im Vorfeld wurde von Hallenberger bereits ein Projekt ausgesucht.«

»Das Theater«, meinte Tristan.

»Richtig! Es sollte alles so aussehen, als würde die Entscheidung in Siegen getroffen, doch die Spende stand bereits vor dem Abflug nach Deutschland fest. Das könnte Kimpel herausbekommen haben. Als persönlicher Referent des Bürgermeisters hatte er Zugang zu Informationen. Denn ungefähr zur gleichen Zeit, als Hallenberger im Auftrag der Familie Goldstein beim Bürgermeister wegen dieser Spende anfragte, meldete sich plötzlich Kimpel bei Richards Mutter. Wir bekamen heraus, dass Kimpel gegen die Spende war, und da Sara aus der Vergangenheit mit der Familie Kimpel keine gute Erfahrung gesammelt hatte, wurden Sicherheitsmaßnahmen getroffen.

Heute bin ich mir nicht mehr sicher, ob die Gefahr von Kimpel ausging. Er war vielleicht in eine Korruption verwickelt und wurde deshalb ermordet. Der Tod könnte mit Richard gar nichts zu tun haben«, gestand er müde. »Und so lange ich nicht sicher bin, dass Richard in Siegen keine Gefahr droht, muss ich weiter auf ihn aufpassen, und dazu brauche ich Hilfe.«

»Die Spende«, murmelte Tristan. »Nicht nur Kimpel war gegen das Theater.«

»Richtig«, nickte der Ohm. »Aber das Bild! Vergessen wir das nicht.«

»Du weißt von dem Bild?« Tristan schüttelte lächelnd den Kopf. Natürlich wusste der Ohm von dem Bild.

»Ja«, grinste er freundlich.

2

Raffael konnte es nicht glauben. Er hatte doch tatsächlich bei Liliane übernachtet.

Wenn das Enissa herausbekommt, dachte er, dann ist es aus.

Liliane schmiegte sich an ihn. Ihre rechte Hand lag auf einer sehr empfindlichen Stelle. Raffael traute sich nicht, seine Position zu verändern.

Er war ein Schwein! Ganz sicher, sonst hätte er nicht gleich nach den ersten Schwierigkeiten Lilianes Verlockungen nachgegeben. Oder wollte er schon immer mit Liliane schlafen und hatte sich nur noch nicht getraut?

Selbstzweifel plagten ihn. Gefühle waren etwas Schreckliches, wenn man nicht mit ihnen umgehen konnte. In seinen Romanen war das alles viel leichter. Da bestimmte er die Handlungen und kontrollierte die Situation. Jetzt lachte das Herz höhnisch über das Getue des Verstandes. Und das Verrückte: Sein Körper fühlte sich gut.

Liliane stöhnte leise und öffnete die Augen.

»Morgen«, lächelte sie.

»Morgen«, erwiderte Raffael und betrachtete Liliane.

Was hatte sich verändert?

Alles!

Er musste klar Schiff machen, daran bestand kein Zweifel. Nur, wo sollte er anfangen? Neben ihm lag eine Frau, die ihm einen gehörigen Respekt einflößte. Ihm wurde langsam klar, dass sie eigentlich genau der Mensch war, den er die ganze Zeit gesucht hatte. Liliane liebte seine Arbeit und ging darin auf, ihn zu Höchstleistungen anzustacheln. Aber war das alles? Wie sah Liliane ihre Zukunft? Einiges davon hatte er während ihrer gestrigen Spazierfahrt erfahren und es gefiel ihm. Sie wollte reisen, die Welt kennenlernen. Liliane sprach drei Fremdsprachen, das hatte er nicht gewusst! Wo hatte er die letzten Jahre seine Wahrnehmung begraben, um das nicht mitzubekommen?

»Bin ich narzisstisch?« murmelte er.

»Etwas«, gähnte Liliane und schmiegte sich an ihn.

»So!« War er wirklich selbstverliebt?

»Küss mich«, schnurrte sie. »Und schalt deinen Kopf aus«, sie lächelte und fügte hinzu, »aber nur den Teil, der nicht so schön kreativ ist.«

Raffael folgte ihrem Befehl und begann mit einem neuen Liebesspiel. Leider kamen die beiden nicht weit. Das Kreischen der Haustürschelle zerriss die entspannte Atmosphäre.

»Aufmachen, Polizei!« schrie Pfeiffer durch die geschlossene Tür. »Wir wissen, dass Sie da drin sind.«

Liliane starrte Raffael erschreckt an. Der Schriftsteller sprang aus dem Bett, suchte seine Hose und verhedderte sich in den Hosenbeinen.

»Ruhig«, mahnte Liliane cool. »Die werden keinen Rammbock einsetzen.«

An der Wohnungstür hörte sich das jedoch ganz anders an.

Liliane streifte einen Bademantel über und schlenderte zur Wohnungstür, während Raffael endlich die Hosenbeine auseinanderfriemelte.

»Ich komme«, rief sie sauer. »Einen Moment.«

Das Hämmern ließ nach. Vorsichtig öffnete sie die Tür.

»Polizei«, kläffte Pfeiffer. »Sind Sie Liliane Lassacher?«

»Ja.«

»Ist Raffael Leich bei Ihnen?«

»Was wollen Sie von ihm?«

»Ist er bei Ihnen?« wiederholte Pfeiffer wütend.

»Ja, ja«, schrie Liliane, »jetzt beruhigen Sie sich doch.«

Raffel erschien im Flur.

»Hauptkommissar Pfeiffer?« staunte der Schriftsteller.

Liliane öffnete die Tür, und Pfeiffer trat, gefolgt von zwei Beamten in Uniform, ein.

»Herr Leich«, sagte Pfeiffer triumphierend, »wir verhaften Sie wegen dringenden Mordverdachtes.«

»Was?« rief Raffael und wurde von den Beamten in Gewahrsam genommen.

»Gestern Abend«, erklärte der Hauptkommissar, »wurde Enissa Hombach ermordet. Wir haben allen Grund zur Annahme, dass Sie der Mörder sind.«

Raffael sah Pfeiffer ungläubig an, dann setzte irgendetwas in seinem Herzen aus. Er wurde ohnmächtig.

3

Richard wachte erschreckt auf. Irritiert sah er sich um. Sein Puls raste. Sein Blick suchte vertraute Gegenstände, nach und nach orientierte er sich. Er atmete tief ein und sah aus dem Hotelfenster. Er war in Siegen. Die letzten Bilder eines Albtraums verblassten in der trüben Morgensonne.

Erschöpft stand er auf und ging ins Badezimmer. Eine kalte Dusche sollte die Schreckensbilder der vergangenen Nacht vertreiben. Einen solchen Albtraum hatte er seit seiner Kinderzeit nicht mehr erlebt. Er drehte den Wasserhahn auf. Unter dem kalten Strahl zuckte sein Körper zusammen. Richards Wille hielt ihn unter dem Wasserstrahl, dann gab er warmes Wasser hinzu, und die Muskeln entspannten sich. Der Kreislauf pumpte in gleichmäßigen Stößen Blut durch die Arterien und schärfte das Bewusstsein. Er dachte nach.

Die Ereignisse in den letzten Tagen hatten mehr in ihm ausgelöst, als ihm lieb war. Seinen Gefühlen für Enissa stand er skeptisch gegenüber. Die Probleme, die seine Millionenspende ausgelöst hatten, und dann die unerträgliche Schwere der Alten Welt mit ihrer Geschichte belasteten ihn mehr, als er zugeben wollte. Sein Vater hatte ihn gewarnt, die Mutter bestärkt. Jetzt musste er seinen Weg finden, der ihm das innere Gleichgewicht wiedergab. Er war als Fremder zu seinen Wurzeln zurückgekehrt und musste feststellen, dass die alten Lebensadern überbaut waren von Zwietracht, Habgier und Eitelkeit. Provinzielle Engstirnigkeit behinderte das Aufblühen einer kulturellen Initiative, die danach strebte, den Menschen aus seinem stumpfen Alltag heraus und hin zu einem Dasein zu führen, das zum Wohle der Allgemeinheit wirkte, sofern es eine Chance bekam.

Ihn fröstelte.

Vorsichtig verließ er die Dusche und trocknete sich ab. Irgendwann im Laufe des Tages musste er den Scheck ausstellen, dann würde er keinen Einfluss mehr auf die Entwicklungen nehmen können. Wäre doch Enissa bei ihm!

Das Zimmertelefon klingelte. Gedankenverloren nahm Richard ab. Es war die Rezeption, die Frieder Hauptmann ankündigte, der auf dem Weg nach oben zu seinem Zimmer war. Richard beeilte sich mit dem Anziehen. Er knöpfte gerade die letzten Knöpfe seines Hemdes zu, als es an der Tür klopfte.

»Einen Moment«, rief er, »ich komme gleich.«

Er schloss die Tür zum Badezimmer und öffnete die Zimmertür.

»Guten Morgen, Frieder«, sagte er freundlich.

»Morgen, Richard«, antwortete der Freund bedrückt.

Richard spürte Frieders Betrübtheit und bat ihn einzutreten.

»Was führt dich so früh zu mir?« fragte Richard besorgt.

»Ich muss dir etwas Trauriges mitteilen«, sagte Frieder ernst. »Enissa hatte einen schweren Unfall. Sie starb gestern Abend.«

Richard sah seinen Freund ausdruckslos an. Es dauerte einen Augenblick, bis Richard begriff, was Frieder ihm mitteilen wollte.

»Enissa ist tot?« flüsterte er matt.

»Ja«, antwortete Frieder. »Wir können es selbst nicht glauben.«

»Wie ist es passiert?« fragte Richard ungläubig.

»Ein Auto raste auf den Gehweg«, erklärte Frieder, »nicht weit von hier. Sie war auf der Stelle tot.«

»Hier in der Nähe?«

»Ja«, nickte Frieder. »Sie wollte wahrscheinlich zu dir.«

»Weiß man, wer es war?« Wut stieg in ihm auf.

»Nein«, stöhnte Frieder. »Der Fahrer beging Fahrerflucht. Aber die Polizei hat eine Vermutung und eine genaue Beschreibung des Autos.«

»Wer war es?« fragte Richard kalt.

»So, wie es aussieht«, antwortete Frieder langsam, »scheint es ihr Freund gewesen zu sein.«

»Der Schriftsteller?« Richard schüttelte den Kopf. »Wieso? Wieso sollte er so etwas tun?«

»Eifersucht«, sagte Frieder.

»So ein Schwein«, fluchte Richard. »Hat die Polizei ihn schon?«

»Keine Ahnung«, meinte Frieder. »Aber das wird nur eine Frage der Zeit sein.«

»Ich kann's nicht glauben«, seufzte Richard, »Enissa lebt nicht mehr?«

»Es ist für uns alle schwer«, sagte Frieder mitfühlend. »Dennoch geht das Leben weiter. Heute stehen eine Menge wichtiger Termine an. Können wir die stehen lassen?«

»Ja«, nickte Richard, fest entschlossen, professionell zu handeln.

»Gut«, nickte Frieder erleichtert. »Du hast sicherlich noch nicht gefrühstückt. Lass uns in die Stadt gehen und in Ruhe die nächsten Schritte besprechen. So herzlos das auch klingt«, mahnte Frieder, »the show must go on.«

»Sicher«, erwiderte Richard. »Ich hole meine Jacke.«

4

Tristan goss dem Wisse Ohm Kaffee nach. Das komplizierte Geflecht von Beziehungen reizte den Detektiv. Er stellte die Kaffeekanne aus der Hand und sagte: »Du kennst das Bild?«

»Ein wenig«, lächelte der Ohm. »Enissa berichtete mir davon.«

»Wir können sagen, dass dieses Bild ein Ereignis dokumentiert«, erklärte der Detektiv, »das am 16. Dezember 1944 stattfand.«

Der Ohm zog die Augenbrauen nach oben.

»Du bist dir ganz sicher?« hakte er nach.

»Ja«, nickte Tristan entschlossen und stand auf, den Fotoabzug zu holen. »Hier kannst du dir selbst ein Bild machen«, scherzte er, als er zurück in die Küche trat. »Zähl die Säulen und addiere den Obelisken hinzu.«

Der Ohm tat es und kam auf die Zahl 16.

»Und nun?« fragte er ungeduldig.

»Jetzt sieh dir das Bild genau an«. Tristan hielt den Fotoabzug hoch.

Nach einer Weile nickte der Ohm und murmelte: »Verstehe. Der Feuerhimmel, im Hintergrund das Krönchen als Zeichen für die Stadt Siegen und dann im Vordergrund die Ruinen, die nach der Bombennacht übrig geblieben sind.«

Tristan wendete das Bild und sah die Ruinen an.

»Richtig«, grinste er, »auf die Ruinen sind wir noch nicht gekommen, aber sie sind ein weiterer Beweis, dass es sich um diese Nacht handeln muss.«

»Was, glaubst du, steckt hinter diesem Bild?« fragte der Ohm ernst.

»Möchte noch jemand Wurst?« mischte sich Helga ein. »Wenn nicht, dann stelle ich sie in den Kühlschrank zurück.«

»Nein, danke«, sagte der Ohm, »ich bin jetzt satt.«

Tristan schüttelte den Kopf und beantwortete Ohms Frage: «Ich glaube, dass Wolfram Kimpel die Bedeutung dieses Bildes kannte. Als er es Raffael Leich zugänglich machen wollte, wurde er ermordet.«

»Aber warum ist er dann nicht zur Polizei gegangen?« warf der Ohm ein.

»Das weiß ich nicht«, Tristan lehnte sich zurück. »Kimpels Handeln hatte einen Grund, da bin ich mir sicher. Vielleicht wurde er für sein Schweigen gut bezahlt.«

»Was bedeutet der Spruch?« fragte der Ohm. »Mein Latein ist eingerostet.«

»Reiche der Ungerechtigkeit währen nicht ewig«, antwortete Tristan, während Helga den Tisch abzudecken begann.

»Wollt ihr euch nicht ins Wohnzimmer setzen?« fragte sie.

»Okay«, nickte Tristan und stand auf.

Der Ohm folgte ihm.

»Das klingt wie eine Mahnung«, meinte er.

»Du könntest recht haben«, erwiderte Tristan. »Aber wem gilt sie?«

Tristan stellte den Fotoabzug auf den Sims des Kamins, dann setzten sich die beiden Männer links und rechts in jeweils einen der Lesesessel.

»Die Museumsdirektorin hat uns geholfen, die einzelnen Motivelemente herauszufinden.« Tristan reichte dem ehemaligen Oberst den Zettel mit der Bilderauflistung.

»Interessant«, nickte der Ohm. »*Der Raub der Töchter des Leukippos*. Das Bild hängt doch im Oberen Schloss.«

»Richtig, aber ich habe noch keine Ahnung, worauf es hinweist.«

»Lass es uns herausfinden«, sagte der Ohm voller Elan.

»Gerne«, sagte Tristan. »Also, das Rubensbild oben rechts ist der Feuerwolke oben links ebenbürtig. Wenn die Feuerwolke für Zerstörung steht, dann muss das Rubensbild ebenfalls für eine Tätigkeit stehen.«

»Raub«, murmelte der Ohm, »das Bild steht für Raub!«

»So einfach?« fragte Tristan. »Das kann nicht sein.«

»Warum nicht?« erwiderte der Ohm. »Das Bild zeigt doch deutlich, dass dort zwei Frauen entführt werden. Entführung ist nur ein anderes Wort für Raub.«

»Aber was soll geraubt worden sein?« Tristan schüttelte den Kopf.

»Irgendetwas, was ebenfalls auf dem Bild zu sehen ist«, antwortete der Ohm.

»Der Maler hat das Rubensbild nicht umsonst in die rechte Ecke gesetzt.« Tristan deutete auf den Fries. »Die Mahnung steht direkt darunter. Das unterstreicht deine These. Denn Reiche der Ungerechtigkeit bestehen aus Bestechung, Raub und Korruption. Es würde auch den Anwalt auf der Senkrechten am unteren Bildrand erklären, denn nur wo Unrecht zu Hause ist, braucht man einen Anwalt.«

»Wer ist diese Frau auf dem Sockel?« fragte der Ohm.

»Irgendeine Heilige«, antwortete Tristan, »wir wissen es noch nicht.«

»Und die Soldaten rechts neben dem Obelisken?«

»Das ist der Baron von Steuben«, erklärte Tristan, »der amerikanische Rekruten drillt.«

»Von Steuben?« flüsterte der Ohm. »Interessant.«

»Wenn ich das richtig zusammenfasse«, sagte Tristan zufrieden, »dann verweist dieses Bild auf einen Raub am 16. Dezember '44.«

»So sieht es aus«, nickte der Ohm.

Helga setzte sich zu ihnen. Sie hatte Tristans letzte Worte aufmerksam verfolgt. Nun fragte sie: »Wenn es um einen Raub geht, dann dürfte die Tat doch schon längst verjährt sein.«

»Da ist was dran«, gab Tristan zu.

»Wenn die Tat verjährt ist«, bemerkte Helga, »dann besteht kein Grund, sich vor diesem Bild zu fürchten.«

Die Männer nickten.

»Wenn man sich vor diesem Bild nicht zu fürchten braucht«, Helga wischte sich eine ihrer störrischen Locken aus dem Gesicht, »dann braucht auch keiner wegen diesem Bild zu sterben. Folglich muss es sich um eine Tat handeln, die nicht verjährt, oder aber das Bild hat überhaupt nichts mit dem Mord an Kimpel zu tun.«

»Die meisten Verbrechen verjähren«, sagte Tristan, »und da diese Nacht im Dezember '44 schon über 56 Jahre her ist, dürfte jede Straftat, sofern sie verjährbar ist, keine Gefahr mehr bedeuten.«

»Wir müssen also nach einer Tat suchen«, sagte der Ohm, »die heute noch verfolgt und bestraft werden kann.«

»Das dürfte doch nicht so schwer sein«, meinte Helga. »Viele Straftaten wird es wohl nicht geben, die nach einem halben Jahrhundert immer noch verfolgt werden.«

»Richards Mutter wurde doch nicht von den Nazis verfolgt?« fragte Tristan.

»Nein«, antwortete der Ohm, »die Eschenbachs gehörten nicht dem jüdischen Glauben an. Saras Bruder hatte jedoch eine Siegerländerin jüdischen Glaubens geheiratet, was die Nazis der ganzen Familie übelnahmen.«

»Also scheidet ein Naziverbrechen aus«, stöhnte Tristan. »Die verjähren zum Glück nicht.«

»Ja«, nickte der Ohm. »Was leider nicht ausschließt, dass Richard wegen seines Vaters von Verblendeten als Jude beschimpft wird.«

Tristan stand auf.

»Dann werde ich gleich mal einen Anwalt aufsuchen«, grinste er. »Hallenberger wird sich sicher freuen.«

»Du gehst in die Höhle des Löwen.« Der Ohm stand ebenfalls auf. »Ich begleite dich.«

5

Der Bürgermeister saß auf einem unbequemen Stuhl in Hallenbergers Büro. Das Teil, das seinen Po malträtierte, war von einem Designer entworfen worden und gehörte zu den seltenen Arbeiten, die man im Leben nur einmal angeboten bekam. Hallenbergers Stolz auf das Möbelstück spürte nun der Bürgermeister, dem die zweifelhafte Ehre zugefallen war, auf ihm Platz nehmen zu dürfen. Sein Amt überraschte den Bürgermeister immer wieder, sei es durch außergewöhnliche Anrufe oder eben besondere Sitzgelegenheiten. Mit einer stoischen Ruhe ließ es der Bürgermeister über sich ergehen. Es ging an diesem Morgen um eine entscheidende Sache.

Hallenberger thronte hinter seinem Schreibtisch und wühlte in einem Haufen Papier herum.

»Es tut mir leid«, schnaufte er, »aber meine Sekretärin hat das Papier sicherlich verlegt.«

Hallenberger stand verärgert auf und verließ das Büro.

Der Bürgermeister versuchte eine bequeme Sitzhaltung einzunehmen, doch das Designerstück quälte seinen Po hartnäckig. Er war eingeladen worden, um den Scheck des Amerikaners entgegenzunehmen. Eine Angelegenheit, die ihm besonders am Herzen lag. Die Presse würde einen strahlenden Bürgermeister fotografieren können.

Hallenberger kam zurück, entschuldigte sich mehrmals und durchstöberte erneut den Stapel auf seinem Schreibtisch.

»Ha«, rief er endlich aus und fischte das gesuchte Papier aus dem Haufen, »hier haben wir es ja. Wenn Sie so freundlich wären, das Schreiben einmal durchzulesen.«

»Gerne«, nickte der Bürgermeister.

Er überflog das Papier, in dem im Wesentlichen die Bedingungen der Spende und deren Verwendungszweck notiert waren.

»Da gibt es keine Probleme«, sagte der Bürgermeister. »Die Spendenquittung habe ich dabei und kann sie Ihnen nach Übergabe des Schecks gleich aushändigen.«

»Das ist prima«, freute sich der Anwalt. »Dann steht dem Theater ja nichts mehr im Wege.«

»So wie es aussieht«, nickte der Bürgermeister. »Der Tod Ihrer Mitarbeiterin tut mir leid.«

»Ja«, Hallenberger setzte eine Trauermine auf, die hollywoodreif war. »Es ist eine Schande und ein schweres Verbrechen. Es macht mich richtig wütend.«

»Das kann ich verstehen«, meinte der Bürgermeister. »Es ist nicht gut für das Image unserer Stadt, wenn innerhalb von wenigen Tagen gleich zwei Morde geschehen.«

»Wie ich gehört habe«, sagte der Anwalt locker, »hat man schon einen Verdächtigen.«

»So?« der Bürgermeister schien interessiert, mehr zu erfahren.

»Ja«, erzählte der Anwalt, »es besteht der begründete Verdacht, dass ihr Freund, der Schriftsteller Leich, den Mord begangen hat.«

»Leich?« sagte der Bürgermeister verdutzt. »Ehrlich!«

»Ja«, nickte Hallenberger, »das gleiche Auto und auch ein Motiv.«

»Motiv?«

»Ja, Eifersucht.« Hallenberger gefiel sich in der Rolle des Informanten. »Enissa, Frau Hombach, zeigte ein verständliches Interesse an Richard Goldstein. Man könnte von Liebe auf den ersten Blick sprechen.«

»Traurig«, sagte der Bürgermeister. »Die beiden hätten ein schönes Paar abgegeben.«

»Ja, ja«, stöhnte Hallenberger, »das fand ich auch. Nun, das Leben ist grausam.«

»Da sagen Sie die Wahrheit«, stimmte der Politiker zu. »Wie wird die Fraktion auf diese Spende reagieren?«

»Sie wird es schlucken«, antwortete Hallenberger entschieden.

»Sind Sie sich da sicher?« Der Bürgermeister hatte seine Zweifel. »Becker wird nicht so schnell aufgeben.«

»Steht das Theater einmal«, dozierte Hallenberger, »wird es eine Akzeptanz für das Projekt geben. Man wird sich schnell an den Betrieb gewöhnen und ihn unterstützen. Die Unternehmer dieser Region werden als Erste von dem Theater profitieren. Sie könnten endlich in ihren Unternehmen die Führungspositionen mit den Besten belegen und müssten sich die Siegener Provinzialität nicht mehr als Ausrede anhören, wenn mal wieder ein Wunschkandidat abspringt.«

»Ich hoffe, dass Sie da recht behalten«, meinte der Bürgermeister nachdenklich. »Was haben Sie eigentlich von dem Deal?«

»Außer meinem Honorar«, lächelte Hallenberger, »nichts!«

»So?« staunte der Bürgermeister.

Hallenberger ignorierte diese Bemerkung und sagte: »Wenn erst mal der Anfang gemacht ist, dann dürften andere mit Spenden nachziehen.«

»Das glaube ich nicht«, der Bürgermeister rutschte auf dem Stuhl hin und her. »Niemand wird weitere Spenden fließen lassen.«

»Sie denken zu pessimistisch, Herr Bürgermeister.«

»Ich muss es später aus der Haushaltskasse bezahlen«, bemerkte der Politiker. »Da kommt schnell eine Summe zusammen, die weh tun kann.«

»Ach was«, wehrte der Anwalt ab, »das wird die Stadt doch verkraften können.«

Hallenbergers Sekretärin trat ein und meldete, dass Richard Goldstein und Frieder Hauptmann eingetroffen seien.

»Na, da sind sie ja«, freute sich Hallenberger, »schicken Sie die Herren herein.«

6

Tristans Schulter schmerzte, als er vorsichtig seine Strickjacke überzog.

»Geht es?« fragte Helga besorgt.

»Ja, ja«, antwortete Tristan.

»Du hattest Glück«, sagte der Ohm. »Der Überfall hätte ins Auge gehen können.«

»Wem sagst du das?« grollte Helga.

»Jeder Beruf hat seine Risiken«, meinte Tristan und knöpfte die Jacke zu. »Wir sind bald zurück. Kümmerst du dich um Marlowe?«

»Ja«, nickte Helga, »großartig ärgern kann er mich ja nicht.«

»Ich liebe dich«, sagte der Detektiv und küsste sie zum Abschied.

Die beiden Männer gingen die Barstewende hinauf und dann am Rathaus vorbei.

»Wie bist du eigentlich darauf gekommen, den Bürgermeister einzuweihen?« fragte der Detektiv.

»Durch Kimpel«, antwortete der Ohm. »Wir mussten den Bürgermeister darüber informieren, dass wir einen begründeten Verdacht hatten. Der beste Weg, Gehör zu bekommen, ist mit großem Geschütz aufzufahren. Ich habe noch einen guten Bekannten in der Botschaft sitzen. Mit ihm habe ich die Situation besprochen, und der bat den Botschafter, einen kleinen Anruf zu erledigen. Der Botschafter machte das gerne und beeindruckte damit den Bürgermeister.«

Sie erreichten das Marburger Tor.

»Und was hast du dir davon versprochen?« Tristan rückte seine Jacke zurecht. »Er kann nicht viel unternehmen.«

»Da unterschätzt du den Mann«, lächelte der Ohm. »Die politischen Gruppierungen in der Stadt und im Kreis können einiges bewirken.«

»So? Was denn?« Der Detektiv sah den Ohm herausfordernd an.

»Alles zu seiner Zeit«, lächelte der Ohm.

Tristan nickte. Sie erreichten die Kanzlei.

»Hoffentlich lassen die mich rein«, sagte der Ohm. »So einen feinen Laden betritt man nicht in diesen Klamotten.«

»Mal abwarten«, grinste Tristan. »Ich bin ja auch noch da.«

In der Tat hätte es einige Probleme gegeben, wäre ihnen nicht ein natürliches Bedürfnis des Bürgermeisters zu Hilfe gekommen. Der

Bürgermeister verließ gerade die Toilette und sah die beiden mit der Sekretärin diskutieren.

»Guten Morgen, die Herren«, rief er über den Flur, »das ist aber eine Überraschung. Gibt es Probleme?«

»Morgen, Bürgermeister«, erwiderten die beiden.

»Keine, die wir nicht lösen können«, sagte der Ohm.

»Wollen Sie zu Hallenberger?« Der Bürgermeister trat zu ihnen.

»Ja«, nickte Tristan, »aber man lässt uns nicht.«

»Dann kommen Sie mit«, bot der Bürgermeister an.

Die Sekretärin wollte protestieren, doch der Bürgermeister ignorierte sie.

»Was wollen Sie von Hallenberger?« fragte er leise, als sie vor dessen Bürotür standen.

»Es geht um den Mord an Kimpel«, erklärte Tristan.

»Und wahrscheinlich auch um den an Enissa Hombach«, fügte der Ohm hinzu.

»Na, das wird interessant«, lächelte der Bürgermeister und öffnete die Tür.

Drinnen diskutierten Richard und Hallenberger über Einzelheiten der Scheckübergabe. Als sie Tristan und den Wissen Ohm ins Büro treten sahen, herrschte plötzlich Ruhe.

»Meine Herren«, lächelte der Bürgermeister, »ich habe Besuch mitgebracht.«

»Herr Irle, was machen Sie denn hier?« rief Hallenberger ein wenig verärgert über diese Störung.

»Wir hätten einige Fragen«, antwortete der Detektiv.

»Kann das nicht warten?« motzte der Anwalt, »wir sind gerade in einer wichtigen Besprechung.«

»Das geht schon in Ordnung«, sagte der Bürgermeister. »Es geht um den Mord an Kimpel und Enissa.«

»Sie wissen etwas über den Mord an Enissa?« Richard wandte sich aufgeregt an Tristan. »Hat man diesen Mörder Leich gefasst?«

»Leich hat Enissa nicht umgebracht«, sagte Tristan entschieden. »Wer behauptet das?«

»Frieder und Hallenberger«, antwortete Richard wie aus der Pistole geschossen.

»Die Herren treffen voreilige Entschlüsse«, brummte der Wisse Ohm.

»Wer sind Sie denn?« giftete der Anwalt.

»Ein guter Freund«, erklärte der Bürgermeister.

»So?« Hallenbergers Blick hätte Löcher in Granit bohren können.

»Vielleicht wäre eine Erklärung ganz sinnvoll«, mischte sich Hauptmann ein.

Tristan hatte dagegen nichts einzuwenden und überließ dem Wissen Ohm das Wort.

Der Ohm erklärte einer verblüfften Zuhörerschaft, dass er als ehemaliger GSG-9-Oberst für die Sicherheit des jungen Richard Goldstein engagiert worden war und zu diesem Zweck mit Enissa Hombach zusammengearbeitet hatte. Er erklärte Richard, dass seine Mutter wegen der anhaltenden Ausländerfeindlichkeiten und der besonderen familiären Konstellation von Ereignissen aus der Vergangenheit für ihn einen Beschützer in Siegen haben wollte. Mit Kimpels plötzlichem Tod schien jedoch diese Gefahr gebannt – bis zu dem gemeinen Anschlag auf Enissa.

»Wir wissen nicht«, so endete der Wisse Ohm, »ob du noch in Gefahr bist oder nicht.«

»Weshalb?« rief Richard aus. »Nur weil wir einige Millionen für ein Theater spenden wollen?«

»Das haben wir vermutet«, antwortete der Ohm, »aber der Tod von Enissa spricht dagegen.«

»So?« erkundigte sich Hauptmann.

»Wenn jemand etwas gegen diese Spende unternehmen wollte«, erklärte der Ohm, »dann wäre es logischer, wenn er sich direkt an den Spender wendet.«

»Klar«, nickte Hauptmann und schlug sich gegen den Kopf. »Verstehe, dann wäre das Problem schnell vom Tisch.«

»Oder aber«, setzte der Ohm nach, »jemand wusste von Enissas Aufgabe und wollte erst sie ausschalten und dann …«

»Das sind doch alles Hypothesen«, sagte Richard aufgebracht. »Herr Irle, Sie haben doch dieses Bild gefunden, das Sie im Museum bei sich hatten. Kann das nicht etwas mit dem Mord an Kimpel zu tun haben?«

»Das ist die zweite Hypothese«, antwortete Tristan. »Allerdings passt da der Tod von Enissa genauso wenig hinein.«

»Was ist das für ein Bild?« hakte Hallenberger nach.

»Soweit wir bis jetzt herausbekommen haben«, erklärte der Detektiv, »erzählt das Bild eine Geschichte, die sich am 16. Dezember 1944 abgespielt haben muss.«

»Was?« Hauptmann sah Tristan überrascht an. »Das ist vor einem halben Jahrhundert gewesen.«

»Ja, Herr Hauptmann«, nickte der Detektiv. »Wir vermuten, dass der Maler, der übrigens der Vater von Kimpel war, einen Raub beschreibt, der in dieser Nacht stattfand.«

»Gewagte Theorien«, sagte Hallenberger. »Können Sie davon etwas beweisen?«

»Ehrlich gesagt«, gestand Tristan, »sind wir noch nicht so weit. Wir wissen auch nicht, was überhaupt geraubt wurde.«

»Eine andere Überlegung«, sagte der Ohm, »hat uns hierher geführt. Wenn dieses Bild ein Verbrechen aufdecken kann, das vor einem halben Jahrhundert stattgefunden hatte, dann muss dieses Verbrechen heute noch verfolgt werden können. Das brachte uns auf Sie. Wir fragen uns, welche Verbrechen verjähren nicht?«

»Oh«, schnappte Hallenberger nach Luft. »Die Frage kann ich Ihnen nicht sofort beantworten. Aber viele dürften es nicht sein.«

Richard platzte der Kragen. Ihm blutete das Herz, und ein paar ältere Männer diskutierten Hypothesen, die mehr als ein halbes Jahrhundert zurückführten. Für ihn war die Sache klar. Ein Verrückter wollte um alles in der Welt das Theater verhindern und brachte dafür Menschen um. Er erinnerte sich an Beckers Besuch.

»Herr Irle«, schoss es aus ihm heraus, »dieser Becker hat mich gestern besucht und bedroht.«

»Benno Becker?« fragte der Bürgermeister.

»Ja, dieser kleine verschnupfte Typ«, antwortete Richard.

»Mich hat er auch bedroht«, sagte der Anwalt. »Ihr wart ja Zeugen, als er mich am Samstag im Clubheim besucht hat.«

»Richtig«, nickte Hauptmann. »Und Sie, Herr Bürgermeister, hat er am Samstagabend ja auch angegriffen, wegen des Theaters.«

»Ja, schon«, sagte der Bürgermeister, »aber Benno ist nicht der Typ, der Menschen umbringt.«

»Becker vielleicht nicht«, gab Tristan zu bedenken, »aber was ist mit diesem Kerber, der ständig in seiner Nähe auftaucht?«

»Jan Kerber?« fragte Hauptmann.

»Sie kennen ihn?« Tristan fixierte den Geschäftsmann.

»Sicher, Hallenberger kennt ihn auch«, erklärte Hauptmann. »Er arbeitet im Grundbuchamt, und als Notar hat Hallenberger öfter mit ihm zu tun. Ich übrigens aus ähnlichen Gründen.«

Tristan sah ihn fragend an.

»Wenn ich Häuser kaufe oder in Insolvenzverfahren ersteigere, müssen hier und da schon mal Grundbucheinträge korrigiert werden. Eine lästige und oftmals schwierige Sache, bei denen uns Kerber weiterhilft.«

»Könnte dieser Kerber etwas mit den Morden zu schaffen haben?« Richard sah den Detektiv aufgeregt an.

»Keine Ahnung!« Tristan zuckte mit den Schultern. Seine grauen Zellen wollten ihm etwas mitteilen, doch die Unruhe um ihn herum ließ keinen klaren Gedanken entstehen.

»Das hilft ja alles nicht weiter«, stöhnte der Bürgermeister. »Wie gehen wir jetzt weiter vor?«

»Richard, übergibst du den Scheck?« forderte Hauptmann auf.

Richard zögerte.

»Können wir in Anbetracht dieser verwickelten Situation damit noch warten?« fragte er den Bürgermeister.

»Selbstverständlich, Herr Goldstein«, antwortete der Bürgermeister. »Sollte diese Spende wirklich der Grund allen Übels sein, dann wünsche ich eine lückenlose Aufklärung, sonst zerreißt uns die Presse in der Luft.«

»Herr Goldstein«, mahnte Hallenberger, »erachten Sie diese Verzögerung wirklich für sinnvoll?«

»Ja«, sagte Richard entschlossen. »Ich will wissen, was hier gespielt wird.«

»Gut«, gab sich Hallenberger geschlagen, »dann sind Sie jetzt gefragt, Herr Irle.«

7

Raffael zählte die Neonröhren unter der Decke des Verhörzimmers. Er hatte Pfeiffer mehrmals erklärt, wie er den vergangenen Sonntagnachmittag verbracht hatte. Jetzt saß er allein in dem kargen Raum und wartete.

Langsam wurde es dem Schriftsteller zu viel. Die ständigen Verdächtigungen und die Toten zermürbten sein sensibles Gemüt. Er hatte Enissa vielleicht nicht richtig geliebt, aber gemocht hatte er sie allemal. Der plötzliche Tod erschreckte ihn zutiefst und ließ ihn wütend werden. Irgendein Mensch trieb da draußen sein Unwesen, und er wurde dafür verdächtigt. Das wollte er sich nicht länger gefallen lassen.

Pfeiffer kam mit einem Mann zurück.

»Herr Leich, das ist Staatsanwalt Büdenbender«, knurrte Pfeiffer.

»Herr Leich«, begann der Staatsanwalt, »es tut uns leid, dass wir Ihnen diese Unannehmlichkeiten bereitet haben.«

»Ach ja«, zischte Raffael.

»Es hat sich herausgestellt, dass Ihr Leihwagen«, Büdenbender sah Pfeiffer verächtlich an, »keine Spuren eines Unfalls aufweist. Zudem bestätigt Frau Lassacher Ihre Geschichte. Sie können gehen.«

»Das werde ich mir nicht gefallen lassen«, sagte Raffael kalt. »Meine Herren, das wird ein Nachspiel haben.«

»Entschuldigen Sie bitte Pfeiffers Vorgehen«, versuchte der Staatsanwalt zu erklären, »aber im ersten Moment sah alles danach aus, als seien Sie der Mörder.«

»Meine eigene Freundin umzubringen!« Raffael schüttelte den Kopf.

»Nun«, grinste der Staatsanwalt, »man hat Sie im Bett einer anderen gefunden. Das wirkt im ersten Moment nicht gerade entlastend.«

»Wo ich meine Nächte verbringe«, fauchte Raffael, »geht Sie nichts an. Wie man hört, passiert das ja auch in Polizeikreisen.«

»Gerüchte«, wehrte Büdenbender ab.

»Darüber reden die Polizisten hier aber anders.« Nun grinste Raffael. »Kann ich gehen?«

»Sicher«, nickte der Staatsanwalt, »Frau Lassacher wartet draußen auf Sie.«

Raffael verließ den Raum. Büdenbender und Pfeiffer blieben zurück.

»Da haben Sie uns eine Menge Scheiße zusammengefahren«, donnerte der Staatsanwalt los. »Was hat Sie bloß geritten?«

»Nach den Ermittlungen war dies der einzig logische Schritt«, verteidigte sich Pfeiffer.

»Logisch!« Büdenbender raste vor Wut. »In diesem Fall scheint nichts logisch zu sein. Flender will Sie und Holzbaum sprechen. Sie sollten sich auf etwas gefasst machen.«

»Wir werden es überleben«, sagte Pfeiffer trotzig und verließ das Zimmer.

Draußen wartete Holzbaum auf seinen Chef.

»Wir sollen zu Flender kommen«, zischte der Hauptkommissar.

»Hoffentlich hat er seine Flinte nicht geladen«, scherzte Holzbaum, der dem Treffen mit dem Polizeidirektor gelassen entgegensah.

Sie marschierten zum Büro des Polizeidirektors. Flenders Sekretärin, Frau Schleicher, erwartete die Beamten bereits.

»Schön, dass Sie da sind«, lächelte sie, »wenn Sie mit dem Boss sprechen«, warnte sie freundlich, »dann erwähnen Sie um Gottes Willen nicht den Freitagabend.«

Holzbaum nickte, während Pfeiffer nur den Kopf schüttelte.

Der Polizeidirektor liebte die Jagd, was die vielen Jagdtrophäen an den Wänden des Büros unmissverständlich ausdrückten. Hinter einem imposanten Schreibtisch saß eine ebenso imposante Person. Wilhelm Flender hätte bei jedem Conan-Film einen Barbaren spielen können. Der hünenhafte Körper schüchterte ein. Die Beamten traten an den Schreibtisch.

»Sie wollten uns sprechen«, sagte Pfeiffer.

Flender starrte die beiden ausdruckslos an.

»Setzen Sie sich«, befahl er. »Was haben Sie sich bei der letzten Aktion gedacht, Pfeiffer?«

»Es sprach alles gegen Leich«, antwortete Pfeiffer laut.

»Hätten Sie nicht erst einen Blick auf seinen Leihwagen werfen können?« sagte Flender erstaunlich ruhig.

»Es blieb keine Zeit«, meinte der Hauptkommissar und zog sein Jackett zurecht.

»Er lag im Bett«, kommentierte der Polizeidirektor. »Eine Flucht war unter diesen Umständen nicht möglich.«

»Schon«, musste Pfeiffer zugeben, »aber ...«

»Lassen Sie das«, unterbrach Flender. »Was haben Sie sonst noch herausbekommen?«

»Hm«, brummte Pfeiffer und sah nach Holzbaum.

»Haben Sie überhaupt schon etwas herausbekommen?« wollte Flender wissen.

»Wir wissen«, log Pfeiffer, »dass Kimpel wegen eines Bildes umgebracht wurde.«

»Sie wissen«, die Betonung lag auf dem Wort „wissen".

»Nun ja«, korrigierte sich Pfeiffer, »wir vermuten es.«

»Also, was haben Sie?« Flender beherrschte sich.

Pfeiffer musste zugeben, dass er so gut wie gar nichts in der Hand hatte.

»Das habe ich mir gedacht«, stöhnte Flender. »Mir gehen momentan andere Dinge durch den Kopf.« Flender machte ein Pause, als wartete er auf einen Kommentar, doch die Beamten sahen sich nur wissend an. »Deshalb lasse ich Sie weitermachen. Ich vermute, dass Irle bereits an dem Fall dran ist.«

»Sie vermuten richtig«, nickte Pfeiffer höflich.

»Mir bleibt nichts erspart«, seufzte der Polizeidirektor. »Na gut, ich mag diesen Irle zwar nicht, aber wenn er Ihnen helfen kann, dann nutzen Sie diese Hilfe. Und nun machen Sie, dass Sie rauskommen, und lösen Sie diesen Fall schnell, sehr schnell.«

8

Tristan schlenderte die Marburger Straße entlang. Ein grauer Himmel bedeckte den Horizont, und vereinzelte Tropfen kündigten den nächsten

Regenschauer an. Der Wisse Ohm war zusammen mit Richard ins Hotel gegangen. Die beiden hatten versprochen, im Laufe des Tages bei Tristan vorbeizuschauen. Vielleicht hatte er bis dahin das Knäuel an Informationen sortiert, das dieser kleine Besuch gebracht hatte.

Der Detektiv ging in Gedanken die einzelnen Hinweise durch.

Kimpel hatte mit Hallenberger zusammengearbeitet, bevor er in das Bürgermeisterbüro wechselte. Kerber war an Kimpels Stelle getreten und hatte die Kontakte weitergeführt. Sollte der Mord an Kimpel durch das Theaterprojekt motiviert sein, so passte Enissa nicht mehr in das Gefüge des Tatherganges. Denn das war dem Detektiv klar: Enissa hatte mit der Theaterspende gar nichts zu tun.

Was verband Kimpel und Enissa?

Wo lagen die Berührungspunkte?

Diese Fragen quälten Tristans Gehirn. Nachdenklich blieb er am alten Klubb stehen. Welche Menschen konnte er mit Kimpel und Enissa in Verbindung bringen? Ihm fielen Raffael und Hallenberger ein. Raffael ließ er in seinen Überlegungen erst einmal außen vor und konzentrierte sich auf Hallenberger.

Kimpel besaß eine Vergangenheit, die weiter reichte als bis zum Job des persönlichen Assistenten des Bürgermeisters. Ging Tristan davon aus, dass die Theatergeschichte für die Morde unwesentlich war, dann musste er nach etwas anderem suchen. Und dieses andere konnte durchaus mit dem Beruf des Rechtspflegers in Verbindung stehen. Das würde die Kontakte zum Anwalt und Notar Hallenberger erklären.

Enissas Kontakt zu Hallenberger ergab sich durch ihren Job. Wenn Richards Spende außen vor stand, dann könnte es sein, so der Detektiv, dass Enissa während ihrer Arbeit in Hallenbergers Kanzlei auf etwas Faules gestoßen war.

Vielleicht, überlegte Tristan weiter, hatten Kimpel und Hallenberger irgendein krummes Ding gedreht. Kimpel wollte auspacken und starb, Enissa fand es heraus und starb. Welche Bedeutung hatte dann das Bild?

Es war zum Verzweifeln.

Tristan überquerte die Löhrstraße und marschierte an der Nikolaikirche vorbei. Als er in die Barstewende einbog, öffneten sich die Himmelstore und Regen stürzte auf die Stadt hernieder. Im Eilschritt begab sich der Detektiv nach Hause. Dort erwartete ihn Pfeiffer mit einem ziemlich langen, um nicht zu sagen verregneten, Gesicht.

»Welche Überraschung«, rief Tristan aus der Diele, wo er seine durchweichte Strickjacke auf einen Bügel spannte. »Haben Sie Raffael wieder freigelassen?«

»Ja«, knurrte der Hauptkommissar aus dem Wohnzimmer.

»Das ist gut.« Tristan schüttelte sich und trat an den Kamin. »Ich glaube, der Aufklärung unseres Falles ein Stück näher gekommen zu sein.«

»So«, sagte Pfeiffer gelangweilt.

»Haben Sie hinter das Bild geschaut?« fragte Tristan und warf einige Holzscheite in die Kaminöffnung.

»Ja«, antwortete Pfeiffer, der sich eine Zigarette anzündete.

»Und?« Tristan suchte nach einem Stück Zeitung.

»Holzbaum«, brummte der Hauptkommissar, »sag du es ihm.«

Holzbaum saß mit Helga am Esstisch und beschäftigte sich mit Marlowe. Der Kakadu watschelte etwas unbeholfen über die Tischplatte. Der Kommissar war damit beschäftigt, den Vogel nicht herunterstürzen zu lassen.

»Hinter dem Bild befand sich nichts«, sagte er und achtete darauf, dass Marlowe von der Tischkante entfernt blieb. Dem Kakadu machte das kleine Spiel Spaß, und so versuchte er Holzbaums Händen immer wieder zu entfliehen.

»Dann können wir also davon ausgehen«, resümierte Tristan und zündete das Zeitungspapier an, »dass das Bild im Mittelpunkt stand.«

»Das wussten wir schon gestern«, bemerkte Pfeiffer lakonisch. »Was haben Sie herausbekommen?«

»Jan Kerber«, antwortete der Detektiv und richtete sich auf. »Können Sie schnell herausbekommen, ob er einen Vater hatte, der …« Tristan ging an sein Bücherregal und nahm einen Notizblock in die Hand, »… Adolf Kerber hieß?«

»Kein Problem«, sagte Pfeiffer und ging zum Telefon. »Darf ich?«

»Bitte«, nickte Tristan.

Pfeiffer telefonierte mit der Wache. Es dauerte eine Weile, dann nickte der Hauptkommissar und legte den Hörer zurück in die Gabel.

»Bingo«, lächelte er. »Er hatte einen Vater, der Adolf hieß. Verstorben vor einigen Jahren.«

»Also schreiben wir einmal diesen Jan auf die Liste der Verdächtigen«, murmelte Tristan.

»Wen haben Sie sonst noch auf der Liste?« fragte Pfeiffer und trat zu Tristan.

»Keinen weiteren«, grinste der Detektiv, »aber das wird sich gleich ändern.«

Er berichtete von seinem Gespräch mit Hallenberger und notierte diesen Namen ebenfalls.

»Dieser Hallenberger«, überlegte Pfeiffer, »kam mir schon verdächtig vor.«

»Ja«, Tristan suchte seine Pfeife, »das haben Anwälte so an sich.«

»Frau Bottenberg«, sagte Holzbaum, der Marlowe sanft in die Mitte des Tisches dirigierte, »hat uns von Ihren Ergebnissen bezüglich des Bildes berichtet. Was hat diese Bombennacht so Wichtiges an sich?«

»Ich vermute«, grinste Tristan und fand endlich Pfeife und Tabak zwischen einem Haufen Wäsche, die in einem der Lesesessel lag, »da liegt der Hase im Pfeffer. – Was macht die Wäsche hier?«

»Die wolltest du bügeln«, antwortete Helga gelassen.

»So?« Tristan stopfte die Pfeife und sagte: »Später.«

»Es sind deine Hemden«, meinte Helga.

Pfeiffer grinste amüsiert und fragte: »Wie können wir helfen?«

»Beim Bügeln?« erwiderte Tristan.

»Nicht unbedingt«, antwortete Pfeiffer. »Ich dachte eher ans Mörderfangen.«

»Haben Sie Kimpels Wohnung durchsucht?« Tristan sah sich den Wäschehaufen genauer an und zupfte einige Hemden hervor.

»Oberflächlich.« Pfeiffer ließ sich anmerken, dass ihm dieses Thema nicht gefiel.

»Sie sollten nochmals genauer nachsehen.«

»Wonach sollten wir sehen?«

»Zum Beispiel nach Unterlagen, die ins Grundbuchamt gehören.« Tristan sortierte die herausgesuchten Hemden und legte sie ordentlich auf den Haufen zurück.

»Unterlagen aus dem Grundbuchamt?« Pfeiffer sah den Detektiv ungläubig an. »Was soll das?«

»Ich vermute«, antwortete Tristan langsam, »dass wir damit weiterkommen.«

9

Richard hörte dem Wisse Ohm geduldig zu. Er war von dem Mann fasziniert. In den vergangenen Stunden hatte der Ohm ihm aus seinem Leben erzählt. Sie hatten mit Richards Mutter in den USA gesprochen und beschlossen, die Spende aufrechtzuhalten. Für die verbleibenden Tage würde der Ohm nicht von Richards Seite weichen. Die einzige Bedingung, die Richard stellte, war, dass der Ohm vernünftige Kleidung tragen sollte. Eine Bedingung, die zu erfüllen war.

»Glaubst du«, fragte Richard traurig, »das Enissa meinetwegen umgebracht wurde?«

»Ich weiß es nicht, Richard«, stöhnte der Ohm. »Hier sind eine Menge gezinkter Karten im Spiel.«

»Es ist so ungerecht!« Richard schlug mit der Faust auf den kleinen Schreibtisch in seinem Hotelzimmer. »Wir haben gerade angefangen, uns gern zu haben.«

Der Ohm nickte und schwieg.

»Raffael war es sicher nicht?« fragte er und kannte die Antwort bereits in seinem Herzen.

»Nein«, der Ohm stand langsam vom Bett auf. »Enissa muss etwas gewusst haben, oder sie stand jemandem im Wege.«

»Wenn sie mich beschützen sollte«, überlegte Richard, »dann stand sie zwischen mir und dem Mörder.«

»Ja, Junge«, seufzte der Ohm, »das befürchte ich. Wir hätten deine Mutter fragen sollen, ob sie mit irgendjemandem über unseren Plan geredet hat.«

Richard sah auf seine Uhr.

»Jetzt ist sie unterwegs«, sagte er. »Das müssen wir auf später verschieben.«

»Gut«, der Ohm rieb sich die Schulter, »dann lass uns zu Tristan gehen, vielleicht ist er ein Stück weitergekommen.«

»Was hältst du von diesem Mann?« Richard zog seine Jacke über.

»Er ist der Beste«, antwortete der Ohm. »Ohne ihn wären wir aufgeschmissen.«

»Ihr kennt euch schon lange?«

»Kann man sagen«, lächelte der Ohm und streifte seinen abgewetzten Mantel über. »Seine Vorgehensweise erstaunt mich immer wieder.«

»Er macht einen ganz harmlosen Eindruck«, meinte Richard und öffnete die Zimmertür.

»Das haben gute Detektive so an sich«, grinste der Ohm und folgte seinem Schützling.

Sie verließen das Hotel am Kaisergarten und spazierten bei leichtem Nieselregen den Kampen hinauf. Dem Ohm schien das feuchte Wetter nichts anzuhaben. Richard fröstelte und fragte: »Wie ist eigentlich das Wetter im Sommer?«

»Ähnlich«, antwortete der Ohm. »Nur im Sommer schimpfen wir auf den Wettergott etwas lauter.«

»So«, grübelte Richard. »Und was für ein Wetter habt ihr im Winter?«

»Kommt es hart«, sagte der Ohm amüsiert, »dann versinkt die Stadt unter einer dicken Schneedecke. Dank der vielen kleinen Anstiege bricht schnell der Verkehr zusammen, und in der Stadt wird es still.«

»War es auch so im letzten Winter des Krieges?« fragte Richard.

»Wie kommst du darauf?« Der Ohm blieb stehen.

»In diesem Winter verlor meine Mutter alles«, antwortete Richard, »das ist ja allgemein bekannt.«

»Ein sehr kalter Winter war das«, meinte der Ohm.

»Wie sah es vor der Zerstörung aus«, Richard schien interessiert. »Gibt es Bilder? Es wäre schön, wenn ich Opas altes Kaufhaus mal sehen könnte.«

Sie waren langsam bis zum Klubb spaziert, ohne es zu merken.

»Weißt du, wo das Kaufhaus stand?« fragte der Ohm.

»Keine Ahnung«, schüttelte Richard den Kopf. »Opa hat alles kurz vor der Zerstörung verkauft. Alle Unterlagen sind verloren gegangen, und Mom wollte nichts mehr davon wissen. Der Schmerz, nehme ich an.«

Sie überquerten die Löhrstraße und blieben in der Adolf-Fißmer-Anlage stehen.

»Weißt du«, sagte der Ohm, »diese Anlage ist nach dem Mann benannt, der dafür sorgte, dass genügend Bunker in der Stadt vorhanden waren. Dank dieser Initiative haben viele Menschen den Angriff im Dezember 1944 überlebt. Leider nicht alle. Wie ist es deiner Mutter eigentlich nach der Nacht ergangen?«

Richard sah ihn überrascht an.

»Wir haben damals in Olpe nicht darüber gesprochen«, erklärte der Ohm.

»Sie hat auch mir nur wenig erzählt«, begann Richard. »Sie war gerade einmal sechs Jahre alt, als die Bomben fielen. Nach der Zerstörung wurde sie nach Olpe evakuiert. Dort lebten zu dieser Zeit noch entfernte Verwandte. Sie blieb auch nach dem Krieg in Olpe. Sie hat Siegen nie wieder betreten und ist Mitte der fünfziger Jahre in die USA ausgewandert. Dort lernte sie meinen Vater kennen, aber das weißt du ja.«

Die Dämmerung setzte ein, während sie neben der Nikolaikirche standen. Der Marktplatz lag verlassen vor ihnen. Am Straßenrand plätscherten feine Pinkelstrahlen des Mikado-Brunnens in ein Becken. Sie verließen die Alfred-Fißmer-Anlage und überquerten den Marktplatz, um sich zur Barstewende zu orientieren. Die kleine Gasse verband den Kornmarkt mit der Unteren Metzgerstraße und endete genau im Hof hinter der Marienkirche. Der Ohm wurde plötzlich unruhig. Sein siebter Sinn warnte ihn. Aufmerksam sah er sich nach allen Seiten um.

»Was ist?« fragte Richard besorgt.

»Geh weiter«, sagte der Ohm freundlich. »Sei aber bereit zu einem Spurt.«

Richard nickte. Sie waren einige Meter in die enge Gasse vorgedrungen, als plötzlich am Eingang der Gasse eine Gestalt hinter ihnen auftauchte. Der Ohm reagierte sofort und schrie: »Renn!«

Richard lief los. In diesem Augenblick zog die Gestalt eine Waffe und feuerte auf den flüchtenden Richard. Der Ohm zuckte zusammen und sah zu Richard. Der erreichte in diesem Moment den Hof und sprang aus der Schussrichtung. Glas zersplitterte. Jetzt reagierte der Ohm. Er öffnete seinen Mantel, zog ebenfalls eine Waffe und feuerte. Nur knapp verfehlte die Kugel den Unbekannten, der die Flucht ergriff.

10

Die Schüsse knallten so laut durch die Altstadt, dass Tristan vor Schreck das Bügeleisen losließ und Helga, die auf dem Sofa saß, ein Buch aus der Hand fiel. Bevor Tristan das Wohnzimmer verlassen hatte, klopfte es bereits wild gegen die alte Eichenholztür.

»Es ist offen«, rief er und trat in die Diele.

Die Tür wurde aufgeschoben, und Richard sowie der Wisse Ohm stürmten in die Diele. Der Ohm hielt immer noch seine Waffe in der Hand.

»Die brauchst du nicht mehr«, sagte Tristan ruhig und deutete auf die Waffe.

»Oh, verzeih!« sagte der Ohm und steckte die Waffe zurück in ein Halfter, das er unter dem weiten Mantel trug.

»Auf uns wurde geschossen«, raunte Richard. »Das ist hier ja schlimmer als in New York.«

»Es ist vorbei.« Der Ohm klopfte Richard auf die Schulter. »Du hast gut reagiert.«

»Danke«, antwortete Richard, dem plötzlich die Knie weich wurden.

»Kommt ins Wohnzimmer«, Tristan zeigte den Weg, »und atmet tief durch.«

Im Kamin brannte Feuer. Helga bückte sich nach dem heruntergefallenen Buch und legte es weg, als die Gäste eintraten. Neben dem Esstisch stand ein Bügelbrett, auf dem ein Hemd halb gebügelt die Ärmel hängen ließ. Marlowe, der in seiner Kiste lag, wurde langsam munter. Er steckte seinen Schnabel über den Kistenrand und rappelte sich empor. Es sah so aus, als musterte er die Gäste. Dann brabbelte er: »Da schau mich an. Ich bin so leicht, / Fast hab ich schon das Nichts erreicht.«

Der Ohm lächelte und entspannte sich.

»Oh, Mann, oh, Mann«, stöhnte Richard und ließ sich in einem der Sessel nieder. »Das war knapp.«

»Bekommt er nichts zu fressen?« fragte der Ohm und zauberte aus seinem Mantel einen halben Keks, den er Marlowe reichte. Für ihn schien der Attentatversuch schon meilenweit entfernt zu sein.

Der Kakadu nahm den Keks und verschlang ihn in einem Stück. Als er merkte, dass kein zweiter folgte, sträubte er seinen Kamm und krächzte einmal laut, bevor er anfing, an dem Verband zu knabbern.

»Was ist geschehen?« fragte Tristan besorgt.

»Jemand hat auf Richard geschossen«, erklärte der Ohm, »ich habe zurückgefeuert.«

Die Haustür wurde abermals mit Schwung geöffnet und Erich eilte ins Wohnzimmer.

»Kommen da noch mehr?« bemerkte der Ohm, bevor Erich zu Wort kam.

»Habt ihr die Schüsse gehört?« fragte er außer Atem.

»Er hat geballert«, sagte Tristan und deutete auf den Ohm. »Ein Attentatversuch auf diesen jungen Mann. Richard Goldstein, darf ich dir Erich Roth, unseren Diakon, vorstellen?«

Richard zitterten die Knie, deshalb blieb er sitzen und nickte bleich. Helga nahm sich des

Jungen an und gab ihm erst einmal einen Cognac.

»Möchte sonst noch jemand einen?« fragte sie mit der Flasche in der Hand.

»Gerne«, strahlte der Ohm, »da sage ich nicht nein.« Er zeigte auf seine Klamotten und meinte: »Wer so aussieht, der trinkt auch gerne.«

»Den Humor hast du ja nicht verloren«, sagte Tristan und räumte das Bügelbrett zur Seite.

»Jetzt wissen wir«, sagte der Ohm und nahm einen kräftigen Schluck, »dass Richard immer noch das Ziel ist.«

»Enissa?« fragte der Detektiv.

»Stand zwischen Richard und dem Attentäter«, folgerte der Oberst im Ruhestand. »Das heißt, die Gefahr kommt aus einer Ecke, an die wir noch nicht gedacht haben. Sie hat Enissa überrascht und auch mich.« Er nahm einen zweiten Schluck. »Tristan, wir müssen dieses Bild enträtseln.«

»Ich weiß«, nickte der Detektiv. »Ich habe mich auch schon schlau gemacht. Da unser lieber Anwalt ja nichts sagen wollte, habe ich im Internet recherchiert, welche Straftaten nicht verjähren.«

»Sprich«, befahl der Ohm freundlich. »Wo kann ich mich setzen?«

Tristan räumte einen Stapel Wäsche aus dem zweiten Sessel, in dem sich anschließend der Ohm niederließ. Helga besorgte noch weitere Getränke, stellte sie auf den Sofatisch, sodass jeder sich selbst bedienen konnte. Erich nahm auf dem Sofa Platz und streckte seine langen Beine in Richtung Kamin aus. Dort stolperte keiner über sie. Tristan zog vom Esstisch einen Stuhl heran, während Helga sich neben Erich auf das Sofa setzte.

»Also«, sagte Tristan, »im deutschen Strafrecht verjähren – mit Ausnahme schwerster Verbrechen wie Mord – alle Straftaten nach bestimmten Zeiträumen. Die Fristen liegen zwischen 3 und 30 Jahren.«

»Mord verjährt also nicht«, sagte Erich zufrieden.

»Ja«, nickte Tristan. »Die Verjährung verliert ihre Bedeutung auch dann, wenn ein Widerspruch eingelegt wurde. Also, wenn jemand verdächtigt wird, man ihm aber das Verbrechen noch nicht nachweisen kann, dann kann ein Widerspruch vermerkt werden. Damit setzt die Verjährung aus, und wenn dann zum Beispiel neue Methoden entwickelt wurden wie die DNA-Analyse, kann der Verbrecher auch nach 30 Jahren noch verurteilt werden. Dies gilt auch für eine Reihe anderer Delikte.«

»Das hieße aber in unserem Fall«, überlegte der Ohm, »dass es irgendwann eine Untersuchung gegeben haben muss.«

»Ja.« Tristan nahm eine Flasche Wein und öffnete sie. »Wenn wir davon ausgehen, dass wir ein Verbrechen suchen, das im Dezember 1944 stattfand und bis heute noch verfolgt werden kann, dann gehe ich davon aus, dass es sich nicht um einen Mord handelt.«

»Wieso?« fragte Richard, der langsam wieder zu sich fand.

»Es war Krieg, und in dieser Nacht starben Menschen durch Bomben, Feuer und vielleicht auch durch Mord. Aber es wurden ganz sicher keine Ermittlungen geführt, in denen ein Verdächtiger gefunden wurde und in dessen Akten ein Widerspruch eingetragen wurde. Darüber hinaus müsste der Mann oder die Frau heute schon ziemlich alt sein.«

»Die Gestalt eben«, sagte der Ohm und öffnete eine Flasche Bier mit einem lauten Flops, »machte noch einen sehr vitalen Eindruck.«

»Mein Einbrecher ebenfalls.« Tristan strich sich über die verletzte Schulter. »Deshalb komme ich zu dem Schluss, dass es in erster Linie nicht um einen Mord geht.«

»Aber worum dann?« rief Richard entnervt.

Tristan stand auf und ging zum Bücherregal, wo er die Fotografie aufbewahrte.

»Das, mein Junge«, sagte er, »will uns sicherlich dieses Bild erzählen.«

»Wir müssen es nur herausbekommen«, bemerkte Erich und ließ sich von Tristan ein Glas Wein einschenken.

»Richtig«, lächelte Tristan. »Hier ist die Liste der Originalmotive. Ich lege sie auf den Tisch, wenn jemand nachsehen möchte. Okay. Fangen wir an.«

Tristan stellte die Fotografie so hin, dass jeder bequem das abgelichtete Bild sehen konnte. Richard, der das Bild bis dahin noch nicht gesehen hatte, betrachtete es sehr intensiv und lachte plötzlich.

»Das da in der Mitte ist doch sicher aus Abbeys Werk *Baron von Steuben drillt irgendwelche Rekruten*. Ich habe es im State Capitol von Pennsylvania gesehen. Der alte Captain war schon ein Haudegen.«

»Der Junge ist gebildet«, lobte der Ohm. »Da hat deine Mutter ja gute Arbeit geleistet.«

»Danke«, sagte Richard verlegen.

»Wofür könnte der Anwalt in der rechten unteren Ecke stehen?« fragte Erich. »Die Feuerwolke stand für Bombennacht, das Rubensbild für Raub und dieser Anwalt …?«

»Anwälte stehen für Recht, für Verteidigung und …« Ihm kam eine Idee. »Das Bild wurde von einem Beamten gemalt. Genauer: von einem Rechtspfleger. Der Anwalt liest und der Titel lautet …«

Helga nahm die Liste und las: »Anwalt bei seinen Studien.«

»Er könnte auf eine Akte oder etwas Ähnliches hinweisen«, sprach Tristan leise.

»Der Hinweis auf den Widerspruch!« Der Ohm spielte an dem Etikett seiner Flasche.

»Das ist sinnvoll«, sagte Tristan, »nur in welchem Amt und in welcher Art von Akten?«

Die Männer nickten und starrten wieder auf das Bild. Eine Antwort blieb im Moment offen.

»Diese Frau auf dem Sockel«, der Diakon beugte sich vor, »woher stammt sie?«

»Das wissen wir noch nicht, Erich«, antwortete Tristan. »Petra Kohlberger, eine Kunstexpertin, meinte, es könne sich um eine Heilige handeln.«

»Eine Heilige?« Er betrachtete die Frau auf dem Sockel genauer. »Ja, sie ist dargestellt wie eine Heilige«, meinte Erich und grinste. »Macht es euch etwas aus, wenn ich kurz mal telefoniere?«

»Bitte«, sagte Tristan, »wenn es uns weiterhilft.«

Erich griff in sein schwarzes Jackett und holte sein Handy heraus. Es piepste, als er einige Knöpfe drückte, dann hielt er es ans Ohr.

»Erich hier«, sprach er sanft, »ich hoffe nicht zu stören. Schön, ich brauche deine Hilfe. Es geht um eine Heilige, eine weibliche Heilige. Kein Problem? Schwester Julia, du bist ein Schatz.«

Dann erklärte er ihr, was für eine Frau auf dem Bild zu sehen war: »Sie trägt in der rechten Hand eine Art Feder, eine ziemlich lange Feder, und in der linken, einen Moment, ich muss das Bild näher heranholen, ja, die Augen«, lächelte Erich verlegen und nahm die Fotografie. »Es ist eine Zange. Ja, ich bin mir ganz sicher. Gut, ich warte, ja, du erreichst mich über mein Handy, schön, bis gleich.«

Er drückte wieder einen Knopf und sah dann zu Tristan. »Sie ruft zurück.«

»Schwester Julia?« fragte Helga neugierig und sah ihn mit einem Blick an, den nur Frauen aufsetzen, wenn sie Männern zu verstehen geben, dass sie sowieso alles herausbekommen und es töricht sei, nicht gleich ein volles Geständnis abzulegen.

»Eine Nonne aus Paderborn«, erklärte Erich und wurde ein wenig rot im Gesicht.

»Na, dann weiter«, drängelte Tristan und verhinderte Helgas Nachbohren. »Die beiden Männer vor dem Obelisken deuten auf diese Frau. Wir dürfen also davon ausgehen, dass sie uns etwas zu sagen hat.«

»Mir fällt auf«, sagte der Ohm, »dass es zwei Kampfszenen gibt. Seht ihr das Männerpaar, das neben dieser Ruine links als Denkmal steht, und die beiden Männer links neben dem Obelisken?«

»Ja«, überlegte Tristan, »es ist auffällig und dürfte unsere These von einem Raub bekräftigen.«

»Vielleicht Raubmord«, sagte Erich und sah in die Diele.

Im Hof bremste ein Auto quietschend ab.

»Hauptkommissar Pfeiffer«, raunte Erich.

»Hat lange gedauert«, nuschelte der Ohm. »Die Schüsse waren doch wirklich nicht zu überhören.«

In dem Moment klopfte es an die Tür.

»Es ist nicht abgeschlossen!« rief Tristan.

Pfeiffer stürmte mit Holzbaum an seiner Seite ins Wohnzimmer.

»Es wurde geschossen«, sagte er und musterte den Wissen Ohm, als hätte er gewusst, das der Oberst geschossen hat.

Der nickte.

»Niemand verletzt?« fragte Holzbaum besorgt.

»Nein«, sagte Tristan. »Legen Sie ab und setzen Sie sich.«

»Einen Moment noch«, sagte er und stürmte in den Hof, wo gerade ein weiteres Polizeiauto eintraf. Pfeiffer klärte die Situation mit seinen Kollegen ab und bat die Spuren zu sichern. Dann eilte er ins Wohnzimmer zurück, wo er ohne Widerspruch Tristans Aufforderung nachkam und seine Jacke an der Garderobe ablegte. Holzbaum saß bereits in der Runde. Pfeiffer zog vom Esstisch einen Stuhl heran und gesellte sich zu den Männern.

Tristan berichtete, was sie bis jetzt aus dem Bild interpretiert hatten.

»Haben Sie in Kimpels Wohnung Unterlagen gefunden?« fragte der Detektiv zum Schluss.

»Ja«, nickte Pfeiffer, »wir lassen sie prüfen. Morgen wissen wir mehr.«

»Was waren das für Unterlagen?« wollte Richard wissen.

»Alte Grundbucheinträge«, antwortete Holzbaum. »So viel können wir sagen.«

»Die hatte der zu Hause?« staunte Erich.

»So sieht es aus«, sagte Pfeiffer trocken. »Wir kommen der Sache näher.«

»Wenn wir Worb-Antrieb hätten«, murmelte Richard, »vielleicht schneller.«

»Das könnte heißen«, sagte Tristan, »dass unser Anwalt in der Ecke vielleicht darauf hinweist, dass das Verbrechen irgendwann aufgeklärt werden könnte.«

»Der Spruch im Fries«, ergänzte Erich, »bekäme dann eine klare Zuordnung.«

Die Männer sahen sich verschwörerisch an. Tristan nickte.

»Ist euch eigentlich das Motiv in diesen Steinblöcken aufgefallen?« fragte Helga und lenkte die Aufmerksamkeit auf das Bild zurück. »Es befindet sich direkt unterhalb dieser kämpfenden Männerstatur und diagonal gegenüber dem alten Rubensbild.«

Tristan blickte genau hin, stand auf und kam mit einem großen Winkeldreieck zurück.

»Was willst du denn damit?« fragte der Ohm.

Tristan legte es an und staunte.

»Wow«, zischte Richard. »Das sind genau 45 Grad.«

»Das gibt es ja gar nicht«, stieß Pfeiffer aus. »Hat das etwas zu bedeuten?«

»Ich denke schon«, lächelte der Detektiv. »Jetzt wissen wir, was gestohlen wurde.«

Die anderen nickten. Es war ihnen klar, dass der Maler diese Position der beiden Motive bewusst so gewählt hatte. Die beiden Elemente lagen genau auf einer 45 Grad-Achse gegenüber.

»Ein Haus kann man doch nicht stehlen«, warf Richard ungläubig ein.

»Wieso nicht«, erwiderte Pfeiffer. »Ein falscher Grundbucheintrag, und schon ist es weg.«

»Dann geht es darum.« Tristan stand auf. »Jemand hat in der Bombennacht ein Haus geklaut.«

»Darauf müssen wir anstoßen«, rief der Ohm und öffnete eine weitere Flasche Bier.

»Das kann ja heiter werden«, flüsterte Helga und sah zu Tristan.

6. Wie klaut man …

Dienstag

Wie klaut man ein Haus? Das fragte sich Tristan, als er die Augen aufschlug. Die illustre Gesellschaft des Vorabends hatte noch gemeinsam auf Schwester Julias Rückruf gewartet und versucht, dem Bild einen weiteren Hinweis zu entlocken, doch nach einigen Flaschen Wein und dem ein oder anderen Bier blieben geistige Höhensprünge aus.

Dennoch, sie waren in den letzten Tagen weit gekommen. Leider noch nicht weit genug, denn weder der Detektiv noch seine Freunde hatten eine Ahnung, wer die beiden Morde begangen hatte. Irgendwer hatte vor fast fünfzig Jahren ein Haus gestohlen und nun musste Tristan herausbekommen, wie man so etwas rein praktisch bewerkstelligte.

Er stand auf, ohne die schlafende Helga zu wecken. Ihm war die Idee gekommen, sich von einem Notar ein wenig Nachhilfeunterricht in Sachen Grundbucheinträge geben zu lassen. Das Problem war nur, dass er keinen Notar kannte. Bis jetzt hatte er diese Berufsgattung nur aus dem Fernsehen und in Romanen kennengelernt.

Nachdenklich schlenderte er, wie jeden Morgen, ins Badezimmer. In der angenehmen Ruhe des Morgens ließ er eine Weile seine Gedanken schweifen und staunte, als er plötzlich fertig rasiert und gewaschen in den Spiegel schaute.

Die Zeit war unbemerkt an ihm vorüber geschlichen. Draußen prallten Regentropfen gegen die Fensterscheiben. Ein stürmischer Nordwind fegte neben dem Seiteneingang der Marienkirche die letzten Blätter der alten Kastanienbäume durch den Hof. Tristan sah den umherwirbelnden Blättern einen Moment lang zu, bis Erich ihn ablenkte. Der Diakon kämpfte auf dem Weg zur Sakristei mit einem kleinen Schirm, der auf- und zuklappte. Tristan stellte fest, dass im Hof ganz besondere Windverhältnisse herrschten. Bei Nordwind blies der Wind direkt durch die Barstewende in den Hof und verwirbelte sich hinter der Häuserzeile, die an die Untere Metzgerstraße grenzte. Das führte zu umlaufenden Windströmungen, die den Schirm einmal aufblähten und dann wieder zusammendrückten. Kam der Wind aus Westen oder Osten, lag der Hof durch die Kirche und die Häuserzeile, in der auch Tristans Haus stand, geschützt im Lee.

»Viel genützt hat dir der Schirm nicht«, lächelte Tristan, als Erich in der Kirche verschwand.

Er verließ das Badezimmer und sah nach Marlowe. Der Kakadu lag schlafend in seiner Holzkiste. Tristan untersuchte vorsichtig den Verband. Marlowe reagierte nicht. Der Detektiv erschrak. Der Verband war mit vielen kleinen roten Flecken übersät. Er begann zu zittern und untersuchte den Verband genauer. Zuerst dachte Tristan, die Wunde hätte geblutet, doch dann sah er ein umgestürztes Rotweinglas auf dem Esstisch liegen.

»Oh, ho«, flüsterte Tristan, »das gibt Flecken.«

Marlowe rührte sich und öffnete seinen Schnabel, als wolle er gähnen. Seine beiden Augen sahen Tristan glasig an. Der Detektiv schüttelte den Kopf und hob den Vogel vorsichtig hoch.

»Du bist besoffen?« fragte er den Kakadu, als könne der verstehen. »Ich denke, ja! Aber wie bist du aus der Kiste gekommen?«

Die alte Holztreppe zum Schlafzimmer knarrte.

»Jetzt haben wir den Salat«, flüsterte Tristan und legte den angetrunkenen Kakadu in die Kiste zurück. »Helga ist wach, und ihr wird sicherlich nicht gefallen, was hier mit dem Tisch passiert ist.«

Die Badezimmertür wurde zugezogen.

»Gnadenfrist«, murmelte der Detektiv und versuchte den angetrockneten Rotweinflecken abzuwischen. Vergebens.

»Was jetzt?« Er sah sich in der Küche nach einem stärkeren Putzmittel um, konnte sich jedoch auf die Schnelle für keines entscheiden.

»Was soll's«, resignierte er schließlich.

»Was ist denn hier passiert?« rief in diesem Moment Helga im Wohnzimmer. »Rotweinflecken! Die gehen nicht mehr raus!«

»Ja«, antwortete der Detektiv, »Marlowe hat sich betrunken.«

»Das glaube ich nicht.« Helga untersuchte den Vogel, der sich völlig entspannt in ihre Hände schmiegte. Als sie ihn auf die Tischplatte stellen wollte, torkelte er einige Sekunden und knickte sanft um.

»Er ist betrunken«, wiederholte Tristan. »Jedenfalls hat er seine Unternehmungsfreude nicht verloren.«

»Das kann man laut sagen«, stöhnte Helga und legte ihn in die Kiste zurück.

Draußen fuhr ein Wagen vor, und als Tristan aus dem Küchenfenster in den Hof sah, erkannte er Raffael und Liliane, die aus dem Wagen stiegen.

»Wir bekommen Besuch«, sagte er zu Helga und ging zur Haustür.

»Morgen«, begrüßte er den Schriftsteller und dessen Begleiterin. »Schön, dich wieder auf freiem Fuß zu sehen.«

»Danke«, lächelte Raffael. »Können wir dich einen Augenblick sprechen?«

»Sicher.« Tristan führte die Gäste ins Wohnzimmer. »Ich habe auch Neuigkeiten für euch.«

Sie setzten sich, während Helga die benutzten Gläser und leeren Flaschen wegräumte.

»Ihr habt gefeiert?« fragte Raffael.

»Ein wenig«, bemerkte Helga, »wobei es wohl eher ein Arbeitsgelage war.«

»Interessante Wortschöpfung«, bemerkte Liliane freundlich. »Kann ich helfen?«

»Oh, gerne«, antwortete Helga, »die Gläser müssen in die Spülmaschine.«

Liliane nickte und stellte die benutzten Gläser auf ein Tablett. Tristan begann laut über die Ergebnisse des Vorabends zu berichten, so dass auch Liliane in der Küche alles mithören konnte.

»Was ich nun herausbekommen will«, endete der Detektiv, »wie stiehlt man rein praktisch ein Haus? Dazu suche ich einen Notar, der mir weiterhelfen kann. Hast du einen Vorschlag, Raffael?«

»Ja«, nickte der Schriftsteller. »Ich habe ja selbst gebaut und meine Erfahrungen gemacht. Nehmen wir doch meinen.«

»Gute Idee«, freute sich Tristan. »Aber was wolltest du mir berichten?«

»Nach dem zweiten Besuch auf der Polizeiwache ist mir etwas eingefallen«, sagte Raffael ernst. »Als ich in der Mordnacht mit Kimpel zusammentraf, versprach er mir weitere Unterlagen, die eine Mauschelei oder Schlimmeres aufdecken sollten. Mir kam nun der Gedanke, dass Kimpel diese Unterlagen zu Hause aufbewahren müsste.«

»Pfeiffer hat Kimpels Wohnung noch einmal untersucht«, lächelte Tristan, »und er hat eine Menge Unterlagen gefunden. Unter anderem auch einige Grundbuchauszüge. Leider konnte er uns gestern Abend noch nichts Genaueres sagen.«

»Verstehe«, überlegte Raffael. »Wer, meinst du, hat auf Richard geschossen?«

»Wenn ich das wüsste!« grinste der Detektiv.

2

Pfeiffer brummte der Schädel, als hätte ihn eine Herde Wildpferde als Raufplatz genutzt. Dabei hatte er nur einige Gläser getrunken. Er vertrug nichts mehr, oder aber er hatte in letzter Zeit zu wenig getrunken. Anscheinend fehlte ihm die Übung. Missmutig starrte er auf Holzbaum, der munter an seinem Schreibtisch saß und die Hauspost durchging.

»Keine Kopfschmerzen?« fragte Pfeiffer neidisch.

»Nein, Chef«, antwortete Holzbaum zackig. »Mir geht es gut.«

»Schön für dich«, stöhnte der Hauptkommissar. »Was gibt es Neues?«

»Der übliche Kram«, meinte der Kommissar.

»Schon was von unseren Experten dabei?« Pfeiffer legte seinen Kopf sanft auf die kühle Schreibtischplatte.

»Noch nicht.« Holzbaum las ein paar Zeilen eines Memos, das bestimmte Vorsichtsmaßnahmen bei Verfolgungsjagden anmahnte.

»Eines der Biere muss schlecht gewesen sein«, jammerte Pfeiffer, »oder Irle wollte uns vergiften. Gibt es ein Gesetz dafür?«

»Ja«, lächelte Holzbaum, »Vergiftungen sind verboten. Allerdings zählt Bier in diesen Breiten noch nicht als Gift. Selbst dann nicht, wenn man es in rauhen Mengen zu sich nimmt. Zudem, Chef, man hat dich nicht gezwungen.«

»Heimtücke!« stöhnte Pfeiffer.

Holzbaum schüttelte den Kopf. »Leider trifft auch das nicht zu.«

»Also keine Chance, den Detektiv festzunageln«, lallte der Hauptkommissar.

»Unter diesen Umständen nicht«, sagte Holzbaum und hatte den Stapel Hauspost durchgearbeitet.

Das Telefon auf Pfeiffers Schreibtisch klingelte. Pfeiffer zuckte schmerzlich zusammen und nahm ab.

»Pfeiffer«, stöhnte er. »Ja, gut.«

Erschöpft ließ er den Hörer in die Gabel fallen.

»Sie haben das Zeug von Kimpel untersucht«, sagte er leise. »Wir sollen runterkommen.«

Runterkommen hieß, ins Kellergeschoss zu den Labors zu gehen. Dort hatte Pfeiffer die Unterlagen nach möglichen Fingerabdrücken untersuchen lassen. Da einige sehr alte Papiere darunter waren, sollten die Experten auch diese untersuchen. Über den Inhalt würde der Hauptkommissar später weitere Nachforschungen anstellen.

Zum Glück gab es Fahrstühle. Pfeiffer begnügte sich mit einem minimalen Kraftaufwand und setzte sich gleich auf einen freien Bürostuhl, als sie das Labor erreichten.

»Interessante Funde habt ihr da«, sagte Loby, der eigentlich Gerd Bauer hieß. »Wo habt ihr die Sachen denn her?«

»Aus einer Wohnung«, seufzte Pfeiffer. »Was hast du gefunden?«

»Oh, oh«, grinste Loby, »einen dicken, fetten Kater sehe ich da.«

»Nun sag schon.« Pfeiffer suchte nach seinen Zigaretten.

»Also«, Loby fühlte sich in seinem Element, »die meisten Papiere haben durchschnittlich drei bis vier unterschiedliche Fingerabdrücke. Das sind jene, die jüngeren Datums sind. Interessant sind die alten Schätzchen, die ihr da ausgegraben habt. Diese Papiere haben jeweils nur einen Fingerabdruck.«

»Soll das heißen, dass die Papiere nur von einem einzigen angefasst wurden?« Holzbaum staunte.

»Nun«, antwortete Loby, »ob sie noch von anderen angefasst wurden, weiß ich nicht, aber nur einer hat seine Fingerabdrücke darauf hinterlassen.«

»Das ist ja toll«, meinte Pfeiffer, verärgert darüber, dass er seine Zigaretten nicht fand.

»Ja, ein Fingerabdruck, ein Verdächtiger. Nur wird es euch nicht viel nützen«, bemerkte Loby ernst.

»Was soll das heißen?« Pfeiffer wurde laut.

»Das Papier, auf dem nur ein Fingerabdruck zu finden ist«, erklärte Loby, »stammt aus der Kriegszeit. Also vor über fünfzig Jahren. Ihr solltet davon ausgehen, dass, wer immer damals das Papier berührt hat, heute entweder sehr, sehr alt ist, oder aber, und das dürfte wahrscheinlicher sein, nicht mehr unter den Lebenden weilt.«

»Wieder so ein Rätsel«, fauchte Pfeiffer und gab die Suche auf. »Hast du mal eine Zigarette für mich?«

»Sicher«, nickte Loby und reichte ihm seine Schachtel. »Ist ungesund!«

»Ha, ha«, knurrte Pfeiffer und steckte sich einen Glimmstängel an.

»Ich hab euch einige Kopien gemacht«, sagte Loby. »Damit könnt ihr arbeiten, ohne die Originale zu verunstalten.«

»Danke«, grinste Pfeiffer, »sehr nett von dir.«

»Nicht der Rede wert«, meinte Loby. »Wenn ihr sonst noch was wissen wollt, ich bin hier unten.«

Die beiden Kommissare verließen das Labor.

»Was nun?« fragte Pfeiffer, dessen Kopf langsam seinen Sinn für das Gleichgewicht wiederfand.

»Wenn ich mir diese Eintragungen ansehe«, überlegte Holzbaum, »dann sollten wir mal das Grundbuchamt besuchen.«

»Okay«, nickte der Hauptkommissar. »Würdest du fahren?«

Holzbaum starrte seinen Chef erschrocken an. Pfeiffer reichte ihm die Schlüssel.

»Gerne«, antwortete Holzbaum mit einem breiten Honigkuchenlächeln.

3

Der Schriftsteller rief seinen Notar an und bat um einen Termin. Raffael fand am anderen Ende der Leitung einen gut informierten Notar. Aus dem lokalen Radio hatte er bereits die wichtigsten Informationen erhalten und konnte somit Raffaels Anruf gleich richtig zuordnen. Der Notar sagte alle anderen Termine ab, um sich in seiner Kanzlei mit Tristan und Raffael zu treffen.

Die Kanzlei von Raffaels Notar befand sich an Kochs Ecke, etwa zehn Minuten Fußweg von Tristans Haus entfernt. Wer ein Büro an Kochs Ecke unterhielt, hatte ein Problem sein Auto abzustellen. Denn in unmittelbarer Umgebung der wichtigsten Verkehrskreuzung Siegens befand sich nur eine Hand voll Parkmöglichkeiten. Aus diesem Grund entschieden sich Raffael und Tristan für einen Spaziergang. Liliane blieb bei Helga. Sie wollte das Bild genauer studieren, in der Hoffnung, vielleicht etwas zu finden, das die anderen übersehen hatten.

Tristan brauchte frische Luft, um seinen grauen Zellen Nahrung zu geben. Die Schulter schmerzte nur noch leicht. Der kleine Spaziergang die Kölner Straße hinunter und dann die Koblenzer Straße entlang tat dem Detektiv gut. Raffaels Begeisterung hielt sich in Grenzen. Er dachte mit Schaudern an den Rückweg, wenn es bergauf ging.

Sie betraten die Kanzlei.

»Es freut mich, Sie kennenzulernen«, begrüßte der Notar freundlich den Detektiv. »Ich hoffe nur, dass ich Ihnen weiterhelfen kann.«

»Bestimmt«, antwortete Tristan. »Ich möchte eigentlich nur wissen, wie man ein Haus stiehlt.«

Der Notar sah seinen Klienten Raffael an, dann musterte er Tristan und sagte schließlich: »Ist das Ihr Ernst?«

Tristan nickte.

»Nun«, er räusperte sich, griff zu einem dicken Buch und schlug es auf. »Wo fangen wir an? Ach ja, also. Ich gehe davon aus, dass Sie das Haus nicht als beweglichen Gegenstand betrachten.«

»Ja, sicher«, antwortete Tristan.

»Gut«, stöhnte der Notar. »Dann ist ein Diebstahl so gut wie ausgeschlossen. Man kann ein Haus nicht stehlen.«

»Sind Sie sich sicher?« hakte Tristan nach.

»Natürlich gibt es Ausnahmen«, gestand der Notar, »aber das ist sehr kompliziert.«

»Könnten Sie uns das erklären?« bat Raffael. »Es ist sehr wichtig, dass wir alle Eventualitäten ansprechen, die einen Betrug möglich machen könnten.«

»Sie meinen«, lächelte der Notar, »dass ich sozusagen fiktiv eine Möglichkeit benennen soll, wie man möglichst realistisch ein Grundstück oder ein Haus stiehlt?«

»Genau!« rief Raffael.

»Das ist aber eher Ihr Metier«, bemerkte der Notar, nicht ohne dabei ein gewisses Vergnügen zu empfinden. »Gut, ich glaube jetzt verstanden zu haben.«

Er legte das dicke Buch zur Seite und sah die beiden Gäste an.

»Sie müssen wissen, dass ein falscher Eintrag in das Grundbuch dem Wesen des Notars widerspricht. Aber es soll ja auch unter Notaren schlechte Menschen geben, obwohl ich noch keinen Betrüger kennengelernt habe.«

Er lächelte und lehnte sich zurück.

»Vielleicht beginne ich damit, Ihnen zu erklären, wie der Eintrag formal abläuft.«

Die beiden nickten.

»Schön! Möchten Sie ein Haus kaufen oder anderweitig übernehmen, dann gehen Sie zu einem Notar. Der überprüft die formalen, rechtlichen Kriterien und setzt einen Vertrag auf. Ist der Vertrag unterschrieben, stellt der Notar einen Antrag beim Grundbuchamt, um die alten Besitzer durch die neuen im Grundbuch ersetzen zu lassen. Erst nach der bestätigten Umschreibung sind Sie neuer Besitzer des Hauses.

Neben dem Eintrag ins Grundbuch – in dem Grundstücke nach Namen sowie nach Flur und Markung sortiert sind – gibt es zu jedem Grundbucheintrag eine Grundakte. Die Grundakten enthalten Informationen über den Erwerbsgrund, eine Auflassungsurkunde – diese Urkunde dokumentiert den Hergang des Übertragungsverfahrens und die Benennung des Notars sowie sämtliche im Grundbuch verfügbaren Eintragungen, wie zum Beispiel Wohnrechte, Wegerechte usw. Kurz: Das, was im Grundbuch steht, gilt! Wer dort als Eigentümer benannt wurde, ist auch der Eigentümer.«

»Das gilt auch«, warf Tristan ein, »wenn das Haus widerrechtlich erworben wurde?«

»Ja«, nickte der Notar. »Die Eintragungen in das Grundbuch werden nach der *Vermutung der Richtigkeit* behandelt. Das heißt, dass nach dem Bürgerlichen Gesetzbuch §§ 891 und §§ 892 vermutet wird, dass ein eingetragener Eigentümer grundsätzlich als Eigentümer *rechtens* eingetragen ist.«

»Aber wenn nun ganz offensichtlich ein Betrug vorliegt«, sagte Raffael, »was kann man dann unternehmen?«

»Das ist sehr schwierig«, stöhnte der Notar. »Wenn jemand Rechte auf Eigentum geltend macht, dann muss er diese beweisen. Ist jemand als sogenannter Buch-Eigentümer im Grundbuch eingetragen, wird er grundsätzlich als rechtlicher Eigentümer anerkannt. Wird ein Grundstück *gestohlen* und *widerrechtlich* verkauft, ist das verkaufte und gestohlene Grundstück für den Betrogenen verloren, da der neue Eigentümer nicht mehr belangt werden kann. Das Gleiche gilt auch, wenn ein *Dieb* mehr als 30 Jahre sozusagen auf dem Grundstück sitzt, dann geht es ebenfalls in sein rechtmäßiges Eigentum über.«

»Kann man keinen Widerspruch einlegen«, fragte Tristan, »wenn ein begründeter Verdacht vorliegt?«

»Das ist die einzige Möglichkeit«, sagte der Notar, »um spätere Ansprüche geltend zu machen.«

»Verliert dieser Widerspruch seine Gültigkeit?« hakte Tristan nach.

»Soweit ich weiß«, überlegte der Notar, »nein.«

»Wie könnte man einen Betrug denn aufdecken?« wollte Raffael wissen.

»Wenn Sie wissen, um welches Grundstück es sich handelt«, antwortete der Notar, »dann würde ich mit der Grundakte beginnen. Dort müssten sämtliche Informationen zu finden sein, die den Kauf rechtmäßig werden lassen. Wurde betrogen, so muss dort ebenfalls betrogen worden sein, also gefälschte Kaufverträge usw. Damit hätte man einen Ansatz. Denn ob ein Vertrag gefälscht wurde oder nicht, das lässt sich möglicherweise klären.«

»Diese Grundakte hängt an jedem Grundbucheintrag«, sagte Tristan.

»Richtig«, bestätigte der Notar.

»Wer führt diese Grundbucheinträge denn aus?« fragte Tristan.

»Das machen die Rechtspfleger im Grundbuchamt«, antwortete der Notar.

»Die haben Zugang zu allen Grundbüchern?« Raffael schien überrascht.

»Nur zu denen in ihrem Bezirk«, lächelte der Notar.

»Das heißt«, Tristan nahm den Gedanken auf, »dass ein Rechtspfleger durchaus einen falschen Eintrag ins Grundbuch tätigen könnte?«

»So einfach ist das nicht«, antwortete der Notar. »Sicher kann er einen falschen Eintrag tätigen, doch in der Grundakte wird er das Siegel eines Notars fälschen müssen. Sollte der Fälscher das umgehen, würde die Grundakte unvollständig sein. Es ist dann sehr wahrscheinlich, dass bei rechtzeitiger Überprüfung ein berechtigter Amtswiderspruch in das Grundbuch eingetragen würde.«

»Sollten wir also einen Verdächtigen haben«, sprach Tristan, »der ein Haus gestohlen haben könnte, dann ließe sich der Betrug über die Grundbucheinträge feststellen?«

»Ja«, nickte der Notar, »es ist aber schwierig.«

»Gilt das auch, wenn dieser Diebstahl in der Bombennacht von 1944 praktiziert wurde?« Tristan musterte den Notar.

»Sie meinen, dass jemand in dieser Nacht ein Haus gestohlen hat?«

»Wir vermuten es«, gestand Tristan, »leider haben wir noch keinen Verdächtigen.«

»Damit fehlt Ihnen ein Name«, sagte der Notar enttäuscht, »ohne Namen kommen Sie nicht weiter. Es sei denn, Sie wüssten, welches Grundstück gestohlen wurde.«

»Aber das wissen wir auch nicht«, seufzte Raffael.

»Dann stochern Sie in einem Ameisenhaufen und hoffen auf die Königin zu stoßen.«

»So ungefähr.« Tristan stand auf. »Danke für Ihre Hilfe. Sollten wir noch Fragen haben, dürfen wir uns an Sie wenden?«

»Jederzeit«, strahlte der Notar.

4

Erich machte sich Sorgen. Schwester Julia hatte bis jetzt noch nicht zurückgerufen. So kannte er die Schwester aus Paderborn gar nicht. Vielleicht war ihr etwas zugestoßen. In diesem verrückten Fall war für den Diakon selbst ein Mord in Paderborn denkbar. Er vertrieb diesen schlimmen Gedanken und konzentrierte sich auf die Aufgabe, die vor ihm lag.

Er wollte den Messkelch polieren. Eine Aufgabe, die er von Zeit zu Zeit selbst erledigte, um ungestört seinen Gedanken nachhängen zu können. Der viele Wein, den er in der gemütlichen Runde abends zuvor bei Tristan getrunken hatte, schwamm ihm im Blut. So ganz fit fühlte er sich nicht.

Er trug Politur auf den Kelch auf und verrieb die weiße Flüssigkeit mit einem weichen Lappen. Ohne die Hilfe von Schwester Julia würden sie es schwer haben, die Heilige auf dem Bild zu identifizieren. Leider kannte er sich in diesem Bereich der katholischen Kirche nicht aus. Es gab zu viele Heilige, die man anrufen konnte, sodass sich Erich schon oftmals gefragt hatte, ob dieser Brauch nicht etwas Heidnisches hatte. Schließlich, so überlegte er, gab es im Amazonas Kulturen, die für jede Situation im Leben einen Gott anriefen. Früher verfolgte man die Ungläubigen, wenn sie mehr als einen Gott anbeteten, und man selbst betete gleich zu einem Dutzend Heiliger. Für einen Außenstehenden müssen diese Heiligen wie kleine Götter wirken. Und das alles nur, damit der betreffende Heilige ein gutes Wort beim Boss einlegt. Ziemlich verrückt.

Erich schüttelte den Kopf. Wie gesagt, er hatte es noch nie verstanden, warum man so viel *Gedä* um verstorbene Menschen machte, die man Heilige nannte.

Der Kelch war nun rundherum mit der Politur eingeschmiert. Er wartete einen Weile, damit vorhandene Schmutzpartikel von der Politur gelöst wurden, dann nahm er ein sauberes Tuch. Mit kräftigen Bewegungen säuberte er den Messkelch und stellte ihn auf einen Tisch. In Gedanken versunken stand er auf und verließ die Sakristei. Als Nächstes wollte er das Taufbecken reinigen, das im Kirchenschiff stand. Als er in die verlassene Kirche blickte, fehlte ihm plötzlich Marlowe. Jetzt um diese Jahreszeit hielt der Kakadu sich gerne im Kirchenschiff auf, weil er dort ungestört herumfliegen konnte. Es war zwar nicht so warm wie in Tristans Stube, aber immerhin warm genug, sodass Marlowe, ohne an einem Kälteschock zu sterben, fliegen konnte. Irgendwie fehlte der kleine weiße Vogel dem Diakon. Er mochte hier und da über den Rabauken schimpfen, aber still und leise hatte sich Marlowe in das Herz des Kirchenmannes geschlichen. Manchmal war es hart, seinen Weg alleine zu gehen. Da war es gut, wenn einen Freunde begleiteten. Und Tiere konnten, frei nach Franz von Assisi, sehr gute Freunde sein.

Warum meldet sich Schwester Julia nicht, schoss es ihm durch den Kopf.

Er leerte vorsichtig das Wasser des Taufbeckens aus, wischte es trocken und rieb die silberglänzende Schale mit Politur ein. Auch hier dauerte es eine Weile, bis die Politur die Oberfläche des Beckens gesäubert hatte. Erich setzte sich inzwischen auf eine Kirchenbank und betrachtete den sterbenden Christus, der hinter dem Altar aufragte.

Zweitausend Jahre, dachte Erich, so lange hängst du jetzt an diesem Kreuz. Ein trauriges Symbol für die Frohe Botschaft. Wir Menschen haben uns nur ein anderes Goldenes Kalb geschaffen, um der wahren Lehre Christus nicht ganz so nachkommen zu müssen, wie er es gerne sehen würde. Dabei wäre ein fröhlicher Christus, der zu den Kindern spricht, ein besseres Symbol für die Frohe Botschaft als ein sterbender. Manchmal sind Gottes Wege unergründlich.

Erich stand langsam auf, schlenderte zum Seiteneingang der Marienkirche und öffnete eines der beiden Eingangstore. Draußen bedeckte eine tief liegende graue Wolkendecke den Himmel. Bei diesem Wetter lag die Wahrscheinlichkeit, depressiv zu werden, höher als ein Sechser im Lotto. Erich seufzte beim Anblick der grauen Massen und schloss das Seitentor.

Es wurde Zeit, die Politur abzureiben. Nachdenklich schlenderte er zum Taufbecken zurück, nahm einen sauberen Lappen und wollte gerade beginnen, als das „Ave Maria" in seiner Jackentasche erklang.

»Na endlich«, rief er, ließ den Lappen fallen und zog das Handy heraus.

»Roth«, sagte er erwartungsvoll. »Ja, schön, dich zu hören. Du warst beschäftigt, der Bischof, ja, der kann schon mal nerven. Hast du was herausbekommen? Ja? Großartig, ich höre.«

Plötzlich lachte der Himmel. Die Kirche schien, mollig warm, dem kalten Draußen zu trotzen. Erleichtert ließ sich Erich neben dem Altar nieder und hörte aufmerksam zu, was ihm Schwester Julia über die Heilige mitzuteilen hatte.

»Ja, das kann ich mir alles behalten«, sagte er nach gut fünf Minuten. »Wenn ich etwas vergessen sollte, weiß ich jetzt, wo ich nachschlagen kann. Danke, Schwester Julia, du hast uns sehr weitergeholfen ... Wann ich wieder nach Paderborn komme? Kurz vor Weihnachten, nehme ich an ... Ja, ich melde mich, ganz sicher. Einen schönen Tag noch. Bis bald.«

Er schaltete das Handy auf erneuten Empfang und nahm den sauberen Lappen wieder in die Hand. Nachdenklich ging er an das Taufbecken und begann es von der Politur zu befreien. Schwester Julias Informationen verwirrten den Diakon. Was hatte *Apollonia* auf dem Bild verloren?

5

Der Ohm saß mit Richard in der Lobby des Hotels. Sie tranken eine Tasse Kaffee und unterhielten sich über die Zeit, in der der Ohm seine Ausbildung beim CIA vervollkommnete. Auch ihnen sah man die letzte Nacht an. Richard vertrug das europäische Bier nicht besonders gut. Den Ohm quälte ein leichter Druck hinter der Stirn, den er sich nicht richtig erklären konnte, da er doch ansonsten einen kräftigen Schluck vertrug. Es musste an diesem schrecklichen Wetter liegen, das seit Tagen das Siegerland fest im Griff hielt. Der Kaffee tat gut, und so plauderten sie unbekümmert miteinander. Richard verdrängte, dass er irgendeinem Killer als Zielscheibe diente. Er genoss den Vormittag in der sicheren Atmosphäre des Hotels. Zwar wäre er lieber mit Tristan auf Mörderjagd gegangen, doch angesichts der letzten Ereignisse fühlte er sich in der Begleitung des Ohms sicherer.

Sie bestellten gerade einen zweiten Kaffee, als Benno Becker in der Lobby erschien. Augenblicklich verpuffte die lockere Atmosphäre.

»Becker«, sagte Richard kalt und deutete auf den Mann.

»Den übernehme ich«, antwortete der Ohm scharf.

In diesem Moment sah Becker Richard. Mit einem dicken Taschentuch in der Hand marschierte er auf ihn zu.

»Guten Morgen, Herr Goldstein«, rief er schon aus einigen Metern Entfernung, »gut, dass Ihnen nichts passiert ist.«

»Was soll mir denn passiert sein?« fragte Richard verblüfft.

Die Beamten, Tristan sowie der Ohm und Richard hatten beschlossen, den Attentatversuch vertraulich zu behandeln.

»Ja, das Attentat«, sagte Benno überrascht. »Wie man aus dem Radio hört, hat man auf Sie geschossen.«

Jetzt sahen sich der Ohm und Richard überrascht an.

»Eure Medien sind aber schnell«, bemerkte Richard. »Es ist gut, dass mir nichts passiert ist. Für Sie allerdings wohl eher nicht.«

»Jetzt machen Sie mal einen Punkt.« Ein kräftiges Niesen erregte die Aufmerksamkeit der anderen Hotelgäste. »Mir liegt zwar nichts an diesem Theater, aber deswegen einen Menschen zu töten, das käme mir nicht in den Sinn.«

»Man hört andere Dinge«, mischte sich der Ohm ein.

»Und wer sind Sie?« kläffte Becker.

»Mein Bodyguard«, grinste Richard.

»So?« lächelte Becker. »Sie bezahlen wohl nicht viel?«

Irgendwie hatte es der Ohm noch nicht geschafft, ordentliche Kleidung anzulegen.

»Das sollte Sie nicht kümmern«, entgegnete Richard verärgert. »Was wollen Sie?«

»Ich möchte Sie warnen«, begann Becker.

»Schon wieder«, seufzte Richard. »Das wird langsam langweilig.«

»Nicht wegen des Theaters«, antwortete Becker erstaunlich ruhig, »sondern vor Ihrem Geschäftspartner möchte ich Sie warnen.«

»Vor welchem? Ich habe einige.«

»Vor Hallenberger«, antwortete Becker, »der ist der Gefährlichste. Wissen Sie, wie er zu dieser großen Kanzlei gekommen ist? Sicher nicht, was frage ich. Aber wenn Sie einige Minuten Zeit haben, dann werde ich es Ihnen erklären. Danach können Sie selbst entscheiden.«

Richard sah zum Ohm, der nickte. Daraufhin bat Richard den Politiker Platz zu nehmen.

»Wir hören«, grinste der Ohm.

Becker begann seine Geschichte zu erzählen.

Es dauerte eine gute halbe Stunde, bis der Stadtrat zu Ende gesprochen hatte. Dann sah er die beiden überraschten Zuhörer an.

»Jetzt verstehen Sie, warum ich Sie warnen möchte«, sagte Becker krank. »Überlegen Sie nochmals, ob Sie die Spende wirklich tätigen möchten?«

Becker stand auf und verabschiedete sich.

»Wow«, stieß der Ohm aus, »das wird ja immer verzwickter.«

»Wir sollten mit meinen Eltern sprechen«, sagte Richard. »Vielleicht wissen die einen Rat.«

»Gute Idee.« Der Ohm stand auf. »Ich wollte Sara sowieso noch fragen, ob sie mit irgendjemand anderem über meinen Job gesprochen hat.«

Richard nickte. Sie verließen die Lobby und gingen aufs Hotelzimmer. Richard wählte die Nummer, unter der er glaubte seine Eltern oder wenigstens seine Mutter anzutreffen. Es dauerte eine Weile, bis am anderen Ende abgenommen wurde.

Richard hatte Glück, seine Mutter war zu Hause. Er erzählte ihr von den Neuigkeiten und verharmloste den Überfall. Seine Mutter war schockiert und verlangte, dass Richard sofort die Koffer packte, um nach Hause zu fliegen. Richard beruhigte sie, so gut er es aus der Entfernung vermochte, und gab dann den Hörer an den Ohm weiter.

»Hallo, Sara«, sagte der Ohm freundlich. »Ja, ich habe auf ihn aufgepasst und werde es weiter tun ... Jetzt mach dir keine Sorgen, wir haben die Situation im Griff ... Nein, das sage ich nicht nur, um dich zu beruhigen. Ich brauche eine Information. Es ist wichtig und deshalb überlege bitte gut, bevor du antwortest ... Ja, es geht um die Sicherheit deines Sohnes. Also! Hast du mit irgendjemandem über meine Aufgabe gesprochen?«

Der Ohm hörte am anderen Ende der Leitung ein tiefes Seufzen, dann antwortete Sara. Schockiert hörte der Ohm seiner alten Freundin zu.

6

Tristan und Raffael standen an dem Fußgängerüberweg an Kochs Ecke. Der Wind blies kalt über die Kreuzung, und vorbeifahrende Autos spritzten Regenfontänen hoch. Tristan trat einen Schritt zurück.

»Sollen wir wirklich ins Grundbuchamt gehen?« fragte Raffael. »Da können wir nichts finden.«

»Wir besuchen einen meiner Auftraggeber«, grinste Tristan. »Jan Kerber wird vielleicht eine Idee haben.«

»Ich weiß nicht«, erwiderte der Schriftsteller.

»Jetzt sei kein Hasenfuß«, drängte der Detektiv. »Wir müssen alles versuchen.«

»Der Typ ist eine Katastrophe«, antwortete Raffael.

Die Ampel sprang auf Grün. Sie überquerten die Koblenzer Straße, gingen an der Volksbank vorbei und standen vor dem Eingang des Grundbuchamtes, das sich gegenüber dem Amtsgericht in der Berliner Straße befand. Die Sieg floss an dem flachen Gebäude direkt vorbei und überschwemmte schon mal dessen Parkplatz. Der Eingang befand sich an der Hauptstraße. Über eine Brücke, die über die Berliner Straße führte und mit dem Hauptgerichtsgebäude verbunden war, konnte man das Grundbuchamt über einen zweiten Eingang erreichen.

»Also los«, sagte Tristan und ging die kleine Treppe hinauf.

Oben angekommen, wurde er von einem Polizisten gestoppt. Der Eingang war durch mehrere Schleusen gesichert. Ein Beamter überwachte den Zugang und fragte Tristan, zu wem er denn wolle. Tristan nannte den Namen, und daraufhin betätigte der Beamte einen Schalter. Die Tür sprang auf und Tristan, gefolgt von Raffael, durchlief eine weitere Schleuse, die an einen Flugplatz erinnerte.

»Hoffentlich hast du keine Waffe dabei«, bemerkte Tristan. »Dann landen wir gleich hinter Gittern.«

»Mach keine Witze«, flüsterte Raffael. »Die Gitter kenne ich schon.«

Der Beamte lächelte ihnen freundlich zu und zeigte ihnen sogar noch den Weg.

»Danke«, nickte Tristan.

»Was soll das Ganze?« fragte Raffael, als sie den Beamten nicht mehr sehen konnten.

»Hast du nichts von den Schüssen im Gericht gehört?« erklärte der Detektiv. »Das ist zur Sicherheit der Richter und Besucher.«

»Kaputte Welt«, meinte Raffael, während er die Büroschilder las.

»Wir sind da«, grinste Tristan. »Mal sehen, was unser Freund Kerber zu sagen hat.«

Tristan klopfte gegen die Bürotür und öffnete sie augenblicklich.

»Einen Moment«, kläffte Kerber, ohne von seinem Schreibtisch aufzusehen. »Warten Sie draußen.«

»Nein, danke«, sagte Tristan. »Dafür haben wir keine Zeit.«

Kerber sah auf, fixierte den Detektiv, anschließend Raffael und grinste.

»Herr Irle, was für eine Überraschung.« Er stand auf und räumte einige Akten von einem Stuhl. »Habe leider nur einen«, sagte er höhnisch, »macht Ihnen ja nichts aus zu stehen, oder Herr Leich?«

»Kein Problem«, antwortete Raffael und dachte: Der Mann ist keine Katastrophe, er ist die Pest.

»Was führt Sie zu mir?« Kerber setzte ein schmieriges Grinsen auf.

»Wir waren in der Nähe«, antwortete Tristan, »und wollten uns bei Ihnen einmal umsehen. Wir haben die Hoffnung, dass Sie uns sogar weiterhelfen können.«

»Um was geht es denn?« Kerber schien neugierig zu sein.

Tristan erklärte es ihm. Mit dem Wissen, das er kurz zuvor beim Notar erlangt hatte, konnte er Kerber sichtlich beeindrucken.

»Interessant«, säuselte der Rechtspfleger. »Es geht also um einen Diebstahl. Sie sind wirklich gut, Mann.«

»Danke«, erwiderte Tristan. »Aber haben Sie eine Ahnung, wie unser Dieb das praktisch bewerkstelligt hat? Ich meine, Ihr Vater und der Vater von Wolfram Kimpel waren gute Freunde.«

Kerber zuckte zusammen.

»Sie kennen meinen Vater?« Seine Freundlichkeit kippte.

»Ich denke, er ist tot?« hakte Raffael ein.

»Ist er auch«, zischte Kerber. »Ich verstehe nicht, was das mit Wolframs Tod zu schaffen hat.«

»Alte Geschichten«, lächelte Tristan, »vermute ich.«

»Glauben Sie etwa«, rief Kerber verärgert, »ich hätte etwas mit der Sache zu tun?«

»Um Gottes Willen«, antwortete Tristan übertrieben freundlich. »So dürfen Sie unseren Besuch nicht interpretieren.«

»Wie dann?!« Kerber wurde unruhig. »Ich glaube, Sie sollten jetzt gehen. Ich kann Ihnen nicht weiterhelfen. So etwas wie einen falschen Eintrag würde ich nie machen.«

»Ich habe gehört«, sagte Tristan, ohne auf Kerbers Aufforderung zu reagieren, »dass Sie öfter mal mit Hallenberger und Hauptmann zusammenarbeiten.«

»Jetzt reicht es aber«, schrie Kerber, »diese Unterstellung lasse ich mir nicht gefallen.«

»Was für eine Unterstellung?« wollte Raffael wissen. »Wir sprachen doch nur …«

»Verlassen Sie mein Büro!« schrie Kerber außer sich, »sonst rufe ich die Polizei.«

»Jetzt beruhigen Sie sich doch«, sagte Tristan freundlich. »Wir gehen ja.«

Draußen auf dem Flur sahen sich Raffael und Tristan zufrieden an.

»Siehst du«, grinste der Detektiv, »das hat uns etwas gebracht.«

»Und was?« wollte der Schriftsteller wissen.

»Jan Kerber hat etwas zu verbergen«, lächelte Tristan, »und wir bekommen auch heraus, was das wohl ist.«

»Na, wen haben wir denn da«, hörten sie plötzlich Pfeiffer über den Flur rufen. »Eine nette Überraschung.«

»Hallo, Herr Pfeiffer.« Tristan wartete, bis der Hauptkommissar und Holzbaum neben ihnen standen.

»Was machen Sie denn hier?« wollte Pfeiffer wissen.

»Wir hatten einige Fragen zum Grundbuch«, erklärte der Detektiv.

»Interessant«, Pfeiffer zeigte dem Detektiv die Kopien aus dem Labor, »das hier wollten wir uns erklären lassen.«

»Das sind Grundbuchauszüge«, staunte Tristan.

»Richtig«, nickte der Hauptkommissar, »leider sind sie nicht vollständig. Und wir können sie nicht zuordnen. Wo wollen Sie hin?«

»Nach Hause«, sagte Tristan.

»Ich fahre Sie«, bot Pfeiffer an.

7

Tristan und Raffael nahmen das Angebot an, sich von Pfeiffer nach Hause fahren zu lassen. Da Pfeiffer immer noch einen leichten Kater hatte, fuhr er erstaunlich gesittet. Das hätte ihn immer noch den Führerschein gekostet, aber ein blinkendes Blaulicht erlaubte die eine oder andere Verkehrsüberschreitung. Nach einer sehr kurzen Fahrt stiegen sie hinter der Marienkirche aus. Erich musste das Auto gehört haben, denn kurz nachdem sie den Wagen verlassen hatten, erschien er im Seiteneingang und rief Tristan zu: »Ich weiß jetzt, was das für eine Heilige ist.«

»Gut«, antwortete Tristan, »kommst du?«

»Ich schließe noch die Sakristei ab«, antwortete er, »und bin gleich da.«

Helga lächelte amüsiert, als die Mannschaft ins Wohnzimmer trudelte.

Raffael nahm Liliane in den Arm und fragte: »Na, was hast du herausbekommen?«

»Leider nichts«, musste sie deprimiert zugeben. »Ich muss los. Verzeih, aber Johanna, du weißt.«

»Schon gut«, nickte Raffael. »Wir sehen uns heute Abend.«

Liliane verabschiedete sich und verließ das Haus.

»Möchte jemand etwas trinken?« rief Helga in das aufkommende Durcheinander.

»Nur Kaffee«, riefen Pfeiffer und Erich fast gleichzeitig.

»Kein Problem«, grinste sie und füllte die Kaffeemaschine. Irgendwie hatte sie das Gefühl, für das schwarze Getränk noch eine Menge Abnehmer zu finden.

«Also?» fragte Tristan, nachdem sich die Männerrunde verteilt hatte, »wer ist die Schöne?«

»Apollonia«, antwortete Erich, »eine als Märtyrerin verehrte Jungfrau, die unter Kaiser Decius starb. Sie gilt als Helferin gegen Kopf- und Zahnschmerzen.«

»Eine Jungfrau?« grinste Pfeiffer. »Das glaube ich nicht.«

»Ist bei Heiligen üblich«, sagte Raffael, »besonders bei katholischen.«

»Gibt es auch andere?« fragte Erich brüsk. Es war eine Sache, kritisch über Bräuche nachzudenken, und eine andere, sich darüber lustig zu machen.

»Schon gut«, entschuldigte sich Pfeiffer. »Was nützt uns die Heilige?«

Tristan suchte seine Pfeife. Mit der Pfeife im Mund konnte er sich besser konzentrieren.

»Helga, wo ist meine Pfeife?« rief er unwirsch.

»Wo sie immer ist«, antwortete sie aus der Küche.

Tristan sah am Kaminsims nach und fand sie zusammen mit dem Tabak in einer Dose liegen. Erleichtert säuberte er sie und stopfte anschließend den Pfeifenkopf. Während dieser Zeit erklärte Erich einiges zum Thema Heilige, doch Tristan hörte nicht zu. Ihm schienen seine grauen Zellen etwas mitteilen zu wollen. Zahnschmerzen!

brüllten sie ihm ins Gedächtnis. Plötzlich herrschte einen Augenblick lang Ruhe. Tristan sah sich um.

»Es hat geklopft«, sagte Erich und deutete zur Haustür.

»Es ist offen«, rief Tristan automatisch und wunderte sich nicht, als Richard und der Ohm ebenfalls im Wohnzimmer erschienen.

»Ja«, rief Helga, »jetzt sind wir ja wieder komplett. Wer möchte Kaffee?«

Die beiden Neuankömmlinge ließen sich eine Tasse geben. Helga schenkte aus, während Tristan das Bild nahm und sich an den Esstisch setzte. Sein Blick fiel auf die Heilige und dann auf die Soldatengruppe. Um ihn herum wurde das morgendliche Befinden diskutiert. Tristan hörte nicht hin, er starrte auf Apollonia und auf Baron von Steuben. Wie hatte Richard den Captain genannt? Er spürte, wie ein entscheidender Gedanke in seinem Gehirn Gestalt annehmen wollte, doch noch waren die Störungen um ihn herum zu stark. Liebend gern wäre er jetzt allein gewesen, doch er war es nicht.

Marlowe gefiel der plötzliche Aufmarsch so vieler Leute. Er verfolgte das Treiben mit einer gewissen Unruhe. Tristan machte sich Sorgen, da Marlowe immer wieder versuchte, die Kiste zu verlassen. Er kraulte ihn an der verbundenen Brust und beruhigte ihn ein wenig. Mittlerweile hatte jeder eine Tasse voll Kaffee. Nun wurden Zucker und Milch herumgereicht. Tristan starrte wieder auf das Bild, dann sah er es. Ihm fiel Richards Bemerkung tags zuvor ein, und nun wusste er, worauf er zu achten hatte. Er sah Apollonia, wie sie auf den Anwalt blickte, die Zange in der linken Hand. Er sah die beiden Männer, wie sie auf Apollonia deuteten, und er verstand. Mit einem Mal sah er die ganze Geschichte vor sich. Es war alles so einfach. Das eine fügte sich zu dem anderen.

»Tristan«, hörte er den Ohm neben sich sagen, »ich muss dir etwas mitteilen.«

In schnellen Sätzen berichtete der Ohm von Hallenbergers Machenschaften und sagte zum Schluss, dass Sara sich verraten hatte.

»Ja«, sagte der Detektiv wie in Trance.

Tristan kannte nun den Mörder. Aber weshalb? Weshalb er? Er kam wieder zu sich, sah in die Runde und sagte zur Überraschung aller: »Meine Herren, machen Sie es sich nicht zu gemütlich. Ich habe das Bild enträtselt.«

»Was?« rief Raffael, »jetzt gerade, so plötzlich?«

»Ja, Raffael«, sagte Tristan ernst. »Wir müssen aber noch einiges klären, bevor wir den Mörder überführen können.«

»Willst du uns nicht aufklären?« fragte Raffael.

»Später«, wehrte Tristan ab.

Er bat Raffael, Richard und den Wissen Ohm, den Rechtsanwalt Hallenberger und die Geschäftsmänner Adolf und Frieder Hauptmann aufzusuchen und sie in die Kanzlei Hallenberger zu bitten. Pfeiffer sollte Benno Becker und Jan Kerber ebenfalls in die Kanzlei bitten. Er selbst wollte Raffaels Notar anrufen und ihn um einen Gefallen bitten. Erich sollte im Museum anrufen und der Direktorin mitteilen, dass er glaubte, die Lösung gefunden zu haben, sie aber mit ihr nochmals durchsprechen wolle, bevor er sie darlegen würde. Petra Kohlberger könne zu diesem Treffen gerne mitkommen.

Pfeiffer erkannte an Tristans Gesichtsausdruck, dass der Detektiv an einen Treffer glaubte und wusste aus Erfahrung, dass jetzt möglichst alles nach Tristans Wunsch zu erledigen war. Er trieb die anderen an, sodass Tristan plötzlich mit Helga und Erich alleine in der Wohnung war.

»Also hast du es wieder geschafft«, lobte Helga.

»Noch nicht«, mahnte Tristan, »ich weiß immer noch nicht, warum.«

Helga stutzte, dann klopfte es wieder mal an der Tür.

»Das ging aber schnell«, staunte Erich, als die Museumsdirektorin zusammen mit Petra Kohlberger eintrat.

»Schön, dass Sie so schnell kommen konnten«, sagte Tristan. »Wenn wir gleich anfangen könnten?«

»Gerne«, nickte die Direktorin.

Tristan begann.

8

Hallenberger fand dieses plötzliche Treffen in seiner Kanzlei überhaupt nicht witzig. Er fluchte wie ein Rohrspatz, akzeptierte aber Tristans Wunsch. Als Vater und Sohn Hauptmann verärgert das Büro des Anwaltes betraten, verschlechterte sich Hallenbergers Stimmung noch. Raffael hielt sich im Abseits, er konnte sich aus der ganzen Sache noch keinen Reim machen. Der Ohm und Richard sahen sich mit einer Menge böser Fragen von Hauptmann und Hallenberger konfrontiert, da sie aber auch nichts Genaues wussten, liefen die Angriffe allesamt ins Leere. Jetzt ahnte der Schriftsteller, warum Tristan mit seiner Lösung hinterm Berg hielt. Als die Beamten mit Becker und Kerber eintrafen, wurde die Konfusion noch größer. Holzbaum gesellte sich zu Raffael, während Pfeiffer die Geschäftsleute und den Anwalt begrüßte.

»Echt spannend«, sagte Raffael. »Einer von denen ist der Mörder.«

Holzbaum nickte.

Jetzt warteten alle auf Tristan. Der kam schließlich in Begleitung von Raffaels Anwalt. Hallenberger fixierte seinen Kollegen und hätte ihn liebend gerne des Raumes verwiesen, doch angesichts der Staatsmacht und der brisanten Lage schluckte er seinen Ärger hinunter.

»Schön, dass Sie alle gekommen sind«, sagte Tristan und hielt das Originalbild mit Goldrahmen hoch. »Herr Pfeiffer war so nett, uns das Original mitzubringen. Wolfram Kimpel wurde wegen dieses Bildes ermordet.«

Ein leises Raunen schwappte durch Hallenbergers Büro.

»Wir, das sind eine Menge Freunde und ich, haben in den letzten Tagen versucht, die Geschichte, die dieses Bild uns erzählt, zu enträtseln. Sie beschreibt einen Diebstahl, der vor mehr als fünfzig Jahren begangen wurde. Doch dieser Diebstahl warf seinen bösen Schatten bis in unsere Zeit und war der Grund dafür, dass zwei Menschen sterben mussten.«

»Nun kommen Sie schon auf den Punkt«, giftete Kerber. »Dieses Geschwätz geht einem ja auf die Nerven.«

»Nur Geduld, Herr Kerber«, sagte Tristan freundlich. »Fangen wir mit der Spende an, die Herrn Hallenberger so am Herzen liegt. Er möchte zum Wohlergehen der Stadt dieses Theater. Noble Absichten und ein offenes Ohr für die Belange der Bürger, so hätten Sie gerne Ihr Image, nicht wahr?«

»Was soll diese Beleidigung!« fauchte Hallenberger.

»Wissen Sie, mir waren Sie von Anfang an ein wenig zu stark in der Theatergeschichte engagiert. Es muss eine Menge Zeit gekostet haben, um das Projekt richtig vorzubereiten. Aber Sie machten mir gar nicht den Eindruck eines uneigennützigen Helfers. Also fragte ich mich, was treibt Sie dazu. Die Antwort lieferte mir der Wisse Ohm heute Morgen. Ich bat Raffaels Anwalt, einige Nachforschungen anzustellen, und es war interessant zu erfahren, dass Sie das alte Erdmanngebäude gegenüber dem Apollo-Theater erworben haben. Wie sich in den Unterlagen des Grundbuchamtes ersehen ließ, hat Ihnen Herr Kerber anständigerweise geholfen, indem er die Flächenangaben etwas aufgerundet hat und somit die Hälfte des Platzes mit in Ihr Eigentum überging.«

»So ein Unsinn«, bellte Kerber. »Ich habe ihm nicht geholfen.«

»Halten Sie den Mund!« befahl Hallenberger. »Die Einträge sind rechtens.«

»Richtig«, nickte Kerber, »so etwas würde ich nie machen. Das ist Verleumdung! Hallenberger, können wir diesen Wicht nicht verklagen?«

»Jetzt halten Sie die Klappe!« schrie der Anwalt.

»Zuerst glaubte ich, dass dies der Grund für Kimpels Tod sei. Doch wie passte das Bild in die Ereignisreihe?«

Tristan hob das Bild hoch und sagte: »Lassen Sie uns in Gedanken in die Nacht des 16. Dezember 1944 zurückkehren, in der das Dröhnen der Bombermotoren das Siegerland erschauern ließ. Als Erstes heulten die Sirenen und riefen die Bewohner der Stadt in die Bunker. Die Bomberstaffel war noch kilometerweit entfernt, doch der Flugabwehr war klar, dass sie ihre Bombenlast in dieser Nacht auf die kleine Stadt an der Sieg abwerfen würde. Hundert Jahre alte Häuser, Villen und Industrieanlagen waren hilflos dem mörderischen Angriff ausgeliefert. Frauen und Kinder, die in den Bunkern keinen Platz mehr fanden, suchten Schutz in eigens dafür hergerichteten Kellern. Doch man wusste um den tödlichen Regen, der da vom Himmel fiel, und betete.

Während viele Bürger Schutz suchten, waren andere damit beschäftigt, die Schätze aus dem

Oberen Schloss in Sicherheit zu bringen. Aber auch Unterlagen und Akten mussten vor dem drohenden Bombenhagel und vor Feuer geschützt werden. So wurden eine Menge Akten aus dem damaligen Grundbuchamt im Unteren Schloss in Kisten gepackt. Hilfsbereite Männer, die dem Frontdienst entgangen waren, halfen die wertvollen Unterlagen vor der drohenden Vernichtung zu schützen. Es waren Männer wie Egon Kimpel und Adolf Kerber, die bereitwillig ihre Hilfe anboten. Sie taten es aber nicht ohne Eigennutz.

Als das Dröhnen der Bombermotoren lauter wurde, waren sie gerade damit beschäftigt, die letzte Kiste zu verpacken. Es war die wichtigste Kiste, die mit den brisantesten Grundbuchakten. Kurz darauf fielen die ersten Bomben. Feuer brach aus, Kinder schrien, und immer mehr Bomben fielen auf hilflose Menschen. In all dem Durcheinander trat plötzlich ein junger Mann zu den beiden Freiwilligen. Und als die ersten Bomben das Untere Schloss trafen, Akten in Flammen aufgingen und irgendwo in der Stadt Richards Opa starb, nutzten die drei die Gelegenheit und nahmen die wertvollen Grundbücher an sich. Tags darauf, die Stadt lag in Schutt und Asche, versuchte man die verschütteten Menschen zu bergen, zählte Tote und dankte Gott, die Nacht überlebt zu haben. Keiner interessierte sich für die vermissten Grundbücher. Man starrte auf Listen, die die Toten aufzählten. Die Männer lasen die Listen genau, und sie fanden auch den

Namen von Richards Opa. Ein schönes Grundstück, mitten in der Stadt, keine näheren Verwandten, nur eine Tochter, die Mutter ebenfalls verstorben. Dann kam die Idee.

Ein fiktiver Kaufvertrag, gefälschte Unterschriften und die Hilfe beim Eintrag ins Grundbuch. Der perfekte Diebstahl und keiner vermisste etwas. Doch einer bekam ein schlechtes Gewissen. Es war Egon Kimpel. Warum und weshalb er nicht gleich zur Polizei ging, lässt sich nur ahnen. Vielleicht wurde er für sein Schweigen gut bezahlt. Irgendwann entlastete er sein Gewissen und malte. So hinterließ er dieses Bild, auf dem er den Hergang in jener Nacht dokumentierte. Zwei Männer kennen wir, der dritte steht vor uns.«

»Eine gewagte These«, sagte Adolf Hauptmann gelassen.

»Finden Sie?« Tristan sah den alten Mann kalt an. »Das Bild spricht für sich. Fangen wir mit der Feuerwolke an. Sie steht, zusammen mit den fünfzehn Säulen plus Obelisk, für die Bombennacht im Dezember 1944. Der feine Hintergrund der Oberstadt bestimmt den Ort des Geschehens. Das Rubensbild rechts oben deutet auf einen Raub, und im Winkel von 45 Grad finden wir den Hinweis, dass ein Haus gestohlen wurde. Der Anwalt und der Spruch im Fries des alten Tempels „Reiche der Ungerechtigkeit währen nicht ewig" ist eine Anspielung auf „reich" im Sinne „von Geld" haben. Der Anwalt steht für einen Beamten, einen Schützer von Recht und Ordnung, und für Akten. Und wissen Sie, Herr Hauptmann, dass die Frau auf dem Sockel die Schutzheilige gegen Zahnschmerzen und Kopfweh ist? Sie sind Zahnarzt, nicht wahr. Und dann diese Gruppe um Baron von Steuben. Richard, du hast mich erst darauf gebracht, als du sagtest, der Captain war ein alter Haudegen. Captain bedeutet in der deutschen Sprache Hauptmann.«

Die Gruppe starrte den alten Mann fassungslos an.

»Vater, sag jetzt nichts mehr«, warnte Frieder Hauptmann.

»Keine Sorge«, lächelte Tristan angewidert. »Ihr Vater macht sich anscheinend weniger Gedanken als Sie. Denn Ihr Vater hat mich nicht überfallen, das waren Sie.«

»Was soll das!« fauchte Frieder Hauptmann. »Weshalb sollte ich das tun?«

»Weil Sie Angst davor hatten, Ihren geraubten Besitz zu verlieren«, entgegnete Tristan. »Sie wussten um den Widerspruch im Grundbuch des alten Kaufhauses Kerber.«

»Was hat denn das mit diesem Fall zu tun?« fragte Pfeiffer überrascht.

»Das Kaufhaus gehörte Richards Opa und wurde in der Bombennacht von Adolf Hauptmann mithilfe der beiden Rechtspfleger Kimpel und Kerber gestohlen.«

»Darum ging es die ganze Zeit?« flüsterte Richard und schüttelte den Kopf.

»Das können Sie ja gar nicht beweisen«, sagte Adolf Hauptmann ruhig. »Reg dich nicht auf, Sohn. Das sind alles nur Hypothesen.«

»Nein«, sagte Tristan entschieden, »das sind keine Hypothesen.«

Er gab Pfeiffer ein Zeichen, woraufhin der den Raum verließ. Kurze Zeit später tauchte er mit einem dicken Folianten und einer Aktentasche wieder auf. Pfeiffer legte das alte Buch auf Hallenbergers Schreibtisch. Die Aktentasche behielt er bei sich.

»Dieser Foliant ist ein altes Grundbuch«, erklärte der Detektiv. »Ihnen, Herr Hallenberger, und den Herren Hauptmann sowie Kerber brauche ich das Buch nicht zu erklären. Dieses Buch enthält alle wichtigen Eintragungen, die für den Besitznachweis von Belang sind. Für das Grundstück, auf dem das Gebäude steht, in dem ehemals Kaufhaus *Kerber* residierte, ist ein Widerspruch eingetragen. Er ist mit der gleichen Handschrift eingetragen wie«, er bat Pfeiffer um die Aktentasche, »diese Blätter, die zu einer Grundakte gehören. Wir fanden diese Akte in Wolfram Kimpels Haus. Sie stammt eindeutig aus dem Grundbuchamt und wurde von Egon Kimpel bearbeitet.

Wenn niemand nach den betreffenden Flurstücken fragt, können die Folianten jahrelang unberührt im Archiv liegen bleiben. Deshalb hat auch keiner die Akten vermisst. Nun habe ich heute Morgen gelernt, dass ein Verkauf oder eine Schenkung in der Grundakte dokumentiert wird. Raffaels Notar war so freundlich, mir einen Gefallen zu tun. Er besuchte das Grundbuchamt und ließ sich die Grundakte zum Flurstück am Markt gegenüber dem Rathaus geben. Es war erstaunlich, wie lückenhaft diese Grundakte ist. Kein Notar, keine weiteren Erklärungen, nur ein alter Vertrag, den eine krickelige Unterschrift schmückt, die von zwei Rechtspflegern bestätigt wurde. Es dürfte interessant sein, die zweifellos gefälschte Unterschrift mit der echten von Richards Opa zu vergleichen.«

»Was soll das Ganze?« stöhnte Adolf Hauptmann. »Vielleicht können Sie mir diesen Diebstahl nachweisen, vielleicht bekommen Sie auch heraus, dass ich Kimpels Familie für ihr Schweigen jahrelang eine großzügige Summe zukommen ließ, und das auch noch nach seinem Ableben, aber einen Mord?«

»Den Mord haben Sie ja nicht begangen«, sagte Tristan traurig. »In diesem Moment durchsuchen Beamte der Mordkommission sämtliche Büroräume und Wohnungsräume Ihrer Familie. Irgendwo wird sicherlich ein Revolver auftauchen. Wir haben die Kugel, die Kimpel tötete. Und dann ist da noch die Kugel, die gestern auf Richard abgefeuert wurde. Es würde mich nicht wundern, wenn die Kugel aus besagtem Revolver mit den beiden anderen identisch ist.«

Adolf Hauptmann zuckte zusammen und wandte sich blass an seinen Sohn.

»Du?« fragte er mit zitternder Stimme.

»Ich musste etwas unternehmen«, warf Frieder seinem Vater an den Kopf. »Du wolltest das Grundstück ja nicht verkaufen!«

»Deshalb tötet man nicht«, rief Adolf Hauptmann entsetzt.

»Du hast es getan«, schrie Frieder Hauptmann. »Damals hast du dafür getötet!«

»Sprich keinen Unsinn, Sohn«, antwortete der Vater um Fassung ringend.

»Ich wollte den Familienbesitz schützen«, wimmerte er. »Genauso wie du damals wollte ich, dass etwas aus uns wird.«

»Ich habe nicht getötet«, wiederholte der Vater und wandte sich an Richard. »Ihr Opa starb nicht durch meine Hand.«

»Das ist nicht mehr von Bedeutung«, sagte Tristan.

Plötzlich sprang der Wisse Ohm auf und packte Frieder Hauptmann am Kragen: »Warum mussten Sie Enissa totfahren? Sie gemeiner Mörder!«

»Ohm, lass ihn runter«, sagte Tristan ruhig. »Ohm, bitte!«

Der Ohm ließ Frieder los.

»Wie der Ohm mir mitteilte«, fuhr Tristan fort, »hat Richards Mutter sich bei Frieder Hauptmann verraten. Er wusste, dass ihr ihn beschützen solltet.« Tristan wandte sich an Frieder Hauptmann: »Als Sie davon hörten, dass Richard beschützt wurde, da ging bei Ihnen eine Sicherung durch. Denn Sie glaubten, dass Richard etwas über das alte Kaufhaus erfahren hatte. Sie wollten ihn loswerden, dann hätte es keine Nachforschungen mehr gegeben, und der Status Quo wäre erhalten geblieben.«

»Wie konnte ich ahnen«, zischte Frieder, »dass Richard gar nichts von dem Kaufhaus wusste?«

»Kimpel sah das anders«, erklärte Tristan. »Er wusste, was damals geschehen war und hätte es Richard gesagt, deshalb musste er sterben.«

»Aber warum gab er mir das Bild?« rief Raffael aufgebracht.

Tristan zuckte mit den Schultern. »Vielleicht hatte er ein schlechtes Gewissen, den Mann an den Pranger zu stellen, der jahrelang seine Familie ernährt hatte.«

Pfeiffer nahm die Männer fest.

Richard hatte sich die Geschichte ungläubig angehört und wusste mit den Neuigkeiten noch gar nichts anzufangen. Er war jetzt Besitzer eines Kaufhauses in der Stadt Siegen. Das änderte seine Planungen vollkommen.

Hallenberger verschanzte sich hinter seinem Schreibtisch und hoffte, von Pfeiffer unbehelligt zu bleiben. Da man ihm kein direktes Vergehen nachweisen konnte, kam er mit dem Schrecken davon. Anders bei Jan Kerber. Ihm würde Nachlässigkeit vorgeworfen werden, und das würde ihn seinen Job kosten. Zudem empfahl Raffaels Notar, alle Eintragungen, die über Kerbers Schreibtisch gingen und irgendwie in Beziehung zu Hallenberger und Hauptmann standen, zu überprüfen. Es war abzusehen, dass einige Unregelmäßigkeiten auftauchen würden.

Benno Becker hörte den Ausführungen nur mit halbem Ohr zu. Seine Erkältung nahm einen kritischen Zustand an.

Für Raffael endete endlich ein Albtraum. Er atmete erleichtert auf, als er zusammen mit Tristan die Kanzlei verließ.

»Danke!« sagte er glücklich. »Hättest du das Bild nicht gerettet, wer weiß, was alles noch passiert wäre?«

»Hm«, murmelte Tristan. »Jetzt hast du Stoff für ein neues Buch, was?«

»Die eine oder andere Idee ist mir schon gekommen«, nickte Raffael. »Aber eine Geschichte an einem Fall aufzuhängen, der über ein halbes Jahrhundert zurückliegt?« Raffael zog eine Augenbraue nach oben. »Das ist doch wirklich etwas weit hergeholt.«

7. Ein denkwürdiger Tag …

Mittwoch

Ein denkwürdiger Tag stand den Bürgern der Stadt Siegen bevor. Richard hatte sich für die Spende entschieden. Jetzt, wo das Motiv klar war, konnte er die Millionenspende reinen Gewissens übergeben. Der Bürgermeister hatte dazu ins Rathaus eingeladen. Die lokale Presse sowie Vertreter aus Wirtschaft und Kultur waren als Gäste ebenso anwesend wie Tristan, Helga und Raffael, der einer bezaubernden Liliane um die Taille fasste. Erich versorgte Marlowe, der mit großen Schritten auf dem Weg der Besserung war.

»Es freut mich sehr«, begann der Bürgermeister, »dass Herr Goldstein diesen Schritt wagt und der Stadt Siegen diese reichliche Spende zukommen lassen will.«

Richard trat vor und überreichte einen riesigen Scheck mit den magischen sechs Nullen.

»Nun bekommt Siegen ein Theater«, bemerkte Helga. »Ob ich das auch mal von innen sehen werde?«

»Warum nicht?« lächelte Tristan verschmitzt über den Rand seiner Halbbrille hinweg. »Du musst dir nur eine Karte kaufen.«

»Das hatte ich mir gedacht.« Sie gab ihrem Freund einen kleinen Stups. »Alleine wollte ich jedoch nicht gehen.«

Raffael beobachtete das Paar und grinste zufrieden. Wie wild hatte er die vergangene Nacht durchgearbeitet. Er fühlte sich befreit. Pfeiffer hatte sich offiziell für die Irrtümer im Rahmen seiner Ermittlungen entschuldigt. Das löste Raffaels mentale Verspannung, und die ganze angestaute Schreiblust explodierte mit einem Mal. Doch bevor er sich an den Computer setzen konnte, wollte Liliane genauestens über den Verlauf des Tages informiert werden. Erst danach haute er in die Tastatur. Die Wörter waren schließlich aus Eimern über den Bildschirm geflossen, während Liliane die persönliche Versorgung des Schriftstellers übernommen hatte. Nach einigen Stunden hatte er den größten Teil seines Romans fertiggestellt, und als es Mitternacht schlug, fehlte ihm nur noch das Schlusskapitel. Viel zu müde, um die letzten Worte noch niederzuschreiben, verschob er es auf den anderen Tag.

Jetzt, bei der feierlichen Übergabe des Spendenschecks, ging er den Schluss seines Romans nochmals in Gedanken durch.

›Agent Schneider sah zufrieden auf die kleine Gruppe, die sich um Hauptermittler Meiswinkel gebildet hatte. Der nasse Kampfanzug tropfte auf den kalten Asphaltboden der Stadt. Die Schusswunde an seiner linken Schulter wurde von einem jungen Sanitäter verbunden, während Hauptermittler Meiswinkel in das Scheinwerferlicht der Kamera blickte.

Es war um Leben und Tod gegangen, doch letztlich hatte das Gute gesiegt.

Fertig, sagte der Sanitäter und ließ den Agenten allein zurück.

Müde sah er zu Meiswinkel, der immer mehr in seiner Rolle als Fernsehheld aufging. Etwas abseits von der Journalistengruppe löste sich eine zierliche Frau aus den Armen eines Mannes. Sie kam direkt auf den angeschlagenen Agenten zu.

Agent Schneider schluckte.

Er wusste, dass dieser Einsatz es wert gewesen war, denn er hatte noch keine so tapfere Frau kennengelernt wie Antje Steinbürger, die nun auf ihn zutrat, um Abschied zu nehmen.‹

»Ja«, flüsterte Raffael, »das ist ein guter Schluss.«

Ralf Strackbein

Der Billy-Code

Roman · Taschenbuch · 296 Seiten

Bedrohlich ziehen dunkle Schneewolken von Westen heran, während sich Raphael Olofsson, ehemaliges Mitglied der Deutschen Botschaft in Stockholm, und seine Assistentin, Miriam van Heyden, auf den Weg zu einem schwedischen Möbelhaus machen. Im Möbelhaus werden sie von einem Stromausfall überrascht. Die plötzliche Dunkelheit raubt ihnen die Sicht. Dann treten sie in eine Blutlache. Nicht weit entfernt finden sie eine Leiche, die auf mysteriöse Weise ums Leben kam.

Die anrückende Polizei und der Niederlassungsleiter gehen von einem Unfall aus, doch Olofsson findet Indizien, die auf Mord hindeuten. Unterdessen ahnt keiner der Möbelhaus-Besucher, dass sich ein katastrophaler Schneesturm über das Land ausbreitet, der ein Verlassen des Möbelhauses unmöglich macht. Als die Betroffenen ihre Situation erkennen, ist es zu spät, und Olofsson fragt sich: Konnte der Mörder fliehen oder ist er mit uns eingeschlossen?

ISBN: 978-3-935378-19-2

In dieser Reihe bereits erschienen:

Tristan Irle und der Rubensmord (1991)

Eigentlich sollen die Feierlichkeiten zum 350. Todestag von Peter Paul Rubens friedlich und ohne größeres Aufsehen in der Stadt Siegen gefeiert werden. Doch das ändert sich schlagartig, als man eine Leiche im Vorhof des Oberen Schlosses findet. Privatdetektiv Irle übernimmt den Fall und muss bald feststellen, dass mehr hinter dem Fall zu stecken scheint, als es vordergründig aussieht.

Tristan Irle – Eine Leiche auf der HTS (1992)

Friedlich bereiten sich die Bewohner des Siegerlandes auf das Weihnachtsfest vor. Doch plötzlich wird die festliche Ruhe gestört, als man eine Leiche im Schnee begraben findet. Tristan Irle übernimmt die Aufklärung des mysteriösen Mordes. Dabei verfängt er sich in einem Netz von Intrigen, Bestechungen und Lügen.

Tristan Irle – Mord Pur (1993)

KulturPur – seit Jahren ein Begriff für ein Fest der besonderen Art. Tristan Irle gönnt sich ein paar Tage Urlaub auf dem Giller und trifft dort Pensionsbesitzerin Helga Bottenberg. – Eine Frau, in die er sich verlieben könnte? Beschaulichkeit bestimmt den Tag, bis ein hinterhältiger Anschlag die Idylle zerstört.

Tristan Irle – Die Abseitsfalle (1994)

Die Damenmannschaft des SC Siegen hat es wieder geschafft. Sie steht im Endspiel um die deutsche Meisterschaft. Doch dann verunglückt auf mysteriöse Weise ein Mitglied des Vereins. War es Mord? Diese Frage soll Tristan Irle klären. Voller Tatendrang stürzt er sich ins Spiel. Doch das Spiel ist nicht fair, und er durchschaut die heimtückische Abseitsfalle.

Tristan Irle – Das sexte Gebot (1995)

Seit Tagen ziehen Regenschauer über das Siegerland. In dicke Regenjacken gehüllt, gehen die Menschen ihren Geschäften nach. Plötzlich erschüttert des Nachts eine fürchterliche Autoexplosion die Stadt. Es gibt einen Toten. Zur gleichen Zeit findet Tristan Irle ein Findelkind in der Marienkirche. Die Polizei steht vor einem Rätsel. Haben beide Ereignisse etwas miteinander zu tun?

Tristan Irle und das Rathauskomplott (1996)

Weihnachtsmarkt in Siegen. Es ist der Beginn der Adventszeit. Plötzlich erschüttert ein fürchterlicher Fund auf dem Weihnachtsmarkt die Gemüter. Schockiert schalten sich Staatsanwaltschaft und Polizei ein. Ihnen eine Nasenlänge voraus ist eine junge Journalistin. Sie vermutet Verbindungen zum Rathaus und bittet Detektiv Tristan Irle um Hilfe. Machenschaften allerorts und der kommunale Filz drohen schließlich die Ermittlungen fast zu ersticken.

Tristan Irle – Der Braumeister (1997)

Der junge Braumeister Roland Eichbaum hat die Idee seines Lebens. Er möchte Bier in Asien brauen. Die Verhandlungen sind in vollem Gange, als plötzlich ein Mord die Bierbrauer der Region erschüttert. Bis Tristan Irle durch die trübe Suppe von Verdächtigungen eine klare Spur findet, muss er so manches Glas Bier leeren, und nicht selten beginnt die Recherche mit einem lauten: Prost! Und da ist dann auch noch ein geheimnisvoller Chiffrierschlüssel, der Tristans Ermittlungen behindert.

Tristan Irle – Gegen den Strich (1998)

Die kleine Großstadt Siegen steht im Fokus der Weltöffentlichkeit. Im Medien- und Kulturzentrum laufen die letzten Vorbereitungen auf Hochtouren für eine ganz besondere Ausstellung, als ein Siegener Künstler zu Tode kommt. Tristan Irle beginnt seine Ermittlungen, was Künstlern und anderen Kreativen gegen den Strich geht. Dann muss Irle feststellen, dass die Kunstszene genauso schillernd ist wie eine Malpalette.

Tristan Irle – Tödliche Doktorspiele (1999)

Im Arzt-Gelöbnis steht: »Ich werde meinen Beruf mit Gewissenhaftigkeit und Würde ausüben. Die Erhaltung und Wiederherstellung der Gesundheit meiner Patienten soll oberstes Gebot meines Handelns sein.« Diesen Satz haben auch die Ärzte in einem Krankenhaus in Siegen gelobt. Doch eines Morgens findet man eine tote Patientin. Und wie sich herausstellt, wurde sie falsch behandelt. Chefarzt Dr. med. Killian steht plötzlich unter Mordverdacht, doch er behauptet, unschuldig zu sein. Privatdetektiv Tristan Irle wird eingeschaltet, um den mysteriösen Todesfall zu untersuchen. Ihm gegenüber eine Schar weißer Kittel, die alle etwas zu verbergen scheinen.

Tristan Irle – Eisenhart (2001)

Die Stadtkasse – so ausgetrocknet wie ein afrikanisches Wadi – treibt Stadtkämmerer Goldmann den Schweiß auf die Stirn. Sein Chef, der Bürgermeister, eröffnet unterdessen ein neues Museum und weiß selbst nicht so recht, wie er die anstehenden finanziellen Probleme lösen soll. Tristan Irle, Privatdetektiv, ist an diesem Tag einer Einladung auf das Segelfluggelände nahe der Stadt gefolgt. Dort muss er einen schrecklichen Unfall mit ansehen. Der Detektiv beginnt zu ermitteln und dabei entpuppt sich die scheinbar eingeschworene Fliegergemeinschaft als lebensgefährliche Bedrohung für Tristan und seine Freunde.

Tristan Irle – Die Fürstenjagd (2002)

Es ist Jagdsaison im Wald des Fürsten zu Widerstein. Allerlei Prominenz aus dem Ausland trifft sich nahe Bad Berleburg in einem Forsthaus, um zusammen mit Fürst Siegfried dem Wild auf die Pelle zu rücken. Vom Jagdfieber gepackt, verteilen sich die Herrschaften im Wald. Schüsse fallen und plötzlich ertönen Jagdhörner. Wenig später wird die Jagd abgebrochen, denn im Wald liegt ein Toter. Tristan Irle, Privatdetektiv, als Treiber bei der Jagd dabei, übernimmt die Ermittlungen. Die stellen sich als äußerst schwierig heraus. Die Jagdgäste aus höchsten adeligen Kreisen schweigen, bis die Beweislast immer erdrückender wird.

Tristan Irle – Lokalzeit (2003)

Die Journalisten des regionalen Fernsehsenders sind ein eingespieltes Team. Erhöhter Stress gehört bei ihrem Job zum Alltag, und da bringt es den verantwortlichen Fernsehredakteur nicht sonderlich aus der Ruhe, als ein Übertragungswagen für die aktuelle Stunde liegen bleibt. Doch als vor laufender Kamera jemand stirbt, da liegen plötzlich bei allen Beteiligten die Nerven blank. Noch ahnt keiner, dass dies der Auftakt zu einer unheimlichen Mordserie ist.

Tristan Irle, Privatdetektiv, übernimmt die Ermittlungen. Und die führen ihn überraschend zu einem großen schwedischen Möbelhaus, dessen Ansiedlung zum Interessenkonflikt mächtiger Parteien geführt hat. Schließlich drängt sich dem Detektiv die Frage auf: Hat das Rathaus etwas mit dem Mord zu schaffen?

Tristan Irle – Baum fällt! (2004)

Die heimische Politprominenz ist hocherfreut. Der brasilianische Botschafter besucht anlässlich einer Fürst-Johann-Moritz-Ausstellung die Region. Eine gute Gelegenheit die Gäste aus Übersee in den Wald einzuladen, um uralte Haubergstradition zu vermitteln. Der Botschafter ist begeistert. Weniger enthusiastisch zeigen sich die Kuratoriumsmitglieder der Ausstellung sowie die verantwortlichen Historiker, allen voran die Rektorin der Universität. Und dann endet der Ausflug für einen Gast auf mysteriöse Weise tödlich.

Tristan Irle, Privatdetektiv, beginnt zu ermitteln. Bald stellt er fest, dass die feine Gesellschaft der Ausstellungsmacher ihre eigenen dubiosen Ziele verfolgt. Und schließlich gerät der Privatdetektiv ins Schussfeld, denn im Hintergrund agiert noch der Geheimdienst …

Tristan Irle – Die zitternden Tenöre (2005)

Der Männergesangverein *„Pro Patria“* steht vor einer großen Herausforderung. Zusammen mit dem engagierten Chorleiter Gottfried Kunze möchten die Mitglieder nach 100-jährigem Bestehen endlich den Status „Meisterchor“ erlangen. Sie proben, bis ihre Stimmbänder zittern, doch dann geschieht während der Probenpause ein Mord. Chorleiter und Erster Vorsitzender sind sich einig, dass dieses hinterhältige Attentat nur einer aufklären kann. Sie engagieren den Privatdetektiv Tristan Irle.

Die Tenöre verfolgen misstrauisch Tristans Ermittlungen. Je mehr der Detektiv in ein klebriges Geflecht aus Intrigen dringt, desto gefährlicher wird es für ihn. Und dann stellt sich plötzlich heraus, dass das Opfer einen berühmten Verwandten hat.

Tristan Irle – Der Killersteig (2006)

An einem herrlichen Spätsommertag trifft sich eine Gruppe Polizisten, um zusammen mit Staatsanwalt und Landrat über einen Teil des berühmten „Rothaarsteigs" zu wandern. Mit Rucksack und Wanderschuhen ausgerüstet beginnt die Wanderung im Süden des Kreisgebietes Siegen-Wittgenstein. Doch schon bei der ersten Übernachtung kommt es zu einem tragischen Zwischenfall.

Tristan Irle, Privatdetektiv, erhält kurz darauf einen geheimnisvollen Anruf, der ihn dazu bewegt, sich der Gruppe am nächsten Tag anzuschließen. Schon bald muss er feststellen, dass nicht alle in der Gruppe so freundlich sind, wie sie vordergründig vorgeben. Als es erneut zu einem Zwischenfall kommt, ahnt der Detektiv, das ein Mörder unter ihnen weilt.

Tristan Irle – Locht ein! (2007)

Große Aufregung unter den Golfern im Kreisgebiet. Am Vorabend der Clubmeisterschaft findet man einen Toten auf dem Golfplatz und das mitten im Wasserhindernis. Keiner kann sich so richtig erklären, wie dieser scheinbare Unfall vonstatten ging, und zum Erstaunen von Privatdetektiv Tristan Irle hält sich die Trauer um das verstorbene Clubmitglied in Grenzen.

Als der Detektiv die Ermittlungen übernimmt, kommen Hinweise zutage, die auf Mord deuten. Tristan Irle beginnt Fragen zu stellen, die erheblich mehr Aufregung erzeugen als der Start der Clubmeisterschaft. Besonders der Clubpräsident und der Spielführer fühlen sich belästigt, dann findet Irle die Tatwaffe …

Tristan Irle hat Lampenfieber (2008)

Intendant Wolferl Wanderschmied hat sich für den Saisonbeginn etwas Großes ausgedacht. Eine prächtig inszenierte, romantische Komödie mit jungen Schauspieltalenten und alten Hasen soll das Publikum zum Lachen verführen. Dummerweise überlebt einer der jungen Schauspieler die Generalprobe nicht, was eine Kette von Ereignissen auslöst, die sich Intendant Wolferl so nicht für seine Inszenierung vorgestellt hat.

Zum Glück gehört Privatdetektiv Tristan Irle zur Schauspieltruppe. Er übernimmt die Ermittlungen. Jetzt zeigt Tristan sein wahres Talent und stöbert Intrigen auf, was ihn ins Rampenlicht führt. Doch auf den Brettern, die die Welt bedeuten, ist manches nicht so, wie es scheint, und Tristan weiß, der Mörder beobachtet die Szene ganz genau.

Nicht jeder der genannten Titel ist immer lieferbar. Vergriffene Titel werden in einem bestimmten Rhythmus wieder aufgelegt. Fragen Sie bitte im Einzelfall bei Ihrem Buchhändler nach, welche Titel lieferbar sind.

INIQUA NUMQUAM
REGNA PERPETUO
MANENT